星星都在説話

蔡素芬

目次

上部

下部

上部

1 雪花紛飛

十一月初的這天，白天雲靄如暮色沉重，終於在傍晚飄起細細的雪花，從傍晚到暮色全暗，只是一瞬間，高速公路的車陣在雪花中徐徐前進，駕駛人紛紛打開雨刷撥掉雪花，也打亮車前燈，車燈投射的半空中，細飛的雪花逐漸綿密覆蓋夜空。

車陣慢下來，在高速公路塞出一條長長的車龍，晉思把車內的收音機轉到新聞台，聲調高昂而急促的氣象播報員正播報對這場雪的近況預估，這將是一場瑞雪，明晨會有大量的積雪，州政府正在研議，主要路段的雪量如果急速超過二十公分，就會宣布停班停課。他不能想到明天上不上班的問題，只希望這條回家的路可以順暢，畢竟已經數年沒有大風雪了，他的車子老舊，輪胎胎紋已經很淺，修車廠的工人早已建議他換，半年過去了，那些胎紋應該磨得更淺了，他不希望車子在冰雪中打滑。

平時十分鐘的車程，走了近三十分鐘才下高速公路，天色已一片漆黑，漸疏的路燈慘淡的照亮綿密的雪花，雨刷繼續撥掉雪花，車前蓋鋪了一層絨毯似的雪，所幸車子並沒有出狀況，他把心思轉移到那層白絨毯上，他喜歡那種白，晶瑩剔透般的白，總給他夢幻般的想像，像有一個遠方存在，等著他去追尋。到一個會飄白雪的地方是他從小的夢想，他以為那裡會有不一樣的人生。雖然他現在已經在這一片白雪中，小時候掛在天邊的那顆夢想好像摘到了，卻和他的想像有著距離，雪地寒冷，雪化後是一片髒污泥濘，和白色的潔淨是反差。

回到閴靜的社區，轉過兩個彎，家門前的大松樹上已堆了薄雪，雪花仍飄著，屋簷上也是一片白，冬天真的來了，一年又將盡，他按下車庫遙控器，望著緩緩開啟的車庫門，心裡閃過一片白茫茫的景象，彷彿他心裡紛飛的大雪。

屋裡只有一盞通道間的小燈，方便照明車庫往廚房的方向，他將公事包放在餐廳的櫃子上，打開冰箱，找到前天吃剩的一片披薩，保鮮盒裡還有些蔬菜，他取出青花菜和洋菇、三根葱、兩顆番茄、兩顆蛋，和一盤已調味的肉絲，將這些放在流理台上退冷，等妻子倩儀回來料理。他將披薩放入烤箱，他並不想等那麼久，在晚餐料理好之前，他必須先吃點東西。

從公事包抽出一份文件，看了三行又塞回去，文件上言明三個月後要調任回台灣，他不想把接下去的文字看完，那只意味他得打包行李準備回台灣，這是早就知道的事，他卻遲遲不願正視，等著這場大雪紛飛的日子裡，這調任通知也飄落到真實的生活中了。

等待披薩烤好的時間，他去沖澡，讓身體暖和，換了一套舒適的家居軟棉衫褲。平時這時候，倩儀應該回來了，帶著三歲的兒子諭方回來，諭方由一位台灣來的中年婦人陳太太照顧，離倩儀公司不遠，她上班時將諭方送去陳太太家，下班時順路將他接回來，倩儀的公司遠，通常比他晚到家，再晚，這時也該到了，他快吃完披薩才想到為何沒有意識到倩儀還沒回家？

一個小時過去，車庫仍然沒有動靜。他打電話去陳太太家，問倩儀來接過孩子了嗎？陳太太說，接過了，兩個小時前接走了，怎麼，沒到家嗎？那邊的聲音顯得急躁起來，他心裡也有點慌，他聽到自己對著聽筒的聲音近乎喃喃自語的說，可能下大雪車流慢，應該很快就到家了。放下聽筒，他隨即抓起大衣，拎起鑰匙，打開車庫，駕車滑出車道。天色全黑，飛雪在路燈的投射下紛紛擾擾，他開到社區出口，所經每戶人家院前的草皮都被白雪覆蓋，彷彿這場雪已下了一天，他可以想像，公路上因積雪而車流緩慢，如果有車子擦撞出意外，塞車無可避免，倩儀這時一定堵在路上，那麼他開上路，與她反方向，對她有什麼幫助？如果是她的車子出意外，那麼此刻他應該在家裡等警察或醫院打來的電話，而不是讓自己進入風雪中，冒著堵在路上的風險。也許倩儀脫離車陣到家了，卻發現他不在。思緒紛亂飛轉時他已來到兩條路交叉的購物中心，那裡的停車場幾乎空蕩，人們不是在路上就是在家裡，他將車子掉回頭，往家的方向去。他感到有一通電話必會在家裡響起。

但他猜錯了。他在家等了半小時，沒有一刻可以安安穩穩的坐著，在客廳、起居室、餐廳間來來回回走動，有時站在客廳通往後陽台的落地窗前看著飛雪斜斜滑入松樹間，落到地上，一層一層堆疊，內心就像被寒冷凍僵了，無能為力做點什麼，只能等著想像中的一通電話。
他掄著拳頭抵在玻璃窗上，玻璃的冰冷直透心底，他差點想用力捶打玻璃發洩心中焦慮時，車庫的門響了，謝天謝地，所有的揣測只是自己的神經質罷了，倩儀不過是塞在路上久了些。
他疾步來到通道，打開往車庫的門，倩儀的車子已停妥，車庫門也往下滑了，倩儀手上提著一袋超市的提袋，諭方也從另一側下了車，蹦蹦跳跳往他這裡跑過來。他抱起諭方，問倩儀：「為什麼這麼晚回來？」
「喏，」倩儀示了示提袋，「因為雪可能下很大，明天大概上不了班，怕食物不夠，先去超市買食物。」
「可以回家後再就近到附近這家買。」
「那時雪會更大，停車下車都不方便。」倩儀將提袋放上廚房流理台，轉身對著他，神情有點黯然的說，「真抱歉，沒想到你會擔心。」
他轉向爐台，放上鍋子，打開電源，將放在一旁的番茄、雞蛋等等移近，倩儀走過來，想接手，他不讓身，說：「妳休息一下，我來。」
倩儀拉起諭方，帶諭方進入浴室。他站在爐台前，手裡拿著鍋鏟，在鍋裡倒入一匙油，等著油熱，但他兩眼並沒有盯著油，他停在爐上的某個空洞的地方，好像還沒從剛才的驚疑中恢復，難道倩儀真的沒想到他會擔心嗎？還是他真的被一場大雪搞得心神不寧，而過於杞人憂天？是這個收到公文信的一天把他的正常理智搞亂嗎？

多炒了樣蔬菜，滾了罐頭湯，倩儀幫諭方洗好澡，兩人都坐上餐桌時，他問諭方：「這麼大的雪，你跟媽媽去超市，有沒有冷到啊？」

諭方舀了口罐頭蘑菇湯，嘴裡含著湯，嘟噥著說：「好冷好冷，我跑了起來，雪都冰了我。」諭方的雙頰紅透，像個剛熟的番茄，他替他的碗裡添了蔬菜，諭方卻推開那些菜，倩儀用湯匙把那些菜磨細，混到飯裡，讓他可以一口一口吃進嘴裡。

倩儀有一張細長的臉，皮膚白皙，圓圓的眼睛、挺直的鼻子，組成了一個冷靜理性的表情，她看起來好像老是知道自己在什麼時候該做什麼事，而且不會受到別人的打擾。她越是冷靜，他越覺得踩在一條鋼索上，有一對虎視眈眈的眼在某處注視著他會不會露出破綻，會不會掉下來。這讓他保持警覺，不要太漫不經心，以免倩儀冷靜的眼光視他如幾近空心的稻草人。

諭方終於將碗中的飯吃完，他讓他坐到起居室看電視，一個趣味性的兒童節目，餐桌剩下他和倩儀，收拾殘餚般夾取盤裡的食物，節目裡一隻大鳥聒噪的聲音侵犯到他和她之間流動的空氣，其他的動物都笑了，在那些誇張而逗趣的笑聲中，他說：「調任令來了，三個月後要調回台灣。」

「早有心理準備了，我們應該注意台北的房子了嗎？應租在熱鬧的地方，去哪裡都方便。」

他並不想去哪裡都方便，他上回回國，住在北邊的山坡處。

鳥聲仍鳴，這回在跟一條剛甦醒的蟲說話。

「不必找，我不打算回去，我們就在美國住下來。」

倩儀靜默了三秒鐘，嘴角露出一絲細微的笑意，他看見她的笑了，那已是答案了，他仍找了一個理由，說：「就讓諭方在美國住下來，不要跟著我的移動換學校。」

「嗯，那麼我在美國的工作可以持續下去。」她眼裡探詢他的意思，卻又調開眼睛動起手來收拾碗盤。晉思伸出手來握住她收拾的手，說：「不要弄出那些聲音，我希望我講著時，不受任何聲音打擾。」倩儀縮回手，晉思繼續說：「我們會搬離這裡，在我找到下一個工作前，時間不會太久，妳不工作也沒關係，到了別州，我們一切重新開始。」

「但我喜歡我現在的工作。」

「我們要離開這裡。」

「不但不回台灣，還要離開這裡？為什麼？」

「因為雪，我不喜歡下太多雪的地方。」

他說著時，心裡感到不可思議，他曾經想住到有雪的地方，歷經快六年與雪相處的冬天，他受夠了雪季大地蒼茫的灰色調，也受夠了化雪時的處處泥濘，如果他可以不必穿著厚重的夾克走在購物停車場上，心裡會更暢快；也許雪不是理由，他只是覺得這裡失去居住下去的吸引力，在日子開始乏味以前，在外館索然無味之際最好離開，這只是從一扇門走到另一扇門而已。

「雪飄下來的姿態很漂亮啊！」倩儀說。她低下頭輕輕的清理桌面。

晉思走到窗邊，後院草皮上的雪越堆越高，漫蓋了樺樹下圈圍的石塊，樹幹好像從雪中長出來的，乾枝上也結滿雪花，在後院的燈柱下，密實的雪花仍然飄飛著，這場雪像一場漫長的夢境，他在這裡待了快六年，穿過雪花，那是另一個懷著夢想的自己。

2 往北邊

那時堤防吹起一陣風，悶熱、潮濕，帶著鐵鏽味，堤防邊一排平矮五金行，屋後堆疊廢鐵架和鐵製品，風擦拭那些製品，越擦拭越把鏽粉散布到空中。他們正準備搬家，一部新穎的小卡車停在門前的一棵椰子樹前，工人和爸媽正把一箱箱的衣物從二樓公寓搬下來。媽媽說，那椰子樹擋在屋前，擋住了福氣，他們得搬家。那一整年，媽媽常常在餐桌前責備爸爸找到這樣一戶門前擋著椰子樹的次級公寓，即便公寓在當時是再好不過的住房了。

他喜歡那棵高大的椰子樹，站在陽台就可以看到它粗大的樹幹略彎了一個幅度往上竄，在四樓人家的陽台前像頂傘般的散開細長的葉面，他常仰頭靠在陽台欄杆往四樓望，看那葉子間擠壓的零散的天空。媽媽總把他捉回客廳，邊呷著菸邊拎起他的衣領，說，再看就摔下去了。但他從來沒摔，現在他抬頭望向葉面，午前的陽光把葉面曬透了，葉面光亮亮依在四樓的陽台前，它擋住陽光，投影在樓下的地面上就成了一朵雲，他往下看時，以為自己在雲的上端，處身飄浮的天空。是隨風飄動的樹影令他暈眩吧，他喜歡那種烈陽下暈眩的感覺，而今後不會再有這棵樹了，他抬頭跟它說再見，也低頭對它被近正午的陽光投出的一點點陰暗身影致意，默數到五，他回到客廳抓起自己的一只小背包，和搬家工人走下樓，那背包裡裝著他幼稚園裡常使用的盒裝彩色筆，和一個裡頭裝了數枝鉛筆和橡皮擦的鉛筆盒，他走動時便發出叩隆叩隆的聲音，背包裡還有幾本圖畫書，一副撲克牌，幾顆彈珠。

他們一家五人最後擠進小卡車的後座，與家具擠在一起往新家去，他們彷彿也是其中的家具，尤其當他們都不講話時，他想像愛音樂的哥哥是一部鋼琴，愛撒嬌的妹妹是一個洋娃娃，而自己可能是一隻玩具熊，等著被安置到新的角落。

車子一駛上路，就好像是一條無止盡的路程，媽媽曾說，不太遠，不過是從城市的南邊搬到北邊去。選上北邊的地點時，爸媽有些爭執，當時爸爸在看電視，媽媽在整理廚房，手上拿了條抹布擦拭散布塵灰與食物碎屑的餐桌，電視的黑白螢幕一換上廣告，爸爸就啾咕：「幹嘛找到北投去，在這附近找也找得到，孩子也不必轉學……」他沒能將話講完，媽媽使勁抹著桌面，也使勁說出：「我得節省我的力氣，我下班還有很多家事，你能像我這樣做家事，我就可以花一個多小時通勤，你不做家事，就得由我……」她還來不及將話講完，爸爸劈頭摔來他頭上的黃色布帽，上頭印著紅色的「天后宮」字樣，那個宮字正好打在媽媽的臉頰，整頂帽子落在桌面上，媽媽撿起帽子敬了回去，將帶著食物碎渣的抹布也甩過去，爸爸躲開了，坐回椅子上，眼睛盯著電視，像什麼事也沒發生。媽媽蹲下身子，撿回抹布，又順手將地上的食物碎渣擦一擦。他趴在客廳角落將幾塊木頭積木拼了又散開，散開了又拼上，磨石子地板冰涼，他抬起頭來，帽子與抹布像刀光劍影一閃即逝，家庭電影院即興演出，他的心情隨著刀光劍影一陣怦然，到什麼聲音也沒時，他回到積木間，疊了又拆，拆了又疊。

疊在貨車上的紙箱複雜多了，大小不一，新舊不齊，裝著他們所有家當，昨晚最後裝箱時，媽媽已無法再為剩下的雜物分類，全部塞進三只紙箱內，而現在這三只紙箱不知道疊到哪一個區塊去了，它們只是跟其他數十只箱子隨著車身搖晃，搖啊搖，更小時躺在媽媽身邊睡覺，媽媽唱著這首搖啊搖，船兒搖到外婆橋，這部卡車會帶他去哪裡呢？哥哥坐在對面，懶洋洋趴在一只紙箱上，妹妹坐在媽媽腿上，而媽媽一直望著街景，好像在跟行經的景物道別，爸爸則拿帽子蓋住臉，陽光把帽子的黃色曬成一片白。轟隆隆引擎聲和街上的汽車聲阻止他們交談，他手上撫著背包，這個放在腿上的背包讓他有安定感，即便去到任何一個地方，只要翻開背包裡的東西，他仍會有屬於自己的角落，可是，明天，幼稚園的同學不會再看到他，親切的大姐姐般的林老師不會再走到他的身邊替他撿起掉落的鉛筆，他不再能聞到她的髮香和衣服上洗衣粉的味道，卡車不斷往前進，林老師的身影就像股風，逐漸逝去。

卡車在某一個紅燈路口停下來，媽媽推開兩把電風扇，抱起妹妹擠挨到他身邊，將他身邊的紙箱挪到她剛才坐的位置，好擋住電風扇。媽媽的體溫讓他感到陽光特別燥熱，媽媽按著他的肩膀說：「還有一點點路，不會太遠，北邊會比這裡涼爽，那裡有小山坡，旁邊的公園可以玩喔。」媽媽注意到他安靜得像個家具，以為他沒聽到，俯下臉貼近他耳邊說：「很快到了，你在那裡會有新玩伴、新同學。」他的眼珠轉了幾圈，表示聽見那些話，他仍只是安靜坐著，媽媽摸摸他的頭，最後牽起他的手放在她腿上，那裡已盤踞了妹妹整個身子，他們像媽媽的兩個盤在腿上的家當。他不知道怎麼想像公園，但他知道心裡一直惦記的是那棵椰子樹突兀的站在公寓前，彷彿整排公寓壓迫著它，事實上是媽媽認為椰子樹壓迫了他們。他想像此刻他已將椰子樹收到了背包，和他的鉛筆盒、色筆一起帶到新家。

媽媽用力撕掉旁邊那只紙箱的封膠，拆開箱口，隨便掏出兩件衣服，那是妹妹的上衣，她在妹妹和他的頭上各罩了一件，說：「忘了給你們戴帽子，太陽這樣大啊！」她也丟了一件給哥哥，沒拋準，落在一只水桶裡，那水桶撐著一支拖把。紅燈轉成綠燈，卡車啟動，司機油門踩快了，橫向衝來一部車，司機急踩煞車，正前俯身子伸出手來拿衣服的哥哥反而扶住那支拖把，把身子穩住了，拿起衣服蓋住臉。媽媽緊握他的手，他的腳卡在一只滑了幾吋的紙箱側面，和另一只紙箱夾在一起，但不礙事，他的腳趾頭還能在布鞋裡伸展，這隻腳就好像在暗巷裡蹲著，在幽暗中，他玩著腳趾頭滑動的遊戲。他太專注在那遊戲裡，沒再注意媽媽說了什麼，媽媽似乎也沒說什麼，一直握著他的手，直到車子從大馬路轉入一條巷子，停在公園邊的公寓，四層樓，褐色與白色相間的小瓷磚拼成橫條紋，堆疊出公寓外觀，好像一張復古的包裝紙包著的箱子，他們的新家。而這公寓是新的，這城市有很多新的建築在平房中聳立起來，他們似乎一直是個時髦的家庭，住公寓，雖然是租來的，擁有電視，媽常在他們扭開電視時說，買電視的錢是她掙來的。現在她坐在車上抬頭看著新家，有點目空一切的說：「幸虧我有做事，我們才住得起公寓。」爸爸抽下臉上的帽子，戴回頭上，不發一語跳下車。

公園似乎不大，但夠讓幾個小孩奔跑，那裡有幾棵高大的樹，也有新植上去的細枝幹的小樹，有三架鞦韆，一座溜滑梯，一個蹺蹺板，一座鋼鐵格子爬架，幾把椅子，年輕的媽媽們彼此聊天，邊看著稚幼的孩子坐蹺蹺板。他抓著背包坐到其中一把椅子，所有的家具和紙箱他都搬不動，他坐在椅子看工人將那些東西搬上三樓，媽媽牽著妹妹過來，說：「我們上去吧，不能自己在公園。」

「我想在這裡。」

「不行，壞人來會將你帶走。」

「新家不會有壞人。」

「到處都有壞人，我們上去才安全。」

哥哥已經隨爸爸上樓去了，媽媽在等他，他還不想上去，他在觀察公園的哪個角落適合栽種他背包裡的椰子樹，他抱緊背包，仍坐在椅子上。媽媽硬是將他拖到一樓公共樓梯，隨著搬家工人往上爬。三樓的門洞開，客廳堆著他們那些紙箱，冰箱放置到廚房了，電風扇也在客廳靠陽台的地方開始運轉。

三間房，他和哥哥被安置到一間小小的房間，側對公園。他爬上椅子探窗口，可以看到樹梢頂和坐蹺蹺板的孩子們。窗口的氣味有植物的香味混雜著四處迴盪的車子排氣管溢出的油煙味，比老家常聞到的鐵鏽味好多了，這氣味的新鮮感令他興奮，他跳上床，身體滾了幾下，要看看躺在這張床是否也會有像植物氣味帶來的興奮感嗎？床板很硬，還沒鋪上床墊，床腳很扎實，滾到右邊和左邊，都沒有聲音，是張不錯的床啊，他大字攤平身子，天花板一盞菊花造型的吸頂燈，書桌上的牆面有一張前屋主沒撕去的月曆風景圖，一片雪原中一幢發著黃色室內光的屋子，幽藍的夜色輕披在白色的雪原上，那片雪像會發光一樣的閃著藍銀色的光芒，那雪景好夢幻，好遙遠，好像某個童話王國的景象，他想那屋子裡該是什麼景象呢？家人在吃晚餐還是準備睡覺？

哥哥大剌剌走進來，手上抱著一捲床墊，要求他起床一起鋪床墊，接著又去抱來兩個枕頭和床單，小學六年級的哥哥已長得比他高一個頭，可那兩個枕頭幾乎遮去了他的臉，哥哥精準的把枕頭拋到床上，也爬上床感受床板的硬實，他們兩個幾乎同時站在床板上跳了兩下，確定那確實是張堅固的床。他指著書桌上的月曆畫面要哥哥看：「哥，這裡真美。」

「你長大了可以去那樣的地方！」

「長大？」

「對，長大了就靠自己的能力想去哪裡就去哪裡。」

「你會想去那裡嗎？」他指著那片雪景。

「想，想去很遠，想去好玩的地方。」

那不一定好玩，但有趣，與他目前所見的不同，那裡有雪，應該是更北邊的地方，住在下雪的地方不知道是什麼樣的感覺，他長大要像哥哥，立志去很遠很遠的地方。他不喜歡玩，在幼稚園常獨自一人在角落塗塗畫畫，他沒有嚮往好玩，他嚮往好遠。如果可以去很遠，就可以離開一些習慣的事情，比如爭吵的聲音。對，如此時，從客廳那裡傳來爭吵的聲音，爸爸的咆哮裡摻雜了桌椅的移動聲，妹妹突然哭了起來，哥哥迅速跳下床往客廳去，他聽到他疾步的聲音，地板震動。他慢慢翻下床，走到窗口，最靠近三樓的樹，葉子細細亮亮的，午後的陽光下，閃亮亮像夜晚的星子，他盯著無數的星子，聽到媽媽大聲嚷著：「你不想搬這些東西，你就下去，我一個人做得了。」接著是爸的聲音說：「妳推我，妳再推，妳推看看。」他坐到桌前，打開背包，伸手往內摸一摸，他想，他是摸到了一棵椰子樹，哦，我把你帶過來了，我不會遺棄你的。

3 雪人的手表

第二天醒來，晉思掀開窗簾往外望，雪已完全覆蓋草皮和門前走道，路上也積滿雪，對面人家前院的休閒椅半陷在雪堆中，這場傍晚下起的大雪恐怕已超過二十五公分，而雪花仍綿密飄向地面，像在蒼灰的天色中，向大地訴說著什麼。

他扭開電視新聞，確定州政府公布積雪超標，停止上班上課，新聞畫面上，半夜裡鏟雪車就向路面推雪，車子不斷經過，濺起泥濘，路面就像黑水溝一樣延伸著。他去沖了澡，回到廚房，在烤麵包機放上土司，以自動咖啡機泡咖啡，然後走到臥室床邊跟剛睜開眼睛的倩儀說：「不必上班，妳就安心睡吧。」倩儀翻了個身，將頭轉向窗口處，隨又閉上眼。

再回到餐桌，土司已跳上烤麵包機，咖啡機也濾出了一杯香醇的咖啡，因為不趕上班，食物的香味更深刻的留在嗅覺裡。他坐在面向後院落地窗的位置，後院除了籬笆和樹形可見，其餘一片白，松樹枝上的雪成塊滑落，飛雪又填補上那缺口。

他盯視飄飛的雪花，慢慢啜飲咖啡，剛才聞著醇香，現在倒沒有任何飲用時的感動了，他只想著這場雪若今日又延續下個不停，是否明天也不必上班了呢？如果持續下三個月，他甚至到調職前都可以不必進辦公室。他陷在自己的異想天開中，感到苦惱不已，他不應該想這個蠢問題，如果真的連下三個月，整個城都會被雪埋住，成為封凍的雪下之城。他得做點什麼改變這個無聊早上的幻想，他站起來，打開冰箱，檢查裡頭的食物，打開的那刻他就知道自己多此一舉，昨晚倩儀已買了豐盛的食物放入冰箱裡。他於是打開旁邊儲藏櫃，裡頭也日積月累放滿零食、乾糧、罐頭、飲料，有些應該已過期了，住在這個國家不得不變成購買狂，民生物資的大量與便宜使消費衝動增加，單調固定的生活節奏，使購物成為生活中的一點漣漪，儲藏櫃不得不像氣球一樣撐滿，要命的是，房子的儲藏空間夠，人的欲望作祟，有多大的空間就有多大的欲望，總會想辦法將空間塞滿，甚至塞不下，讓欲望像個見不到底的黑洞。

既然室外雪花紛飛，氣候冰冷，不如就動手整理這個滯留了太多過期之物的儲藏櫃吧。他搬來一把小板凳，從最上層重量最輕的穀物食品開始檢視。那裡排排站著不同品牌的早餐穀類食品，也有做蛋糕的調和粉、各式調味料，以及幾本食譜，可見倩儀多麼想像個善於廚藝的太太，沒事的時候烤烤蛋糕，照著食譜做幾道像樣的菜，可惜忙碌的上班生活剝奪了她對廚藝的野心，他挑出了三分之一的過期存量堆到流理台。買東西要花時間，丟東西倒是一個念頭的決定，幾分鐘就可以清出不要的。他接著將手伸到第二層架子後面，拿出來的是一罐肉鬆，過了有效期兩年，這是諭方出生不久媽媽從台灣寄來，他們卻連打開都沒有打開過。現在必須把它清掉，他想起當時寄來的包裹還包含一些乾貨，香菇、干貝、海帶，還有六件他穿慣的台灣製棉質汗衫，當然最主要的是諭方的嬰兒服，可是後來倩儀給諭方穿的是美國市場普遍可買到的嬰兒服，耐洗耐磨耐烘。這罐肉鬆早已給遺忘，就像有些事給塞在內心的某個角落也遺忘了吧？他無意太懷舊，扔掉那罐肉鬆，仍有其他的東西要扔，他快速看有效期，過期的都拿出來，這樣整座儲藏櫃就清出了一半空間。他花不到半小時清除了陳年贅物，而窗外仍雪落無聲。

拿出一只大袋子將不要的東西都放進去，諭方的房間有了動靜，在主臥室旁邊的這間小房原可規畫為書房，為了方便照顧諭方，成為諭方的房間，書房在二樓，和客房相鄰，而搬進以來，從來沒有來過客人，客房成了另一個儲藏空間。諭方趴在床上拆解一個機器人的手臂，他坐到床邊，看他如何把機器人的兩隻手臂拆下來又組合回去，他不記得哪時候買過這個玩具給他。他說：「這紅色的手臂很漂亮，我怎麼不記得他的手臂是紅的？」

「這是昨天才買的。」

「昨天？媽媽買給你的？」

「一個叔叔挑的，他也幫媽媽提東西到車上。」

「喔，他很好。」

「嗯。」

「店員？」

「我不知道，他也買了些東西，他有車，他上他的車了。」

「你要賴床到什麼時候？該起來吃早餐囉！」

「再一下下。」

這次他把腿也拆下來，腿分為好幾截，每截都可以重新組合，膝蓋是個球形的膠體，小腿的部分扣上去就可以轉動，那是立體的人形積木。

諭方似乎已經起床玩了一陣子，他拆解的動作很熟練，也似乎可以無止盡的玩下去。他催促他：「起來吧，今天不出門，怪無聊的，對不對？我們得找點事做。」

諭方懶懶的說：「外面下雪啊，沒有草可澆，沒有鞦韆可盪，沒事可做呀！」

「來吧，我們會找到事的。」

他先走出房間，到客廳通往陽台的玻璃門邊，輕輕推開一條門縫，冷風灌進來，寒意撲臉而來，風夾雪吹進陽台的木棧上，並排的木棧像蓋了薄薄一層棉被，靠門處露出兩雙黑色拖鞋的上緣，滿像螃蟹從泥沙裡探出頭來。往草皮的四個階梯全被雪覆蓋住，後院的白樺樹枯枝比雪還令人感到孤獨，他想做點什麼對抗那孤獨。他穿上球鞋、雪衣、戴上帽子和手套，把門推開更大的縫，身子鑽到陽台，便又把門推回來，好讓室內保持暖和。拿起陽台的鏟雪耙子，他把木棧上的雪耙到陽台下，把階梯上的雪也鏟除，一腳踩到草皮上，像跌了個空，整隻腳跌到雪堆裡，雪也崩出一個凹洞。他踩上另一隻腳，兩腳一前一後向雪地走，原是草皮的後院，現在看來是雪原了。他走到最遠的籬笆角落，又走到分布在三面籬笆的樹下，感受每個地方的雪深，每跨出一步，就小心翼翼，彷彿往前一步就可能跌到深淵裡，其實後院地勢平坦，只有東側有點緩坡向上，每個腳步踩下去，比較擔心的是雪季前沒收拾乾淨的石礫或誤放的園藝工具。

他走了一圈後，後院雪原已是坑坑洞洞，他腳底冰涼，看著彷如給巨人踩過的雪原，蹲踞下來，開始堆雪，砌滾圓球，搬到這城市將近六年，沒見過這麼大的雪，他的人生也沒有這麼大的雪，他一面堆一面想著，坐在大雪中堆雪人或許是他小時候對雪的想像吧，從想住到會下雪的地方，心裡就存在著這個把雪人堆起來的夢，只是從來沒跟什麼人講，也從來沒想到是在一場大雪後，坐在自家的後院，一個人靜靜堆砌起雪人的形狀。他把雪一層一層堆上圓形的球身，身邊的雪已不夠，他站起來往遠一點的地方推雪過來，又一層一層堆上球身，這顆球體夠大了，再往上面堆一個小小的球，這顆得扎實，才不會掉下來，他在手中緊壓出小球體，再邊走邊拾起雪花壯大手中的球體，整個院子的雪原便像一片凌亂的戰場。他把小球疊在大球上頭，再一層一層擴大面積，直到可以戴上一頂小帽子的程度，便停下來，而此時手雖隔著手套，卻也十分冰冷。他走回陽台，拍掉帽子和衣服上的雪花，進到屋內。

他打開走道的櫃子，找出諭方的禦寒帽和圍巾，又回到後院，將藍色帽子斜戴上雪人頭上，藍色圍巾圍上兩球交接的脖子處。他再回到屋裡時，便坐在廚房落地窗前欣賞著這具與諭方幾乎同高的小雪人，又沖了杯咖啡，驅趕身上的寒意。諭方探出身子來到身邊，他要他坐到身邊。

「你看那雪人。」他指著落地窗外俯視可見的雪地。

「你剛做的嗎？爹地好棒，你該叫我一起做。」

「我叫你了，你現在才出來。」

諭方臉上顯出有錯過什麼的沮喪，晉思拍拍他的肩說：「等你穿暖和了，我們可以再做一個。」雖然原想找諭方一起堆，其實他滿享受一個人靜靜堆雪人的樂趣，沒有干擾，沒有爭逐，沒有急切，他想何時完成就何時完成。在無聲中與小時的夢想接軌，這個接軌也只能在一個堆雪人的動作，等他知道雪並不能帶給他所有人生的夢想時，雪就像雨一樣平凡無奇，有時令人失望。

諭方臉上現出光彩了，他烤了兩片土司，加一杯牛奶給諭方當早餐，等諭方用完早餐穿好衣服的時刻，他找出一副陳年未用的太陽眼鏡，和一支舊手表。倩儀來到廚房，她已梳洗換了日常的衣服，一副好整以暇準備開始一天的架勢，倩儀問：「我聽到你們在廚房裡弄出一大堆聲音，早上有這麼忙碌嗎？」話才落，她一眼看到一旁地上一個大垃圾袋裝滿東西，她翻開一看，有點像洩氣的皮球，皺起眉頭說：「哎呀，你把這些都扔了？應該我來整理的，還要勞煩你，有沒有扔了不該扔的？」她伸進手，去袋裡翻弄了一番，什麼也沒挑出來，只說：「扔了就算了，都擺多久了。」她打開櫃子巡視了騰空的空間，一副很抱歉由他整理的樣子，拖著那垃圾袋要往車庫去，垃圾袋太重，晉思來幫忙，兩人合力提到車庫，冷風侵襲而來，車庫裡兩部車身的水珠都結了冰，兩人急速回到屋裡，諭方已將自己穿戴整齊，一副要去滑雪的樣子。這時倩儀望向後院，又看看牆上的鐘，九點十五分。

「原來你起來忙了一早上了。」

晉思穿回雪衣，拉開客廳通往陽台的門，諭方跟在後頭。後院的深雪又踩出兩行足跡，一大一小，小的凌亂興奮，大的顯得有點沉重，踩得又深又穩，停在雪人旁邊。晉思將太陽眼鏡掛上雪人的臉部，膠質的電子手表插在肚子上。雪化了後，這支表，這身上的一切將掉在雪中，彷如垃圾。下一個雪季，他們不會在這裡，他要拋掉小時候的夢，尋找另外一個夢。

諭方堆著雪人，他出手去幫助他，心想著，孩子，你會有自己的夢想，可你知道父親曾碎了一個夢，人生可以有許多夢想，有許多夢想才是人生，孩子，有一天，你不會想堆雪人了，但必然有一些別的什麼更吸引你。

他捧起一堆雪壯大雪人的身體，諭方跌在地上，細細飛來的雪花，斜斜撲往他們毫無遮蔽的臉上。

4 家裡的客人

他新換的這個幼稚園離家不遠，走過公園，轉向大馬路，過一個紅綠燈，又轉到一條大巷口，巷口往內走幾步，就是一座有著前院供小朋友遊玩的私立幼稚園。媽媽說，公立都額滿了，當初進來都要抽籤了，現在更不可能收插班生，你就讀私立吧，反正到了夏天就畢業了。那時他是大班，已經十分厭倦團體生活，過去唯一令他在學校感到安慰的就是林老師，新班級也會有一個林老師嗎？

不是林老師，是一位比媽媽年紀還大的健壯婦人，這婦人的手心肥胖柔軟，握著他的手將他安置在一個空位置，左右都是女生，這婦人是園長，每天在教室內外穿梭。不同的老師教著不同的遊戲，常在班上的是一位大姐姐，叫張老師都有點把她叫老了，張老師姐姐每天都一副很累的樣子，她身上沒有任何髮香或洗衣粉的味道，她像個機器人操作他們這些小零件，在固定的時間做著固定的事。左右這兩位女生，一個長髮一個短髮，皮膚白皙，長髮的那個安靜，短髮的愛講話，他每天和短髮交換筆紙，塗塗寫寫的，但心裡面很在乎長髮的那個能不能多跟他講幾句話。

放學他自己走回家，過了紅綠燈，路有點往上斜，他喜歡這個往上斜的角度，彷彿要去一座山，確實遠處是一個小山坡，只不過他的新家在起坡點，從公園往後走，一條彎彎曲曲的道路往山坡上盤桓，從他的窗口，看得到那往上走的路，也聽得到來來往往的汽車機車遠遠傳來的微弱引擎聲，深夜裡，那聲息分外清晰，不致造成睡眠障礙，他反而喜歡聽著那聲息進入夢裡。

從五月初搬家到六月底畢業，兩個月在幼稚園裡，時光像片雲飛過，過不久，那長髮短髮女孩的長相也很模糊了，園長和張老師也像從生活裡淡出，形象變成了溫柔的林老師，甚至是一片空白，連林老師也不是了，只有來來往往所經的公園，公園近路口有一只垃圾桶，老是堆滿垃圾還溢出來，進去的三張椅子常坐著聊天的媽媽，她們的前面，寶貝們在坐蹺蹺板，黃昏他放學時的景象是定格的畫面。他走入那畫面，將背包丟在格架下，攀爬格子，一階一階爬上去，到最頂端，坐了一會兒又爬下來，這格架在公園裡是頂新鮮的，孩子們都要來爬一爬的。

要升小一的長長兩個月的暑期，他無處可去，整天和要升國中的哥哥在屋子裡玩著兩個人的跳棋，他們才三歲的妹妹被提早送到幼稚園，從此注定不管寒暑假，都要待在那個胖園長經常進出的狹小教室度過白天時光，媽媽一早出門工作，傍晚回來接了妹妹就陷在廚房和清理家務中。白天就算妹妹在家，不知是太小還是沒興趣，沒和他們玩跳棋，兩個人玩，棋盤上空曠無比，不是很快跳到對岸，就是怎麼也找不到適當的路徑跳過去。有時他們吵起來了，為了他沒有按規則跳棋子，或者哥哥不小心踢了他的腳，甚至搶著一顆軟皮球，吵凶了便扭打起來，往往是哥哥放開他，自己走入房間，他留在客廳，怎麼也不敢進房去面對哥哥憤怒的眼神。

酷熱、潮濕、煩悶的夏天，悠長而緩慢，黃昏時他仍來到公園爬格架，有的媽媽們離開了聊天的群體，帶著幼兒回家做晚餐了，有的媽媽仍陪著幼兒甚或像他這麼大的孩子在公園裡玩耍，他從來不需媽媽陪，哥哥也不下來陪他，哥哥寧可留在房間裡玩著一把爸爸從朋友處撿回來的廢棄三絃琴，那是朋友家清理儲藏室翻出來的老樂器，哥哥無師自通找音階，很自得其樂的撥彈著曲子，他不喜歡那樂器流瀉出的哀傷感，哥哥一彈奏，他就往公園來。

臨近開學前，有個週末的晚上，媽媽將一直在三重與外婆住在一起的姐姐接回來了，姐姐即將升上四年級，媽媽將她戶口轉回，一家人從此住在一起。爸媽剛認識時，爸爸已從軍職轉到五金生意，在市區的餐廳裡看上了當服務員的媽媽，提了很重的聘金去媽媽三重的家裡提親。家裡只有外婆和幾個阿姨，外公早就過世了，家裡沒男人，窮到連把椅子都沒有，吃飯都是在通鋪上排上矮圓桌，坐在通鋪上吃。當時爸爸三十三歲，媽媽二十三歲，外婆一句話都聽不懂爸爸說著什麼，他穿西裝，很派頭的模樣，看在錢的份上，便把媽媽嫁了。媽媽嫁給爸爸才知道，爸爸的那套西裝和聘金都是借來的，看上的只是她年輕的美色，他想要有個老婆，有個家。媽媽婚後仍努力的工作著，並且更努力的學習華語，在她工作的餐廳，講華語的客人很多，她年輕學習力強，是婚後邊學語言邊和爸爸溝通感情，生了哥哥後，再生姐姐時，感到乏力照顧，姐姐才滿週歲就由外婆和家裡還未嫁的阿姨接去照顧，長大了些也就成了外婆的幫手。搬到北投後，媽媽說，要把姐姐接回來。她心裡一直牽掛著姐姐。在往後的歲月，有幾次她講起這段結婚的過程，總覺得是被外婆賣掉的。等他們長大後，她倒是不講了，她不再以為必須把委屈掛在嘴上。

姐姐來了之後，對他們很認生，但他和哥哥玩跳棋時，有伴了。在棋盤上，他們建立起感情，姐姐細心體貼，分出勝負後，總幫他們收棋盤。

這個暑假，他們不只四個兄弟姐妹像拼圖一樣拼在一起了，在他們的家庭關係裡也多了一個成員，整個家庭氛圍突然擁擠而熱鬧了起來。

這天他爬上公園溜滑梯，沒有其他孩子爬上來，他坐在梯子上頭望著行人，看見媽媽牽著妹妹回來了，另一隻手拎著一大袋菜，他便滑下來，快步到媽媽面前要幫忙提，媽媽說：「你就在這裡玩，妹妹交給你，我們晚上有客人，媽媽要很快做菜，姐姐幫我洗菜，你幫忙帶妹妹，我才能快快把菜做好。」

「什麼客人？」他牽過妹妹，邊問。

「我老闆生意上的一個夥伴，很重要啊，好好招待，對我的工作是好的。」媽媽摸摸他的頭，又捏捏他的臉頰，俯下身來親吻他的臉頰，便匆匆提著妹妹的背包上樓。

他陪妹妹盪鞦韆，和她一起爬上溜滑梯又滑下來，一次一次的重複，他丟下妹妹，爬到格架的最頂端，眼睛不時注意仍不斷在溜滑梯的妹妹。他站在格子的橫桿上，手握另一支橫桿，抬頭看自己的窗口，淺米色的窗簾垂掛兩側，中間那一大片玻璃只有反光，看不到裡面，但他隱隱約約聽到哥哥彈著三絃琴，奇怪的悲傷，好像是個老人在說著什麼。他低頭看到妹妹來到格架下端，作勢要往上爬，他立刻一格一格往下爬，並制止妹妹爬上來，他怕她手沒抓牢桿子掉下去。他下來後握著妹妹的肩膀，告誡她不准爬，「等長到我這麼高了再爬。」妹妹清亮的嗓音說：「我可以，我要爬嘛！」他在她肩上重重拍了一下，說：「摔下來人就糊了。我們回家吧！」然後是爸爸的摩托車啵啵啵的來到公園邊，停了下來。他身上有廢五金的鏽味，他從南邊回來，帶來南邊家裡的氣味，他和妹妹跑向爸爸，爸爸伸出手撫了撫他們的頭，那手的五個指頭像磨砂紙一般在髮絲上刮出沙沙的聲音。

媽媽的廚房猶如戰場，流理台上堆滿食材，有的已洗淨切好，有的還裝在塑膠袋裡，姐姐在一旁幫忙洗菜，她快速做菜，也以快速的口吻命令他們得把自己洗乾淨，換上整齊的衣服，這中間還空出手來幫妹妹洗了澡，又回到廚房繼續烹煮。

媽媽特別替他挑了一件紅色的棉衫和白色的短褲，要他換成這套，說：「請客嘛，要喜氣些。」但她並沒有替家裡的其他成員挑衣服，媽媽自己則是穿了一件藍色洋裝，圍著圍兜做菜。

將近七點，門鈴響了，他們全都有模有樣等著客人進來，媽媽下樓去接客人，換上白襯衫的爸爸受命等在門口，爸爸和他們一樣流露一種茫然的眼神，不知什麼樣的客人讓媽媽這麼大陣仗的親自下廚，指揮所有人配合。客人隨著媽媽走上來，爸爸在門口以他的湖南腔調呢呢噥噥說著：「歡迎歡迎，大駕光臨，小地方小地方。」他卑躬屈膝，難得的扮演了一個綠葉襯紅花的角色。

這人一進門，室內空間彷彿變大了，因為平時六個人的家庭，如今可以容納七個人，他穿藍條紋襯衫和藍長褲，好像和媽媽套好似的，兩人都選藍色，他的深藍使他顯瘦，五官明顯，眼睛不大但眼神銳利，鼻梁直，嘴唇薄細，他跟站在他面前的孩子們打招呼，摸摸頭拍拍肩，將手上的水果禮盒遞給爸爸。他轉身的動作像股輕柔的風，極其流暢的交出了禮物並循著媽媽的指示在餐桌前坐下來。爸爸拿著那禮盒，有點笨拙的不知將禮盒擺哪裡，還是媽媽接了手，放到流理台上，嘴上說著：「太破費了，以後常來吃飯，什麼也別帶。」但孩子們都沒有遺漏他們的眼光，那水果盒上的圖案是蘋果，蘋果，日本進口，爸媽從來不買，傳說中，一顆要幾個人分著吃，因為太貴，那麼今天來的真的是貴客。

他坐在客人的對面。看著他的薄嘴唇，弧度優美得像個貝殼的開口，兩邊細，中間厚度適中，那更像女孩們的嘴，他自己也有那樣的嘴唇，舊家鄰居叔叔常跟他說，小思，你的嘴真美麗，讓我親一下呀！他會用力把叔叔推開，讓他向路邊倒下去，兩人打打鬧鬧後，叔叔會拍他屁股一下，將他趕回家去。對面這個客人笑得很燦爛的看著他，說：「你的眼睫毛好長啊，像個娃兒，長大了是美男子啊！」客人又去讚美哥哥，說：「你真結實，氣宇軒昂，將來想必允文允武。」然後輪到姐姐，他讚美她文靜乖巧，他想把妹妹抱在腿上，妹妹認生躲開了，他說：「你們家的孩子怎都像洋娃娃，真可愛啊！都來當我乾兒女吧，反正我喜歡孩子，孩子是國家的寶啊！」

碗筷都還沒動，他就想當孩子們的乾爸了，媽媽笑稱：「他們皮得很，哪配啊！」他說：「孩子就要皮，越皮我越喜歡。」媽媽看了看爸爸，爸爸看著客人笑著，媽媽接著說：「還不快磕頭，叫乾爸。」

他們四個都站起來，畢恭畢敬對這位客人叫了乾爸，爸這個音讓他們覺得空氣很詭異，可不像叫隔壁叔叔那麼單純。媽媽笑得像春陽，抱起妹妹交到乾爸手中，妹妹沒有再躲，一頭靠在乾爸臉頰，乾爸嘿嘿笑著，很爽朗的哄著妹妹，邊說好福氣，一下子多了四個孩子。媽說，是孩子們有福氣，多了長輩疼愛。

乾爸雖哄著妹妹，眼神卻時不時飄到他身上，他感到那眼光像帶著箭般穿入他心中，這對冷靜的眼神在他心底像生了根似的，讓他感到很安心，他以為那個安心是個盾牌可以抵抗爸爸的壞脾氣。他希望乾爸一直在那裡，坐在對面的位置不要走，這整晚，穿白襯衫的爸爸像尊菩薩一樣慈祥。

這是媽媽工作的公司的股東之一，用餐間，媽媽特別感謝股東乾爸的關照，不斷跟爸爸說，張股東人最和氣，對員工特別照顧，才會不嫌家庭簡陋，肯到家裡作客。他想，那麼其他股東若來，也要認乾爸嗎？他和哥哥互視，眼裡好像有相同的疑問，他們交換了一個笑意就回到眼前的菜色，裝成不在乎他們的閒談，但他聽得很清楚，他們談到軍隊，爸爸隨軍隊來到台灣時，乾爸還在上海，最後是搭上最後一艘船進了台灣，原是在公務系統工作，已轉到私人單位，而爸爸原在兵工廠，因為和做五金的生意人認識了，就從軍人退役，替五金公司接洽政府部門的工程生意。他們因為有共同的離開公部門的過程，言談間好像放鬆不少，爸爸就說：「早退是好的，我全省到處去啊，哪裡有生意就去哪裡，相當自由。你在私人單位，投資那卡西旅館也很自由啊。沒人管得了。」乾爸說：「沒的事，在公家的，若懂得門路，爪子也伸得很遠啊。」他們都呵呵笑著，敬了好幾回酒。

室內的空氣好像因為他們的話題而有了很奇異的氣氛，從他們搬家以來，這是第一個走入他們家裡的人，電風扇把窗口的風迎進來，這位貴客鬆軟的髮絲輕輕撩著，他盯著那髮絲，感到一種柔軟的心腸在室內流盪，他們多了一位爸爸，而真正的爸爸，突然和藹可親得如同路人。他其實不想坐在餐桌前繼續聽他們講話，只想在這怪異的氣氛裡，趴到客廳地上玩彈珠，彈珠滑去的那個角落，或許會更像平時家的感覺。

5 我們心裡總放著些事

雪化的景象比雨後的泥濘還令人心煩，仍有鏟雪車在公路上緩慢行駛，將雪往路邊推，把水噴向路面以化冰，車子來來往往，殘冰一被輪胎輾過，路面就像死蟲子聚集，變成髒兮兮的黑色泥腸。他將車子開到辦公室大樓，整部車全濺附了污黑的雪水，他的車子雖老舊，但他不喜歡看到車子像從泥沼裡翻出來一樣，他又將車子開離，到附近的機械洗車場將車子洗淨了才又開回停車場。脫離雪中泥污的日子應不太遠，走入大樓時，他閃過這個念頭。

如果不太計較工作內容的話，從他坐的角度可以望向窗外天空，經常是澄藍的，毫無遮蔽的視線一片乾淨，可以稱得上美麗無瑕，但太乾淨，便顯單調，看著空無一物，不得不感到空虛。也許他不適合一成不變，他常看著窗戶框起來的天空，盼望即使有片雲飛過也好。

桌上有例行的工作，任何的外館活動，他們都詳加記錄，重要消息會發新聞稿，某某人來訪，或處長受邀去參加了什麼活動，國內的某個重要團體將在何處舉辦慰勞僑胞的活動，或者國內有什麼重要政策發布，他們得與窗口保持密切聯繫。做為駐外辦事處，位處美國中部的此地相對單純，環境也單純，從第一次任期三年到延長一任，近六年的時光在這裡度過，照規定，他得調回台灣，等待下一次外調的機會，外調到哪裡則說不定，可能北美，可能南美、澳洲、歐洲、亞洲，甚或非洲，他已經算幸運，第一次外調就到了美國，那也是他多次表白心意，長官放在心上，才掙來這個機會，有些跟他同一批考入新聞局的青年，到交通不方便、人煙稀少的國家，光生病看醫生就得舟車勞頓跑到文明城市。他並不排斥到各個不同的外館流浪，每幾年待一個外館，但當時為何一心想往北美來，因為這裡是最重要的外交據點吧，是小時候夢想的雪原之鄉吧，是許多青年夢想的留學之地，是哥哥已經在這裡待下來，他想來到哥哥所在之地。然而畢竟美國太大，外館有幾個，調到中部外館，由不得選擇，但起碼是一個下雪的地方，只是他受夠雪了。

如果去到任何一個外事單位，他得如常的寫著新聞稿，處理為僑民舉辦的活動，不斷的接待來訪的賓客，那麼似乎可看到在人生的盡頭，他會是怎樣一幅景象，前頭還有許多資深的館員等著升遷，他只是等待隊伍中的一員，如果安於等待，總有一份不錯的薪水，連房租都有政府補貼，政府是牢靠的老闆，退休金也不怕沒著落，但工作內容與他的期待不同，發新聞稿、做國際文宣常常效果達不到，服務僑民也有經費越來越有限的問題，贊助一點經費協助活動聯絡感情，對僑民來說或許是大事，對他來說，卻是小事，算來是舉手之勞，在一定的法規和經費預算範圍內做著能力和權利可做的事，而這能力和權利已經僵化失去味道了，他需要改變。

中午時間，同事吃著自家製作的便當或啃著三明治時，他已擬好一份辭呈，說明另有生涯規畫，請予准辭云云，意謂三個月後不必調回台灣，他將在美國待下來。即使在這段時間他找不到工作，也可以靠著妻子倩儀的配偶關係，在美國留下來。這個時間，他們的處長，正陪著本州的參議員午餐，陪同的是兩位主管，聚會能談什麼？為最近發生在本市的華人遭劫案表示關切嗎？他保證他們不敢給嚴正的壓力，他們頂多只會表示關心，希望早日破案，在這個地方，他們離政治核心很遠，就算有敏感的政治問題，還輪不到他們動作，他們比較多的功能在於為僑民為留學生服務，但在他走入公職的生涯，他懷著一點為國家爭取國際空間和認同的夢想，只是將近六年的時間，他連一個沾上談判桌的機會都沒有，他所選擇的管道是偏向外交的周邊服務，他本該知道他能做的只是接觸到外交的環境而已，他是無法發揮什麼理想的，他只是搭著外館的翅膀達到飛到外鄉的目的。就算他能到達處長那個位置，得到與政治人物往來交換意見的機會，這過程又將耗掉他多少熱血？

他陷入自我詰問，其實這些問題已醞釀在他心中多時，只是接到調派令才正視自己的內在聲音。對著一桌子文件想著這個決定，最上面那張是草擬的辭呈。他的同事若水走過來，問他要一起去午餐嗎？

若水是個穩重，懷善意的中年女士，一直以雇員身分待在代表處，因為先生的工作在本市，她以打工的性質在處裡待了十幾年，比他資深，卻比不上他的待遇，因為沒有經過考試這個關卡，也幸好不是正式人員，所以不必調任到別的城市，她的表情一向祥和，像一面平靜的湖水，也許這個平靜的湖面是她能擔任雇員十幾年的原因。

他是帶了午餐的，倩儀通常在前一晚多做兩樣菜準備兩個便當，隔天他們分別帶到辦公室當午餐，他並不想天天吃漢堡、三明治當午餐。但若水開口了，他心裡仍盤旋著與辭職相關的問題，正需要換個空氣。他拿起車鑰匙，說：「我開車，我們去外頭吃。」

他們來到一家中餐廳，老闆陳茂從台灣來這裡開餐館多年，原是在台灣負了債逃到美國來，在別人的餐館打工三年，便自己開了小餐館，手藝好，生意做大了，如今門面也頗有氣派，雇用十來人，也算促進美國經濟，自己卻不敢回台灣。據他說，不是還不了債，而是無顏面對當日被他拐了錢的人。一日是騙子，一世為騙子。陳茂再有反悔心，也無顏面對昨日的自己。大概是懷著這樣的悔恨，見台灣人來用餐，便更加親切，加菜加飯，彷如一家人。他喜歡來這裡用餐，一來就有一種人事滄桑感，好像人怎樣也無法和過去斷絕，而他心裡一直想和過去斷絕，陳茂的餐館在提醒他記得什麼嗎？在潛意識裡，他以為自己該記得什麼嗎？

「我看你悶悶不樂，發生什麼事？」在等待食物上來的時候，若水開門見山的想直搗他的問題。

「許多年了，一直做著重複的事，日復一日，神情自然就悶了，能有什麼事？」

「這也不是今天才發生的，何必悶呢！做做這些輕鬆的事就能過日子，還有不好的嗎？」

「也許我怕安定。」他知道這不是真正的答案。

「世人都求安定，哪有人怕安定，你真正是吃飽飯沒事幹，太閒了反而發愁。」若水盯著他，像他臉上有什麼不可思議的印記，這時陳茂自己端來一盤梅子涼拌苦瓜，說是招待新配的菜，菜單上沒有的，苦瓜從加州送來，雖是季末採收冷藏，但是難得的食材，只做來分享好友。陳茂順道坐下來，五十開外的人，圓形略方的臉上，一堆起笑，一副彌勒佛的樣子。他說：「好久不見，中午怎有空出來吃飯？」

「太想念你的菜，我們時間有限，得趕回去上班，就麻煩出菜快一點。」若水催菜。陳茂回頭交代服務生催促廚房，便又問：「館裡都好？」

兩人都笑起來，若水先說：「不能不好，好，才能太平。」

晉思接著：「老陳，你的館子好，才保住大家都好。」

「兩位說的都是，肚子顧好了才能顧國家大事，老陳我就是顧大家的肚子，只要想來，一定讓大家滿意回去，做事更有精神！」

飯菜一一都上來，老陳去招待其他桌客人。若水瞅著晉思，若有所思，便又說起：「晉思，我癡長你幾歲，這幾年你在這裡，我也有些觀察，總覺你似乎沒太多心思在這裡。」

「不是沒心思，是心思在遠方。」

「哦？」

「不是真的遠方，在想著，日子要有些改變罷了。」

「也許你還年輕不懂事，以為有個更好的選擇，對面前的東西就不屑一顧。我和先生早期出來留學，生活拮据，我們都靠自己的力量打工賺錢把學業完成，如今能夠有一份工作留在美國生活下來，心裡很感恩，也希望工作一直平順下去，生活有安定感，人生也就有了安定感。」

晉思聽到安定感，感到如芒在背，他打住自己的想法，心想著若水難得找他一起午餐，或許若水想說什麼，便問：「妳都好嗎？在館裡很資深了，卻很少聽妳提起個人的事情。」

「不是不講，是乏善可陳。」

「妳才說很感恩有安定感！」

「唉，就是人生的矛盾呀！安定是安定了，除了努力工作攢孩子教育費，日子是一成不變，平時關心的最大範圍就是把家的院子整理好。」

「總有些特別的什麼令人愉快的事吧！」

「沒有不好的事就是愉快了吧，孩子們都安分念書，做父母的每天都有工作可做，生活內容沒什麼變化，但一年四季，環境都變化著，我看到枯枝冒出新葉，就感到很喜悅，看到夏天的溪流流動清澈的水，也感到喜悅，這就是愉快了吧，這樣的生活對我也夠了，但好像人生也不全是如此就夠了，和那些做慣大事的人比起來，真的是乏善可陳。」

「這社會不需要人人做大事，人人能做一些自己想做的事就不錯了。除了照顧家庭，妳有沒有想過給自己一個什麼樣的人生？」

「咦，你問我這個問題，好像老師在問學生，長大想當什麼？老實說，我年輕的時候，也想在學術上有成績，拚命念書，出國念研究所，但遇到先生，為了幫助先生專心完成學業，讀到碩士就停止了。在外館找到工作，生活安頓下來，我就沒再想我要成為什麼樣的人，這方面大概男生想得比女生實際，畢竟男人還是事業心重。」

「若水姐，成為好妻子好媽媽或許就是妳想要擁有的人生！」

「可能我忘了有夢想這回事。晉思，你呢？你那個遠方的心思是你的夢想嗎？」

享受的菜色很可口，晉思思索那個遠方的存在，他也和她一樣，沒有能力擁有夢想，如果不做任何改變的話。他倒是想起：「我小時候有個遠方的夢，就是到有雪的地方，經歷二十幾年，我真的來到這裡，我們才有緣在同個地方上班、同桌吃飯，下一個二十幾年，我還能到達哪裡？我真的需要一個遠方幫我度過下一個二十幾年。」

「咦，說的什麼？第一個遠方令你滿意後，就不必第二個遠方了，這裡很好，平靜的城市，安定的工作，不好嗎？」

「妳忘了我得調回台灣嗎？下一個外派地點還不知道。」

「那更符合你的意思了，永遠有另一個遠方可去。」

「妳知道我說的不再是地點了。我想我該離開外館的工作，這不也是一種安定嗎？不必被任意派到哪裡。」他說著笑了起來，又警覺自己說得急了，便補上一句：「當然，只是想，還沒定案。」

「最好是沒有定案，現在我需要你幫忙一件事。」

她終於說出需求，晉思端正神色，仔細聽著。

「你三個月後要調回台灣，我能託你回到台灣後常代替我去看我的父親嗎？」

「哦？」

「這是家族的故事。我當年出國，是為了開眼界，也因為父親娶了繼母，我不想再待在家裡，想離父親遠遠的，我是他和媽媽的獨女，他反對我出國，我偷偷申請了學校，就出來了。父女彼此賭氣，我在美國結婚，只寄回一張照片，但在美國待了快二十年，我常想念父親，也曾回去看了幾次，他畢竟愛我，沒有重話，但我們也沒有特別親密的話，我的話都積在內心講不出口。前年回去看他，他已經不太清楚了，我的繼母把他送到老人院，我想他在那裡是很寂寞的，他和母親就只有我這個女兒，我不能照顧他的晚年，感到我天上的母親或許也責怪我。我想念他，有朋友回台灣，我總託朋友代我去看他，替我帶來他的訊息。我知道我的要求很過分，畢竟你和他無親無故，我們也只是同事一場，可是沒人可以給我他的訊息了，我當年親密的朋友都像我一樣在國外，我繼母和她的兒女不會主動告訴我，他們也許讓他在老人院自生自滅……。」她低垂著頭，眉頭皺結。

他為她的碗裡夾進食物，想像她宛如失親的孩子獨自來到美國，依靠著先生的彼此扶持而住下來，親情離她很遠，存在，但無法傳達和觸摸。

「他完全無法聽電話了？」

「不行了，在電話中講話，總牛頭不對馬嘴，是個失智的人了，但他是我父親，他不會再認得我，我卻很想天天在他跟前叫他爸爸，他的第二次婚姻應是給了他不少磨難，他過去不講，也是我沒機會讓他講，我很不孝……。」

她看起來很脆弱，他感到自己走入半張鏡子裡，彷彿就要看到自己背後那些曾存在的事物也像若水經過的處境，若水的情況是很多寄居國外者的心結，他自己何嘗沒有心結，而今他不回台灣，不就預示自願的往若水的處境走下去。但他無法開口跟若水說那個已做好的決定，至少在若水陷在懷念父親的困境中，他得好好讓兩個人將這頓飯吃完。在若水越趨低沉而哽咽的聲音下，他聽到自己的聲音說：「我不確定自己將來會不會一直待在台灣，但如果我人在台灣，我會記得去看看令尊，為妳帶來他的訊息。」

6 公園的彈珠回響

他們最常玩的一種遊戲是疊羅漢，下課的時候衝到操場，幾個男生彼此繞著打鬧一番就開始分組，有的跪在地上，有的爬到跪地者的背上，有的再疊到第二層同學的背上，通常兩個人爬到第三層時，八九個男生就跌坐地上，和泥巴混在一起，褲子和衣服都沾滿泥巴的灰屑，他們拍掉泥塵，又繼續疊，又跌下來笑成一團，泥巴的灰屑隨風吹進嘴裡，細微的塵埃搔動他們的喉嚨，讓他們邊笑邊咳，邊咳邊把聲音笑得更大聲。

每節下課疊那麼一回，中午放學後就是個混小子，衣服褲子都髒了，這身髒要到晚上媽媽要求他洗澡才會換下來。放學後，他也是個野孩子，低年級只有半天，哥哥、姐姐讀全天，妹妹在幼稚園，家裡冷冷清清沒有一點聲響。他有時中飯在附近市場的攤子吃了才回家，有時帶食物回家，邊看電視邊吃，這時他是房子之王，無論走到家裡哪個角落都沒人監視也沒人理會，電風扇搖頭擺腦吹著風，他有時在那風下睡著了，有時在那風下寫字做功課，風吹起作業簿薄薄的紙張，撩著他盡力工整寫下的字。有時他帶幾位同學來家裡看電視，這是家裡足堪傲人的地方，大部分同學家裡沒電視，同學擠到客廳來，他好像變得尊貴了些，等同學走了，家裡便像空洞一樣寂然。

近傍晚時，他字寫完了，電視看夠了，覺也睡醒了，公園裡總有小朋友在這時聚過來，他帶著彈珠、尪仔標加入他們，蹲在地上打彈珠，鼻尖頂在泥地上，眼神一往上飄就看到樹梢漫塗了藍天，他說不上的喜歡那像畫面似的天空，常常將頭垂得很低瞄彈珠，從小小的一顆珠子的上端窺視天空，他有一種亢奮的快感，因為那天空是一望無際的。有天，他又蹲下來打彈珠，眼睛瞄向上方尋找雲影，一個高大的身影堵住他的視線，再往上望，上頭那俊秀的臉也正望著他。他站起來，手裡握著幾顆彈珠和泥沙。叫，乾爸。

乾爸的嘴巴笑開，四周薄弱的陽光好像都變成閃光，他因而看到他潔白的牙齒整齊的排列著，使他講出的每句話都特別清晰。他說：「小思，贏了幾顆彈珠啊？」他隨即蹲下來看他手中的彈珠。

現在乾爸的頭和他齊高了，他攤開手，說：「就這幾顆，沒有和別人賭。」他跑開去撿地上殘留的兩顆，全部捧在手裡，遞到乾爸面前，乾爸數了數，八顆。

「小子，這八顆哪夠你玩，乾爸帶你去買，我要給你一大袋。」

這是個神奇的傍晚，乾爸牽著他的手，帶他到公園過街的文具雜貨行，買了一大袋彈珠，還有一大疊畫著布袋戲偶的尪仔標，也買了幾枝鉛筆，拎著這些東西時，乾爸說：「玩得高興後，也要好好念書，把字寫漂亮。」乾爸不斷撫著他的頭，撫著脖子，手搭在他肩上，又買了一罐彈珠汽水，兩人回到公園，坐在椅子上，乾爸打開汽水瓶，遞給他，看他咕嚕嚕往喉嚨灌進汽水。他手上的泥巴混著汽水瓶身的水珠，把汽水瓶塗得一片糊塗。乾爸什麼也沒說，笑著靜默的等他把汽水喝完，他很快灌完汽水，身子也半斜在乾爸身上，他打出一個嗝，他們才挪動了身子。乾爸問：「天天來公園玩嗎？」

「有時候。」又糾正：「差不多天天。」

乾爸又笑了笑，說：「好小子，知道要玩。玩就要玩得高興。和小朋友吵架過嗎？」

「沒有。」

「沒有？那是沒人欺負你嗎？沒人欺負是好事，但是如果有人欺負，要打架了，你也要很勇敢跟他打，不要打輸，懂不懂，要打就要打贏。」

「和哥哥打呢？我很想打贏。」

乾爸將他的肩膀攬得很緊，好像他是一顆很大很重的球，非要使盡力氣抱緊才不會滑掉。他把他的肩攬痛了，聲音從他的頭上飛削過來，「不要，孩子，不要跟哥哥打，兄弟是要陪你很久，比父母陪你更久的人，你們要合作，要相親相愛。」

然後乾爸就說起了自己的家庭歷史，他們坐著的椅子後方有好幾棵並排的樹，此刻似乎都安靜竊聽，「我的父母從小就教導我要和兄弟姐妹和睦相處，雖然我們難免也拌拌嘴，但從來沒有鬧到什麼不愉快的地步。我們三個兄弟，抗戰時都從軍了，大哥死在軍隊裡，二哥離開軍隊回家照顧生病的父母，我則來到台灣。我很想念家人和我死去的大哥，我的部隊和他的部隊曾經同在一個戰場，我想像他中彈時趴在地上，過了很久才有人收屍，就感到心痛。孩子，有緣當兄弟是很大的福分，要愛惜哥哥，有兄弟相伴一生，人生也少點寂寞。」

「你寂寞嗎？」他想乾爸一定是很寂寞的，兄弟一個死了，一個不能見面。乾爸卻說：「小子，我們都要努力讓自己不寂寞，你長大了也是要找快樂的事讓自己不寂寞，萬一真的很寂寞，就去找人聊天。」

「像你現在找我一樣嗎？」

乾爸眼裡閃著金燦的亮光，望著他，流轉的眼光好像那慢慢要降下來的夕陽，溫和而神祕，好像有一個很遠的地方藏在那眼裡。

「你是我兒子，不是普通人，你是安慰我來著。」

他一直為著兩個爸爸而困惑，這位不久前新增的爸爸這麼斬釘截鐵稱他為兒子時，他感到自己有兩個世界，也好像有兩個自己，一個在原來的爸爸的世界，一個在新爸爸的世界，這個世界有玩具，有彈珠汽水，他兩隻腳在公園的椅子上隨意晃盪，乾爸的氣息像股風包圍他，他在那風裡，不想，也沒有能力出去，就在有新爸爸的世界裡過著彷彿是新的日子，任意的說著想說的話。

新爸爸好像也不想動，他們就在樹下坐椅任微弱的風吹著，已經近黃昏了，風帶來涼意，他問：「乾爸，你現在有家人嗎？」

「我都這把年紀了，當然有家人，我的孩子有的年紀比你大一些。」

「他們聽話嗎？」

乾爸這時挪了挪身子，將臉轉向他，盯著他，兩手捧著他的臉，很快又放下來，邊說：「傻孩子，我從來沒有要孩子聽話呀，孩子有自己的個性，呵呵，我也不會要你聽話的。」

「那你的孩子很不乖呢？」

「我講道理。」

「我爸媽都要我聽話。」

「所以我不必再叫你聽話了。好小子，再玩兩回彈珠你是否就該回家了，我也該回家了。」

「你家很遠嗎？」

「不遠，去哪裡都不遠，如果想去的話，但我家真的不遠，我可以常來公園看你玩。」

「我可以去你家嗎？」

他沒有得到立即的回答，乾爸盯著他看，嘴裡一直含著笑，那鼓起的嘴像含著糖，讓嘴邊的聲音無法適時傳達出來。他蹲到地上打彈珠，很揮霍的從袋子裡掏出新珠子，一顆彈打到另一顆，地上紛置著珠子，珠子滾起沙塵，乾爸說：「想去的時候就可以去呀！」這句話好像他剛打出去的彈珠彈去很遠後，打中另一顆彈珠傳回來的回響，清脆，但不確定距離。而他專注在打彈珠上，很快忘了乾爸的承諾，很多年後他想起來，從來沒去過乾爸家，乾爸那個回聲其實只是他的誤解，那顆彈出去的彈珠，其實沒有打中另一顆，它滾著滾著，不知所終。

那一兩年，乾爸常來公園，在椅子上坐坐，和他聊天，他會從提袋摸出各種不同的玩具，帶他去吃一球福樂冰淇淋，然後他悄悄的回到家，絕不提起乾爸和他的會面，和哥哥比起來，哥哥和乾爸講話有點認生，且姿態端正不敢隨便晃動，像是對待一個遠方的長輩。他將玩具收在房裡的一只紙箱裡，哥哥對他的玩具不感興趣，比較專心在手上的一把小提琴，哥哥正式拜師學藝，每天在房裡就拉小提琴，別的什麼事提不起他的興趣。媽媽收拾房間也看到他的玩具，媽媽不問他哪裡來的，像是知道誰是贈與者，也像是並不在乎那些玩具的存在。

等他升上中年級讀了全天課，他不再去公園，乾爸便也不再到公園，他們偶爾在餐廳聚會的場合碰面，總是什麼節日，媽媽說：「你們很久沒跟乾爸碰面了，這個週末乾爸請客。」

在那場合裡，有時正牌的爸爸出現，常是喝酒喝到滿臉通紅，桌上是紹興，全由乾爸埋單，他想，爸爸一定以為乾爸既是媽媽公司的股東之一，桌上的菜餚就要盡量吃，酒也不能少喝。他好怕爸爸臉色通紅後，那大嗓門講出的話，伊伊噥噥，他們當孩子的都聽不清楚了，如何乾爸會聽得清楚。他坐立難安，盡量不去聽爸爸說了什麼，低著頭吃飯，眼神時而飄移到桌巾上的紋路，數著上頭有幾種色彩，或者想學校裡那些愉快與不愉快的事，而乾爸總是招呼大家動筷子，有時夾幾塊食物到他碗裡。更多時候，正牌爸爸沒出現，他以為媽媽是故意挑了爸爸出差的時候，帶著他們和乾爸用餐。有一回和妹妹談到某次爸爸不能成行的聚餐，妹妹拍著手說：「我喜歡乾爸，我喜歡乾爸。」媽媽在一旁沒有搭腔，但露出了一個像陽光一樣燦爛的笑容。

7 清醒的部分

他向長官表明辭意，長官劈頭一陣罵：「你瘋了不是？這個工作多少人擠破頭考試，又千等萬等才等到來美國的機會，你輕易放棄，是哪個國營事業請你當總經理還是董事長？」

「我哪有這個本事，草民一個，來去自如而已。」

「好像很瀟灑，但這是生活問題，你有更好的打算？」

「不是好不好，是自在不自在，我不想跟著命令被發派，我永遠不知道我的未來是在哪一個地方。」

「這不也是一種樂趣嗎？」

「如果我能像你這樣當樂趣看，我就會和你一樣優游自在，很可惜我不是個懂樂趣的人。」晉思將臉轉向長官背後的窗口，一片悠然的藍天，陽光投射進來，把地板照出一個長方形的亮塊。他覺得那個亮塊日復一日出現，真是呆板無味。

「當然啦，我們在政府單位裡工作，升遷的位置有限，對有能力的人來說，是防礙前途的。人各有志，現在我得轉過來讚美你的勇氣，畢竟你沒有受現有的環境限制夢想，得祝福你飛出去後，越飛越高。」長官不忘補上一句：「希望你在這裡的任期還是要做滿。」長官疑惑的看著他：「你打算回台灣後就住下來嗎？不必再到其他國家流浪，在台灣找一個安定不必移動的工作？」

他可以誠實告訴長官，他不會在台灣住下來，他打算留美國，因此必須辭掉工作，但他和這位長官平時互動冷淡，他一向不認為該陷在縛手縛腳的外交處境裡，無法發揮再留下來有何意義，所以他沒有和誰互動良好，他不必將內心的打算據實以告，以免離開一個職位還得罪了人。他回說：「將來的事，再說。」

現在，他要考慮的是，在剩下不到三個月的時間裡，如何為留在美國做準備。倩儀是美國公民，他將透過倩儀的身分合法居留美國，如果有必要，也可以申請成為美國公民，反正離開公職，他是個自由的人。在沒找到理想的工作之前，他還有當家庭主夫的選擇，如果倩儀沒太多意見的話。過去倩儀對他的決定從來沒有太多意見，比傳統女性更傳統的對他從不吭一句反對的聲音，這不是他原來想像的她，倩儀小學三年級就隨父母移民到美國，受的美國教育足以讓她像追求自我的美國女性，她也確實有這個特質，但家庭教育給她所有台灣人的禮儀，包括父母輩所受的日本文化影響，使她內在有一部分是拘謹的，和台灣人相處就出現台灣模式，和美國人相處就是美國模式，好像腦部有一個開關可以隨時切換。他原來想像她是一個在他面前有主見，甚至為了和他持不同意見而會動怒的女性，雖然結婚也冒著一點危險，好像對一顆不定時炸彈有所期待，卻沒想到倩儀順從得好似他的影子，他們也相安無事，沒有風浪的度過五年婚姻生活。

五年前遇到倩儀，進而追求，會是他為今日的決定做的預謀嗎？他看到自己心腸裡如爛泥般的黑色污濁。那時他調到美國半年，二十九歲，在那之前他服了兵役，申請了美國的學校，母親以負擔了哥哥的美國開支，無法再負擔他的為由，反對他來美國念書，他便在台灣考新聞局工作，考上了，待了三年便外派，對別人來說好像搭直升機，對他來說是處心積慮討好主管，才獲得快速外派的機會。一來美國，他就想著待下來的可能，這念頭必然在那時就萌芽了，或者申請了學校卻無法來美國時，或者更早，大學時，那時他刻意和老外住一起，就為了學好英文，到美國念書，然後住下來。

遇到倩儀那天，是他去參加族裔多元文化節慶活動，由於有僑胞參與，站在辦事處的立場，他們也盡量的出席參與活動。在舉辦活動的公園裡，各族裔由不同的團體提供不同的表演內容，台灣的僑民有打太極拳的，也有表演舞蹈的，少不了提供一些台式食物，席地野餐。他走到河邊，河邊樹叢蓊綠，流水悠悠，似在緩和節慶活動的人聲喧譁，倩儀坐在河邊樹下的草皮，穿著剛才表演舞蹈的苗族舞裝，白色鑲花邊的過膝長裙鋪在地上，頭上還戴著鑲珠花帽，剛才中華舞蹈社表演時他並沒有注意到她，因為十多位成員穿著相同的服飾，不特意去看，分辨不出各別差異，而現在河邊這位小姐就顯得苗條有朝氣，臉上充滿自信，氣定神閒的坐在草皮上彷彿在休息。

他招呼她：「妳們的表演很精采。」事實上他並沒有很專心看表演，大部分時間他只是東晃西晃，隨意的看著各個不同的攤位和表演。

「唉呀，我只是客串，她們缺人，我們就湊合湊合，我是給朋友拉進來練的。」

「妳不是舞蹈社成員？」

「不是，我朋友是，每週練一次，我是臨時加入表演的。」

「好玩嗎？」

「穿這衣服就好玩，所以我沒有急著換下來。」

「何不乾脆加入舞蹈社，常有不同的舞衣可穿。」

「可不能為了穿舞衣勉強去練舞，我平時上班，沒太多空閒。」她似乎正眼看著他了，眼光在他臉上巡索什麼，隨後補充，「當然了，如果喜歡跳舞，怎麼也要找時間，但跳舞我沒什麼興趣，今天真的是來湊人數。」

剛才沒有認真看舞，他無法評論她的舞藝，腦子盤旋的是，他沒有認真看舞，真正的原因是這種穿著傳統服飾跳民族舞的舞蹈引不起他的興趣，他也曾跳舞，年輕人聯誼跳的現代舞蹈，他自由調整自己的節奏，樂在其中的抒發身體的感情，但離開學校後，他就失去跳舞的心情。

倩儀示意他坐到她身邊，草皮有點刺，有些尖細的草端似穿透他的褲子磨刺他的肌膚，有幾年的時間，他身邊沒有女人，沒有跟一個女生坐得這麼靠近，這個女生正在說，父母都住在西岸，她自己在這城市上班三年了，獨居慣了，朋友找她參加活動，她以調劑生活的態度看待，而且她從小就離開台灣，讀大學後一直到現在，和白人相處多，沒什麼機會看到一群華人，她內在渴望多聽聽華語。

「妳中文說得很好啊，我以為妳是出來念研究所後留在美國的，我們有很多這樣的僑民。」

「是父母嚴格希望我在家裡講中文。幸好有這種要求，我才能多交幾個華人朋友。我認識你，又可以有機會講中文。」

在這條流經公園的河流邊，這位年輕的穿著苗族舞衣的小姐將他當家人的聊著她的生活，在連鎖企業行銷推廣部門與行銷企畫為伍，父母隨她愛去哪裡工作就去哪裡工作，她一向自由慣了，對未來的人生也嚮往自由。這點和他不謀而合，他也喜歡自由，雖然坐在河邊的他好像跟一個畫片裡走出來的苗女對談，但主題是很現代的，兩個嚮往自由的人或許應該在一起。他那時候理解的應該是，她是美國人，她獨立自由，她清秀大方，她是他在美國可以攀附的根，而且沒有太多複雜的家庭人事關係。

他第二天打電話約她出來晚餐，她爽快的答應。在他們約會的那段時間，她煥發女性柔媚可親的光彩，她或許在他身上找到了她對同鄉男性的想像和期待，或許她看到他某種吸引她的特質。一年後，兩個寂寞的單身男女登記結婚，沒有宴客，僅通知父母，這符合了他要求的簡單低調，倩儀也毫不以為意的說，這樣替朋友省掉許多禮物，但仍寫了很多兩人共同簽名的卡片，告知眾親友她脫離了單身身分。而他除了告知父母家人，沒有特別告訴哪位朋友。

從決定結婚那天，他心裡時時閃現一個人影，多年前，他曾告訴那個人影等他到三十歲，他沒有忘，而那人影也許忘了，忘了就當一陣風吹過，吹過那些歲月。有時他想起她的身影，她臉上柔靜的黯然，他喜歡那黯然，牽動他心裡的觸覺想去親近她、碰觸她。他常常逃離，為了讓自己不要太肆無忌憚，否則就回不了頭，他知道自己終會離開她，在她彈著吉他唱著歌時，他感到她不會屬於他，他會使她污濁。他沒有忘三十歲的承諾，但做了這承諾他就逃離，他不值得她一顧，為了讓她像蓮花一樣保有清新，走離她是最好的選擇，但決定結婚的這一刻，他心頭浮現的是她的身影。

他第一次親吻倩儀時，不再以為自己是原來的自己，他得與過去斷絕，才能正視他即將展開的美國婚姻美國家庭美國新人生，他知道自己在腦部打了一針麻醉劑，讓自己的某一部分清醒某一部分麻醉，而在美國留下來，正是他清醒的部分。終於是到了做決定的時候。如果他當初下的棋是對的，倩儀沒有理由不接受一個可能找得到工作，也可能找不到工作的丈夫。

「你還是有時間慎思的，畢竟是人生很大的轉變。」長官像個長兄拍拍他的肩膀。

窗外下起雪來了，雪花打在窗玻璃上，散出六角芒星，又是一場雪。

8 在歌聲響起的地方

家搬到北邊後，生活裡好像起了什麼變化，當時是因為媽媽的工作在北邊，在媽媽的堅持下，才搬來的。住在離車站不遠的這個斜坡邊，他們好像變得富有起來了。

哥哥除了拉小提琴，也跟著鋼琴老師學琴，家裡專為哥哥添置了一部中古鋼琴，整棟公寓，只有他們家會飄出樂聲。媽媽總是把他們打點得乾乾淨淨，自己出門也一定化妝穿戴整齊，鄰居看到媽媽總是親切打招呼，媽媽也從來不吝給予鄰居笑容，和爸爸嚴肅的板著臉，是極大的差異。但爸爸很少回家了，回來後，爸媽常為小事爭吵，每次吵後，爸爸會好幾天不回來，媽媽也很少提起爸爸，頂多說，他這回出差了，出差也好，免得回來當障礙物。

到中學他才知道媽媽上班的地方是提供那卡西走唱的一種稱為溫泉旅館也稱為那卡西餐廳的娛樂兼用餐的地方，說明白一些，也是提供情色販賣的場所。這是哥哥告訴他的。那時他開始翻小本小說，裡頭常夾著男女交歡的圖片，自從無意中因為撿掉落床下的原子筆，而發現這種哥哥偷藏在床下小盒子裡的小本小說後，他便偷偷的讀著，書裡挑逗的字眼和夾頁圖片刺激他的荷爾蒙大量分泌，促使他更快往男人的路徑疾走。有回他在週末的午後，看小本自瀆後睡得酣熟，被哥哥拿小本一臉打醒。「你也會偷看這種書了？」哥哥握著那本書，捲成一條棒子，又往他肩上敲了一下，說：「下次看完給我放回原位，不要放床上。」他感到尷尬，翻了個身，抓起被子半掩著嘴說：「書還不是你帶回來的！」

「是又怎樣？媽也管不著，這種事她也不稀奇了。」

「她怎麼不稀奇？那你還幹嘛藏起來？」

「我只是放忘了，放在那裡是以為沒被發現就不會被囉嗦，最好你也皮緊一點，不要明目張膽。媽媽見識比我們多，但我們也是有必要裝純潔。」

「她怎麼見識比我們多？」

「她那個那卡西旅館啊，給人家休息的啦！一對對男女進進出出，都做小本裡這些事。」

他瞬間像從一座長滿鮮綠幼樹的森林走入藤蔓繞生，老葉殘枝垂落的參天密林，那裡枝幹粗壯、蟲鳴鳥啼，獸足發出震動的聲響，驚擾睡夢中的花魂，林中幽暗陰濕，方向難辨。他突然從一座寧靜的學校城堡來到社會叢林，了解社會存在著他在城堡裡難以見識的形形色色。他感覺自己是瞬間長大的。

在那卡西旅館工作的媽媽從來不談工作上的事，哥哥學音樂的費用、他們的學費、房子的租金，都從媽媽的工作所得支出。爸爸也拿錢回家，但媽媽總誇口，一家生活全靠她張羅。在那卡西旅館上班可以支撐他們家的費用嗎？

有一天他問了媽媽這個問題。那是個假日午後，時近農曆年，哥哥去練琴，姐姐出門約會，媽媽要求他和妹妹跟她出門採購，做為人力，替她提物品回家。他們去迪化街買年貨，年前的人潮擁擠，走在街上，行人擦身，媽媽從一個貨攤走到另一個貨攤，走入賣中藥的店家，又走入賣雜貨的店家，每買一樣就交給他和妹妹。他和妹妹手上提滿了香菇、干貝、糖果、藥酒、香料、水果等物品，大都是禮盒式的包裝。媽媽走進一家茶葉行時，妹妹已不肯進店，蹲在店門邊讓雙腳歇息。他乘機輕聲問：「媽，這樣買不停，我們會不會破產呀？」

媽說：「傻孩子，年節的錢得花呀，要送禮給平時照顧我們的人，我們才能繼續受到照顧，送禮也是要感恩人家，沒錢也要做禮數！」

「錢不夠怎麼辦？」

「平時就要想辦法賺錢，賺不到就要會存錢，留著該花的時候花。」

「妳工作賺的錢夠我們花用嗎？那卡西旅館很好賺嗎？」他終於釋放他的疑問。

媽媽有數秒的遲疑，眼睛盯著他看了一下，腳步停在櫃檯前，輕聲說：「客人多，有些人很大方，會給很多小費，尤其日本客人。」然後她面向櫃檯，跟老闆詢問阿里山烏龍茶。他聞到茶葉香，媽媽試喝的時候，他靜默站在一邊，耐心等媽媽嘗到她中意的茶味。包裝後，走出店，穿過顧客人群的瞬間，他追問：「妳做什麼才能拿到小費？」

他國二了，個子在抽長，已經和媽媽齊高，媽媽平視他，似乎很疑惑他的連串問題，在靠近門口時，才說：「做一個最好的服務員，比他們所期待的做得更好、更細心，就常常可以得到小費。」

妹妹幾乎蹲著睡著了，頭埋在膝蓋上，物品都堆在一邊。媽媽彎腰提起那些物品，三人又擠過長長的街，到路口攔了計程車。車上，媽媽起先靜默，後來問起：「今天真勞煩了你們，快期末考了吧，回家就好好念書，考了好成績，年也過得比較高興。」

他一直盯著外面，並不在意能不能考到好成績，平時媽媽也並不在乎他們的成績。他因而回了一句：「以前妳都不管成績的，怎麼現在在意起來了？」

「你們小的時候就由你們玩，現在長大了，要想想將來，沒別的本事的話，就老實把書念好，不管升學或就業，常常都要考試，要考上學校或找到工作，當然就只好念書，不然能怎樣？」

「那卡西旅館要考試嗎？妳在那裡工作就可以養活我們了，我也要去那裡工作，不必拚命念書。」

「你這什麼話，我做服務業很辛苦，年節還要買禮物送常客、送主管，你有好工作，可以賺比我多，比我輕鬆，我們這種服務業領薪水加小費，說來是看人臉色！你要再說這種沒志氣的話，我也真的不必讓你繼續讀書，不如去當個什麼學徒！」媽媽聲音有些高亢，顯示她動怒了，為了不在計程車裡失態，他即便有一大堆問題，也只能悶在心裡。

而那天回到家，他們沒有繼續任何話題，大家似乎都疲倦得無法再說話，他也怕媽媽仍在火氣上。他回到自己房間，靠到窗口往樓下的公園望，安安靜靜，沒有喧譁，冷空氣迴盪在樹間，那冷空氣讓椰子樹看起來也失去了生氣。

期末考後，一放寒假，他獨自到媽媽工作的旅館，只要搭公車往山坡上走，在某一站下車，再徒步走入小徑，轉幾個彎就來到旅館。日式的木材建築，庭院沿屋牆種了成排的矮樹叢，其間錯置大石，清淨優雅。媽媽的摩托車停在旅館旁的停車場，他站在樹林中往旅館望，看著進入其間的客人。有男女相伴，也有成群客人。中午大都成群客人，下午則男女相偕進出旅館，也有男性單獨前來，和衣著入時打扮嬈嬌的單身女性搭著摩托車前來，獨自走入旅館。約莫晚餐前，幾位提著樂器的樂師和兩名化著濃妝穿著鮮麗洋裝的小姐下了車走進旅館，那就是歌者吧，據哥哥說，在晚餐時間，樂師現場演奏，歌手現場唱歌娛樂用餐者，通常媽媽輪晚班時，就要等到晚宴結束才能回家。過去他們還小時，媽媽常做白天班，在傍晚回家做飯，白天就是那些鋪床打掃服務午餐的工作，那些在白天時段進入的男女們，做的是小本上的事？乾爸投資的旅館就是提供歡樂的便利性？媽媽處心積慮買禮物也包括要送禮給包含乾爸在內的股東，以便保有工作嗎？

走出黃昏的樹林，旅館裡的音樂隱隱響起，十五歲的步履有點沉重，如果他變得靜默，大概是在這個黃昏，那些樂師們彈奏的帶著滄桑流浪感的音樂已取代了他的語言。他想像樂師和歌手一個餐廳唱過一個餐廳，是為了歌藝的表現和生活的必要，媽媽從市區的餐廳換到這個旅館工作已經十幾年，像生了根般的習慣工作的形態，他小時被媽媽摟在懷裡聞著她的味道感受她的體溫入睡，原來也同時聞著媽媽從旅館裡帶回來的味道，那麼，他對這裡應該是不陌生的。音樂與歌聲從木質建築傳透出來，四周的林蔭深沉而安靜，這個時空好像突然回到一種老時光的感覺，老到他原來並不知道此處的具體形狀與歌聲的存在，而它卻是如假包換的現實。此刻他從樹林走出來，空氣裡有微微的芬多精和泥土的味道，他往公車行駛的路徑走下去，夜色輕攏下來，他一步一步走著，從一個公車站牌走到下一個公車站牌，路燈亮起來了，但山景在夜色下已模糊成淡淡的暗影，路邊的樹也黑得不辨輪廓，夜班的媽媽下山時也是經歷著這一模一樣的景象，他此時穿著夾克，已感寒意，夜更深時，應該十分寒冷吧，但在他的印象中，從沒聽媽媽說過冷。

9 花園餐廳

晉思給住在德州的哥哥掛了電話。哥哥到美國學音樂後，找到一個中學的音樂教師工作，平時除了學校的音樂教學，課餘也教導學琴的孩子，尤其有許多華裔的孩子跟著他學琴。

他持著話筒，站在望向後院的落地窗前，草皮上一層白雪似絨。

「我要辭掉工作。像你一樣，決定在美國留下來。」他說。

哥哥有幾秒停頓，聲音像醫生對重病患者提忠告：「這是個很大的決定，有時候沒有回頭路。你仔細思考過了？」

「你不也留下來了，我只是跟著你。」他心裡想起悠遠的小時候，哥哥說要去很遠的地方。那時候，很遠的地方，已深植他心，好像長大的目的是為了去很遠的地方，他此時才了解，自己終究走進了哥哥畫好的路線。

哥哥說：「想來南邊看看嗎？找看看有沒有住下來的靈感，如果可以住得靠近也是很好的。」哥哥的語氣有點言不由衷，接下來這句語氣沉重，顯然才是他心底真正想說的：「這樣媽媽的兩個兒子都在國外長住了。」

意思是，可能這輩子都當了異鄉人。

媽媽曾表示不想長居美國，在這裡她語言不通，不想交新朋友，她習慣台灣，老了也不想離開台灣。

「哥哥不必擔心，人會改變的，何況還有姐姐、妹妹在。」他想，哥哥大概想到不能陪伴媽媽到老，那是一幅未來的衰老圖，但誰對未來的事有十足的把握？他不願意想得太遠，他要的是目前心底浮現的聲音與欲望。

「我得回台灣一趟，有什麼需要我做的事？」他問。

「如果可以，就把媽帶來，待一段時間也好。」

「要看她願不願意。你剛才說我可以去你那裡看看。我需要找新的工作，你那裡可能有機會嗎？」

「要在美國留下來，你需要一個美國的學歷，不如回學校念點書。」

「噯，我不是年輕小伙子可以全心在學校，起碼得先有工作，負起養家責任，有需要再回學校補學歷。」

「我不知道你為何不接受調派，辭掉一個鐵飯碗，還不知道下個飯碗在哪裡。隨時來南邊看看吧，換個地方也許你會有不同的想法。」

幸好在他的人生中，有一位從不跟他唱反調，還極力包容他的哥哥。這個包容足以讓他有恃無恐的以為無論他做了什麼事，哥哥都不會責難他。比如不管哥哥週末有沒有安排事情，是否做好接待他這位不速之客的準備，他在週末即臨時訂了飛機票，飛到哥哥所在的城市，也訂了離哥哥住家近的旅館，快速回應哥哥所說的，到南方看看吧。

聖安東尼奧，德州中南部城市，小巧的機場清爽乾淨，待機區雖坐滿乘客，但十分安靜，不少人低頭看書，神色自在優雅。做為一個訪客，他不是第一次拜訪哥哥和這座城市，但一想到可能在此地居住下來，心底對城市就漾起新鮮的好奇感，連這座機場的安靜氛圍，他都感到親切。

機場走廊的商店販賣印著德州地圖和牛仔圖案的商品，也有墨西哥多彩風格的服飾，看到那些服飾就感到真的是來到南方。他叫了部計程車往假日旅館，高速公路兩側地廣，建物稀少，地勢起伏，空曠的視野擴大冬季的蕭瑟，觸目所及，有些樹木枯乾，大地也枯黃，但仍有些耐寒的綠樹挺立，沒有雪，沒有黑色的殘雪泥濘，路面平順好走，有些路段有綿密的橡樹，風撩起時，少數乾黃的葉子從橄欖綠的枝葉間飄落。他喜歡這群長青的橡樹，尤其樹枝彎彎曲曲結實的形狀很像從來都不怕阻礙，隨時都在惡劣的環境下肆無忌憚的生長著。

商業大樓逐漸密集，從城市北邊下高速公路，假日旅館在不遠處，很容易就看到，在美國，除了紐約、舊金山這些大樓密集的大城市，哪個城市不是很容易看到目標建築呢？城市規畫做得太好，路口容易找，四處又空曠，往半空一望，很快可以分辨出要找的建築物。

到達旅館才跟哥哥打了電話，這時已下午五點多，天色還很亮，房間看出去是游泳池，冬天水冷，沒有人戲水，一池水亮晃晃的，給風吹起一陣陣波紋。哥哥說，一個學生的鋼琴課到六點半，結束後就過來一起晚餐。

上回來找哥哥，倩儀一起來，當時夏天，倩儀到下面的游泳池游泳，哥哥原希望他來時可以住到家裡，早晚隨時可聊天，但倩儀不願意彼此生活干擾。她在游泳池消耗大半天時間，其他的住客，大人小孩也在那池裡嬉戲。如今天冷，一片蕭寂下，他想起過去從窗口看倩儀時，她水中的泳姿輕快像條魚。倩儀若來，會不管天冷跳入水裡游泳嗎？他站在窗口望著池子裡想像著倩儀的泳姿，此時一位老先生滑到水裡游起自由式。他望向遠方的住宅群，這南方的人呀，習慣了夏天的豔陽，冬天的室外泳池是為北方習慣寒冷的住客準備的嗎？氣候到底影響了人什麼？生活習性又受到多大影響？他討厭北方，一定要搬離老是冰天雪地的地方。看那遠方住宅樣式有西班牙式拱門，有氣派的廊柱，也有小巧的莊園前廊，自由活潑多樣，這些美麗的屋子不會被雪封蓋，雖是冬天，仍然充滿各種色彩。

他好像在替往南方搬找理由，而倩儀還不知道他的打算，他只說回台灣前想來見哥哥，也或許他還不確定是否搬到南邊來，在沒有確定前，跟倩儀提只是凸顯自己的六神無主罷了。

為了打發時間，他到附近散步，想像住在這城裡應有的日常，特地經過游泳池觀看老先生，老先生將頭露出水面跟他招呼，又繼續悶入水中。和老先生紅潤的臉色、結實的臂膀肌肉所傳達出來的朝氣相比，他活像隻老狗，緩緩的走過游泳池，穿過灌木小徑，來到旁邊的餐廳，餐廳再過去是一整排的商店，他走入其中一家無客人的理髮店，理髮小姐坐在椅上塗指甲油，見客人來了，油刷蓋回油瓶，用只塗了三根豔紅色指甲油的手拿著剪髮刀，問他要剪成什麼長度。他問她：「妳覺得呢？」

「就照你這個髮型剪短五公分。先生，你一定很久沒剪髮了。」

「是，大概我一直想把它留長吧！」

塗著寶藍眼影的白人剪髮小姐對鏡中的東方面孔瞧了瞧，以不同角度觀視他的頭型，說：「如果是嬉皮年代，你留長髮應很時髦好看，但是先生，時代不一樣了。你是藝術家嗎？唱歌還是畫畫？如果是任何一種身分，我就不反對了。但我想你不是。」她在他髮上很俐落的剪掉一綹柔軟的黑髮。他不打算告訴她，年輕的時候他曾留了一長溜的髮尾，束在耳後，那時他剛決定離開心愛的女孩，表面上是無心打理頭髮，實際是藉頭髮的長度來讓自己像是另一個人，好掩飾自己離開所愛的愚蠢。那時束著髮尾，顯得特異獨行，但他不理會那些怪異的眼光，他從來不在乎別人如何看待自己。

鏡中的自己，耳邊頭髮短了，露出耳緣，又是清爽的一個人，理容院仍沒有客人，他付錢時，跟小姐說：「妳可以繼續塗完那七根指甲了。」小姐露出俏皮的笑容，跟他說：「下次再來。」

回到旅館，哥哥已在大廳，長他六歲的哥哥臉型略方，一向穩重自持，氣質溫文，哥哥說要帶他去外頭用餐。坐上哥哥的車子，在密閉的空間，哥哥的側面眼神仍溫和安靜，儘管哥哥嘴裡不斷講著沿途所經的商家和景致。而那些景致和他一年多前來時並沒有太大的差異，只是路越開越遠後，他感到四周陌生起來了。

「這是家新開不久的花園餐廳，今天不算特別冷，坐在室外還過得去，有新鮮的，當然要讓你知道。」

停好車，走向花園入口即聽到洋溢著歡樂氣氛的拉美音樂，歌者愉快雄渾的唱腔，在吉他與鼓聲的助陣下，音樂所到之處彷彿可看到舞蹈的姿影在空中閃現。他們被安置在花園步道邊的坐位，桌上的遮陽傘已收束成一支筆直的桿子，桌邊的盆景栽種冬日玫瑰，開滿淺粉的細小花朵，靠走道是一盞燒著炭火的取暖柱，坐位幾已坐滿客人，音樂和火柱早已驅離寒意。客人熱絡的交談聲也暖和了現場，他坐的方向正好面對一座噴水池，冬天的緣故，水量小，水細細從假山的山洞流瀉而出，正好淋在池中一隻假鱷魚的頭上。

他們一坐定，女服務生過來倒水，遞上菜單，哥哥看菜單，女服務生殷勤介紹菜色，這位叫辛蒂的女服務生修長窈窕，不畏寒冷的穿著低胸緊身上衣展露飽滿的胸型，棕色的長捲髮垂過肩膀，幾綹髮絲垂落胸前，遮掩胸峰兩側，使她更加明媚動人。她青春洋溢的笑容是適時的暖風，甜美的聲音和那聲音所帶來的熱情招呼，讓人想跟她多交談幾句，連一向沉著的哥哥也忍不住問她：「妳在這裡工作很久嗎？」

她將夾著點菜單的皮夾靠在細腰上，像唱歌一樣的以輕快的腔調說：「我才從墨西哥來美國工作四個月，從學英語開始，我的生活都在這花園裡。」

才四個月，她的英語已經流暢得彷如本地人，晉思和哥哥相視而笑。哥哥讚美她英語流暢，並點了菜色，讓她可以去廚房交差。然後跟他說：「像辛蒂這樣的例子在這個城市裡有不少。墨西哥人想來美國待個幾年掙點錢回去。能待下來的當然就待下來了。很多像這樣的女孩，通常賺點錢回去後就嫁人了。」

「都是為了經濟的考量，經濟強國加上自由風氣，自然會吸引許多人嚮往到美國。我們不就這樣嗎？」

「有時候是隨波逐流，前面的人這樣走，我們就跟著走了。但能生根下來總有它的原因。」

哥哥像要給他信心，又補充說：「我在這裡很自在，生活也簡單，你嫂嫂習慣美式生活，我們都適應簡單便利的生活，是這個原因讓我們生了根。你待在美國快六年了，應該也會喜歡這種單純的生活吧？」

他剛好相反，他並不喜歡單純到近乎單調的生活，雖然他的心裡也會祈盼有安靜匿居的角落，但對公式化的日子他容易感到不耐煩，這也是促成他離開公職的原因之一。但他不打算告訴哥哥他對單調的反對，他只說：「我想的是過一種不一樣的生活方式，而且倩儀在美國待很久了，也一直工作著，我不想因為工作變動影響她的生活節奏。」他不知自己嘴裡如何吐出這一串謊言，他根本沒考慮倩儀的工作，當他想走時，他相信倩儀會跟著他。

「你原來學企業管理，但台灣文憑在這裡派不上用場，美國學企業管理的人像泥土一樣多，我真替你擔心。」

「我從不擔心我自己，事情有體制內的、傳統的，也有體制外、非傳統的，體制內的走不通，就走體制外的。你看辛蒂，她需要美國學歷嗎？她照樣在美國賺薪水。」

辛蒂端了一大盤食物走過來，墨西哥捲餅、雞尾酒、玉米脆餅、番茄辣椒醬，她的白色貝殼大耳環在臉頰邊晃漾，襯映深邃輪廓的笑意青春嫵媚，這樣美好的夜晚和美好的年輕服務生使晚餐更像是一場享受的歡宴，何必把太多的憂愁掛在臉上。

「哥，到了近中年的年紀，有一點冒險的勇氣會證明自己內在還像小伙子魯莽衝撞，我需要再年輕一次，證明自己不向歲月屈服的勇氣，向人生冒點險。」

「你當然還年輕，從你看著辛蒂的眼神就透露了你對人生還充滿鬥志。放心好了，我從來不認為我的弟弟會餓死。」

他喝半杯龍舌蘭與伏特加成分濃烈的調酒，迷迷糊糊間聽到哥哥說：「如果這裡沒給你足夠的靈感，明天帶你去另一個地方，你會見到上百個像辛蒂這樣從南邊國家上來打工的女孩！」

10 世界翻轉了嗎？

在全部是男生的高中裡，生活總是缺乏那麼一點色彩，缺乏一種女性意見的融入，也可以說缺乏女性做為男性之間接觸的潤滑劑。

他有幾個談得上話的好友，可以緩解以成績算人高下的氛圍，考好考壞都不影響他們一鼻子氣的對幾個老師行徑的訕笑。課後他們集體和女校學生聯誼，在飲料店漫談，互相打聽私下發展的情誼。他很容易和女生聊天，也很容易回到自己內在的空間，好像是某一種感覺無法對味，就像兩個齒輪對著了一兩個凹槽就卡住。他比較喜歡和哥兒們聚在一起背地裡罵教官或某個老把成績銜在嘴裡的老師，或者對某個女生品頭論足，然後怨嘆彼此的獵豔敗績。他在解函數、背地理的過程也會跳開心思去幻想某個女校學生的談吐儀容，期待放學後到她的校門口等待她走出。他確實那麼做，並相約週末看電影或上圖書館，但一到二年級他和三個女生交往，都沒有一個能夠延續到高三，繼續成為電影院中兩手交纏，邊看電影邊衝動得想要擁抱著她、不顧一切親吻的對象。唯有一個女孩，他想再試探交往的可能，她卻在高三上時，以要拚聯考為由從他生活中消失，而兩個月後，他也徹底忘了她，收回心，不得不的跟著班上規定的讀書計畫，在黑板逐日出現聯考倒數日子的大大阿拉伯數字時，留在學校晚自習。

沒有什麼時候比此時對家裡更感陌生，他一早搭車去學校到晚自習結束回到家也已接近就寢時間，因為準備考試的需要，一個學校就足以關住十八歲男孩一天的時間，除了睡覺之外，這樣持續數個月就為了一個大學的前景。在考取率只有百分之十五的年代，念了普通高中只好向大學升學率挑戰，過高三生的集體生活，從某個角度看，他們無異於動物園的動物，只能在圈限的範圍內活動。表面意義上的家就是提供睡覺的地方，甚至他會好幾天只在早上上學前看到媽媽，他想，媽媽必然比以前任何時候都自由自在。大他六歲的哥哥已經服兵役兩年，役滿後就出國繼續念音樂，姐姐在台中住校，妹妹也在準備升高中考試。他們都可以自己在外面吃晚餐，不依賴媽媽回家做晚餐。事實上，媽媽不再遷就家庭的需要提早離開那卡西餐廳，她似乎常留在那裡，也似乎時間更彈性，有時白天甚至可以出門去辦點日常瑣事，住在三重的外婆前陣子生病，媽媽就常常白天晚上跑醫院，感覺她像個老闆似的，上班時間由自己調配。

媽媽早上給他和妹妹準備便當，從他們起床到拎著書包和便當出門，三十分鐘的時間看到的是穿寬鬆休閒服的媽媽，她的頭髮挽在腦後，臉上白皙乾淨，脂粉未施，素樸到像個從不出門的看家的女人，爸爸如果在家的話，這時候也準備上班，坐在餐桌前靜靜用餐，媽媽從桌上拿取餐盒給他們，完全沒看爸爸一眼，兩人也沒有對話。他們在那靜默的氣氛中走出家門，走到公路站牌下看到公車來時，招手一揮，像把心中的一塊積雲拂拭掉，他們登上路經各自學校的公車，向妹妹揮手後，他感到如釋重負。終於可以離開家的氛圍，換不同的空氣和聲音。而妹妹臉上釋放的淺淺笑意，也彷彿昭告了心中的積雲隨著另一個空間的來臨而散去。

晚上回家有時媽媽睡著了，有時媽媽尚未回來，有時媽媽坐在客廳看電視，會簡單問他一天如何。他除了念書沒有別的什麼事，學校那些狗屁倒灶雞毛蒜皮的事也不值得提，媽媽會要求他吃點水果，吃媽媽親手切的水果，聽她和妹妹談著耳環的款式、流行的服飾款式，媽媽臉上還留著一天的妝，這妝逐漸精細，和他記憶中牽著他去上幼稚園的清秀雅致的臉相比，現在這張臉像個商品廣告般，眉毛濃黑，畫上去的眼線清楚的在眼尾往上揚，眼影深淺相疊，並時常變化顏色，嘴唇也是以唇線先描出輪廓再刷上口紅，衣服的款式也可以放在百貨公司的時裝頁面上做為時尚的指標，這像是一個突然新潮起來的媽媽，是否是過去忙他們，而沒有太多心思放在打扮自己上？還是有了年紀後，靠色彩和服飾增加對身體的修飾？

或許這些想像都顯示了他太善良，也顯示了他虛偽粉飾的矯情，有次哥哥放假回來，他和哥哥聊天，哥哥說：「那卡西沒落了，現在流行的是一台機器播放音樂，就可唱歌，完全不必靠樂師現場演奏，所以旅館為何要多付出成本請樂師和歌者呢？客人不來聽那卡西，那卡西就無法生存。他們只好走到街頭，或到外縣市的小餐廳。那些溫泉區，你看著好了，再過幾年，那卡西就絕跡了。」

「旅館生意做不下去，媽不就得轉行。」

「只要溫泉還在，旅館就有客人，就看怎麼經營。」

「像你們這種純音樂演奏的，也可以去為賓客用餐助興。」

哥哥覺得他很可笑的，捶了一下他的頭說：「可以呀，但不在那種地方！」哥哥斜睇著他，後來轉了個身，對著窗外的夜空，公園裡的椰子樹葉在風中微微顫動，夜空有幾顆較亮的星子，遠遠的，遙不可及的與哥哥的眼光相望。

哥哥很久都沒有轉過身，他也躺在床上沒有聲音，好像知道哥哥要說什麼，又不想要他講清楚，寧可他就在窗口不要轉過來講話。

餐廳的那卡西沒落，城裡大型旅館隨著商業大樓的群集而一一興建，用餐的客人有更多的選擇，因此客人會流失，那麼山上的溫泉旅館光以溫泉為吸引力已不足以維持經營成本，媽媽或該面臨被遣散的命運，卻從來沒聽說她工作的旅館有任何經營上的問題，是乾爸為夥的這群股東們善於經營策略嗎？還是這家旅館的名號足以讓客人流連再三。

從媽媽越趨摩登的穿著打扮，他感到某種不一樣的空氣在迴盪，而他以念書蒙蔽自己的嗅覺。考前某一個週末，乾爸找他吃飯，只找他，週六的晚上，他背了一只裝書的背包從學校圖書館走出來，拋掉那些還在念書的人，他沿著馬路往指定的地點走。黃昏天際曚混之際，有些人家扭亮了電燈，夕陽已半個沉到地平線上了，但在群樓間，那夕陽早已不見蹤跡，只由建築物上透露的餘暉判斷不消二十分鐘，天色就要全暗下來了。這二十分鐘他走得到餐廳，走路適好放鬆看了一天書的精神疲倦。他很久沒看到乾爸，若沒有特別的安排，他不再像小時候那樣可以在公園或回家的路上看到乾爸，而媽媽也幾乎不再帶著孩子們與乾爸相約吃飯，他們成為青少年少女後，其實也不愛和長輩吃飯，總覺得長輩的談話冗長而拘束。

轉了幾個街角，車流一直在他旁邊如影相隨，路燈一盞一盞亮起來，城市還來不及漆黑，燈光就預告了黑夜的來臨。他走入餐廳，大門兩邊的造型燈全亮，迎面一座寬敞樓梯通往二樓，服務生領他走向二樓，靠窗的第三張桌子，乾爸已坐在那裡，盯著窗外車流，對面大樓燈火輝煌。

「你要考試了，正是全力衝刺的時候，要看看你現在衝成什麼模樣，也讓你吃點好東西。」他坐下來，乾爸就一直打量他。

「乾爸，很久沒見面了，你好不好？」

「好小子，問得好，我喜歡有禮貌的孩子，妳媽把你教得很好。」

為何他不讚美是爸爸教出來的呢？可見連外人都認為爸爸對孩子們的日常參與不多。他聳聳肩，大人也可能是虛偽的讚美罷了。可是他是發自肺腑想知道乾爸好不好，上回見面是一年多前了吧，過年，他送來一份禮物，說是路過，就順便帶上來，那天只有他在家，像算準了似的，乾爸帶一盒水果，和一部專給他的隨身聽，這產品剛出來，年輕人都希望能擁有，乾爸塞給他，說：「高中生了，你用得上，可以隨時聽英語廣播教學。」他善用那部隨身聽收聽英語教學節目和流行音樂，配合著英語節目讀英語，再聽聽英語廣播，從生活語彙感受語言的運用，那確實帶給他喜悅，後來學校有許多英語的閱讀功課，他常將隨身聽擺一邊，而將時間拿來翻字典，在讀過的字前做記號，整本字典有翻軟翻爛了的感覺，他喜歡那種紙頁似乎就要鬆脫的觸感。但他這時書包裡放著隨身聽，早上因想到要和乾爸見面，特別裝上新的電池。

乾爸根本沒問起他使用隨身聽的情形。這是家港式飲茶，乾爸主動叫了幾樣菜色，還要他盡量吃，推車上推來什麼，愛吃就拿上桌。

「我知道你忙讀書，但吃總要吃，尤其用腦多就要吃得好。怎麼樣，對聯考有多少把握？」

「乾爸就是用這餐想套我到底考不考得上學校？」

「考上而已嗎？有沒有更好的預期。」

「國立學校的爛系或許可以，要熱門的科系，大概只能落在私立學校。我不是個用功的孩子，我很隨性。」

「想念就念，不想念就不念？」

「要這樣說也可以。」

「我本來也沒要你念到一等一，讀書是要隨性的，念得來就念，念不來就找點有興趣的事做為一生的志趣，人生就這樣，不必強求，但要找到一個重點去發展，才不會虛度。我看你還是塊讀書料，就問問，乾爸關心你嘛！」

乾爸穿著黑西裝，裡頭是白襯衫，領口敞開，沒有打領帶，他的頭髮蓬鬆，額頭高，這身裝扮使他看起來有書卷氣，其實乾爸一直是個斯文的人，小時候乾爸一出現，四周的空氣就似乎緩慢而安靜，乾爸說著輕鬆的話時，也像有種自然的氣息流動，他喜歡坐在旁邊感受那種安靜與安穩。現在他坐在乾爸對面，仍然感覺到安穩，乾爸的兩鬢明顯的參雜著白髮，額上也冒出了幾根，讓他更像達到了某種年紀該有的模樣，但他越發懂得欣賞乾爸很帥，冒出了白髮顯得很有智慧似的，連眼角的細微魚尾紋也來相輝映，那形狀不大卻光芒有神的眼睛，細薄的嘴唇，長形的臉，他滿有熟悉感，有時覺得自己也是這樣一張長相，是否是自己希望成為乾爸的模樣呢？他得調離開自己的眼神，才能回到他真正的心思。

這心思像一道火山的閘口，熔漿已經蓄勢噴發，在餐點一一送上來，吃了幾口，又飲下一口熱茶後，心思引爆成這樣的話題：「乾爸，聽說那卡西在沒落，山上的溫泉旅館都不請那卡西了，你的旅館怎麼經營？」

乾爸舉箸，稍為遲疑的停留了一下，然後夾了一塊蒸排骨到他碟子裡，望著他說：「旅館不是我的，那是很多人合夥的。」他停頓，喝了兩口茶，脫下西裝，將西裝掛在椅背，白襯衫白得像陽光還在那裡。乾爸舉起杯子又放下，說：「我是只出了點錢的合夥人，還談不上經營資格。」

「但任何合夥人不是都可以對他投資的事業提供點意見嗎？」

「那要看分量，出點小錢的合夥人通常沒什麼分量，否則拿出大資金的主要合夥人怎麼能按著他的意思去發揮呢？」

乾爸好像極力在撇清他和旅館的關係，可是從小的認知，乾爸就是旅館的重要股東，是媽媽工作上常會碰到的股東老闆之一，他們一直以為乾爸靠那旅館生活。乾爸的撇清，好像眼前的世界旋轉成倒立的樣子，他得重新找到一個位置確定景物是原來的景物，人是原來的人。

乾爸看他不講話，就以很平緩的聲音說：「人是不必把自己的底細全露盡的，這層合夥關係其實不值得一提，我的興趣不在那裡，我有我的職業。」

「你希望隱藏你的合夥人關係？不要太張揚？」

「起碼對外人是那樣。你是知道的，你不是外人。」

他們夾食物吃，現在只有食物可以填補安靜與腦中的空白。他不知道吃了幾口，聽到乾爸說：「我是不是合夥人跟是不是你乾爸是兩回事，小子，這沒什麼，就是那卡西不再唱了，對我沒什麼影響，我估計對旅館也沒影響，他們可以改成現在逐漸流行起來的卡拉OK，也可以不再有唱歌娛樂這一塊，純粹就是住房和提供飲食。你不必為我的生存擔心啊！好孩子。」

他看著乾爸的薄唇，彷如看著自己的唇，聆聽自己講出的話：「乾爸，我原是擔心旅館經營不好的話，是不是會影響媽媽的工作。」

乾爸咧嘴笑，他笑起來更顯那個美麗的唇形不管是在女人或男人臉上，都是個焦點，兩邊薄，中間略厚。小時候，媽媽常常親他的唇，必是這個原因，他和乾爸都算是在長相上占了點便宜的人。

但他也恨那樣的一張嘴巴講出的話竟是他對旅館似乎在保持距離，或者含混其辭，破壞了他對他的認知和印象，那麼翻轉過後的世界應該是怎麼樣的呢？

他看了一眼窗外漆黑的夜幕中一切的光亮，大樓的，汽車的，一切都為了抵抗黑夜。他轉過身子，凝視乾爸，問：「那麼你的職業呢？」

乾爸也坐得很端正，一副宣告什麼的嚴肅模樣說：「我在報社，在報社寫社論。」

喔，這世界是否又翻轉了一次？

11 沿著河的兩邊

他們往南開，到城中心，沿途建築變得密集，由線條簡潔的現代化建築變成新舊參差，到了城中心，幾個街道間都是十八世紀以來的古建築，外牆顏色灰舊樸拙，磚紅色居多，凹凸彎曲的雕塑線條凸顯歷史感，某些建物洋溢著西班牙建築的白牆、園藝庭院、拱門風情。晉思以為昨天所在是一個新的內陸城市，而今日來到了歷史街道，好像一個城市切了兩半，裡面這圈是有歷史的古城，外面那圈是新穎的當代。

哥哥停好車子，沿街帶他往河道走，過去曾有一次他們差點也要來聖安東尼奧河邊步道，但因匆忙趕往東邊的休士頓而錯失，這回哥哥彌補了上次的錯失，帶他往步道走，邊說：「這是觀光客來的地方，人多就俗氣些，但這確實有它的吸引力。」

在他看來並不俗，雖是冬天，河道邊仍綠樹成蔭，少部分枝頭葉子轉黃，仍不失一眼望去的綠意盎然。一間間商店沿河道並排，其間或隔著花園，店家將門開向河道流經的路徑，商店建築並沒有搶掉綠樹的風采，走在河邊步道，必然是綠意先進入印象才見到建築，碩大的闊葉叢橫伸阻擋路徑，從葉緣輕輕滑過，乍見小徑幽幽伴河蜿蜒，高聳的旅館建築的陽台、窗台攀爬藤蔓，彷彿來到綠色的童話城堡，人氣使城堡鮮活到生活裡。在他看來，有人潮的地方就象徵了生氣。

已經有很多觀光客等在船塢搭船，這條聖安東尼奧河流經市區闢為觀光區域的河道有二公里，其間還有分道點，市政府在這裡設觀光船載客遊河，當初為了治水患而以疏通為目的開設河道，設計成觀光景點，日漸發展起來的兩岸風光，為市府帶來財收，那沿河興建的商家、飯店，建築漂亮，開會和度假的人坐在飯店或餐廳陽台望著綠悠悠的河道，能不心曠神怡？哥哥建議他：「我們最好搭一趟船，將兩岸的景色大略看過，想散步的話，下了船還可以走一段。」

「你的朋友來訪，你都要這樣導覽一遍，坐一趟船嗎？」

他們趕上排隊的人潮，長形的船剛駛離了一艘，另一艘靠岸，讓遊客下船，好重新搭載遊客。

哥哥笑著，帽子的前緣遮住他的眼神，但他可以感覺到那眼神有點空洞。哥哥說：「朋友？你以為我有很多朋友來訪嗎？」

隔了一艘船才輪到他們，近百人坐在無遮頂的船上，一半的人戴了帽子，為了讓觀光客盡情觀賞河邊風光，這裡的船一律無頂。這時近中午，因是冬季，坐無頂遊船，人擠著，倒感溫暖。船行河道，飯店陽台上坐了人，向船上招手，船上的人也回禮；一名打扮入時，臉上妝容精緻無瑕的年輕女性坐在綠葉盈繞的房間露台望向河中，像一尊坐在綠葉間的真人芭比娃娃；一艘小船在水邊的另一側飄盪，船上一名提琴手站著演奏，他面前坐著一對穿著結婚禮服的新人，新娘頭上戴花環，純白的禮服簡潔素雅；河道的轉彎處一片廣大的露天舞台，階梯式的坐位環列；樹與樹間，小徑曲折入林，枝葉掩映處屋牆瓦舍五顏六色；河邊散步的人蹲下來看水鴨划水，石塊上坐著走累的父子。遊客很難調開他們的眼光，即使是連接兩岸的橋梁，船從橋下通過，也有一種幽暗的別有洞天的驚奇。

晉思穿著一件薄夾克，他將兩手插入夾克口袋，沉默的望著船頭前方的水紋，水紋裡閃動的建築與樹影，斑斑駁駁，好一片繁麗，天空的藍也伏在水中，水上水下是同一個景致，這條河兩側就是度假的氣氛，而誰又能天天享受度假的感覺呢？

上岸後，他們沿著河道小徑尋找中意的餐廳。服飾商店賣著墨西哥氣息濃厚的服裝和飾品，印著德州地圖圖案的棉衫掛在門口的展示架，帽子架上掛滿大大小小的牛仔帽和印著圖案的棒球帽。餐廳也以墨西哥式的食物居多。

服飾店的女店員站在門口招呼客人，沒客人的，店員坐在櫃檯整理桌上的商品或望著電腦。哥哥眼睛瞟向店內深處正在摺疊衣服的店員，示意他往那裡頭看，說：「現在你會看到很多像昨晚辛蒂那樣的女孩，從墨西哥以依親或讀書的名義來到這裡做短暫的打工，她們是臨時雇員，流動得很快，幾個月就走了，幸運的可以待上一兩年，就看她們留下來的本事。

若交個美國男友，大有希望一輩子留下來。如果老闆願意持續給她們工作簽證，她們也會一年一年留下來，但有很多會回墨西哥，因為她們有適應的問題，那些回去的寧可在自己家鄉，那是她們熟悉、也適應的環境。」

「和我們又有什麼不同？想留下來的要有點門路，比如找到美國人結婚。」晉思呵呵笑了起來，手臂碰了哥哥一下，哥哥會意，沒有說什麼。晉思突然覺得自己像個無賴，拿自己的婚姻來聯想這層現實利益關係。但是他到南邊來拜訪哥哥不就為了尋找留下來的門路，可能是對地方的感覺，可能是一個適當的工作，也可能因為遇見了某人。那個某人，哥哥充當其一，那證明他一直是哥哥的跟屁蟲。昨晚花園餐廳裡，耳垂掛著貝殼耳環、渾身散發青春魅力的年輕辛蒂，也可能是其中之一。他只不過是男性的辛蒂，對依附在這塊大陸上有眷戀的情結。就算是無賴又如何？極端幸運的人才會天生得到別人的主動給予，一般人得努力主動爭取，才能獲得安身立命的機會，為了那個機會，必要的時候，得耍點無賴。

他們選擇的是家可以觀賞河道的墨西哥餐廳，他並不介意昨晚和今天都享用墨西哥餐，在這個城市誰能抗拒墨西哥文化布下的魅惑羅網？十八世紀末，德州原是西班牙的領地，當時許多西班牙人移民到此城市，聖方濟修士還建立了聖安東尼奧教會做為傳教的中繼站，這個教會就是後來的阿拉莫古戰場，離河畔不遠。十九世紀初，墨西哥脫離西班牙殖民身分，獨立為國，德州順理成章歸為墨西哥統治。鄰近的美國人也不斷移入德州，與當地眾多的西班牙裔墨西哥人產生文化上的摩擦，當地居民希望可以脫離墨西哥獨立成自治州，歷經多次談判無效，居民便逕自宣告獨立，德州騎兵和當地居民組成的德州自願軍將駐守在阿拉莫的墨西哥駐軍驅逐，墨西哥總統山塔納親自領軍攻打阿拉莫，裡頭的一百多位志願軍全軍覆沒，整個教會建築遭受破壞，如今只剩一個供觀光客憑弔的空殼子。山塔納總統雖然打了勝仗，為了領土的完整，再深入內陸攻打，卻被德州軍隊打得落花流水，山塔納當眾被俘虜，德州共和國正式宣布獨立。到十九世紀中葉，經議會表決，加入美國成為美國的第二十八州。擁有西班牙血統的墨西哥人世代居住此地，先民的文化像根一樣在這城市留存，現有百分之六十的居民擁有西班牙血統，南邊墨西哥人往美國尋找機會時，會把德州的聖安東尼奧當首選之一，所以這裡到處看到墨西哥風味的餐廳和服飾用品，正足以說明與墨西哥的淵源。

在旅遊導覽手冊上，幾乎都寫著阿拉莫戰役的始末，晉思等餐時大略翻閱手冊，隨即將它放在桌角，他寧可看著窗外那綠意中夾帶些許乾黃的枝葉，看河上交遞行駛的遊船，遊客向岸上的人招手。要永遠正視現實，他想，歷史給這城市當文化沃土，而現在的遊客欣賞的是眼前的景致，在這美麗的景致中想像歷史感，誤覺已受到歷史的洗禮，事實上誰也沒參與過當初的歷史，只不過是一種心靈錯覺，以為了解便是參與。可是人們善於活在錯覺中。他懷疑自己望著那悠悠流水所引起的美感是否也是種錯覺？是否在尋找移到這個城市的理由，而寧可相信它怎麼看都是美的。自己這麼質疑是因為想抵制搬來這裡的衝動嗎？抵制的原因又何在？自己分明想搬離那雪花綿密的城市。

這家餐廳的菜色和昨晚那家不太相同，除了前菜仍提供玉米脆餅蘸番茄辣椒醬、捲餅沙拉配酪梨泥外，主菜有許多海產，有一大桶炸蝦伴豆泥，也有一大桶的炸雞腿雞翅，顯然已是德州化的飲食風俗，習慣大杯、大盤、大量的食物。即使是食物也是入境隨俗的，就好像許多美國的中餐館，不論是平價或精緻的，萬不能少了春捲，也不能免俗的在餐後送上幸運餅乾，在平價餐廳無論點了什麼菜，極可能吃出一個樣的醬味。這都無損於客人仍要上中餐館點個檸檬雞或宮保雞丁，也無損於上墨西哥餐廳吃個口味不一樣的捲餅，因為顧客要的可能是一個飲食文化的感覺及對食物的鄉愁。

他喝掉一杯龍舌蘭，又叫了一杯，濃郁的酒香蘊含濃郁的墨西哥熱情氣息，這種產自墨西哥，由藍色龍舌蘭蒸餾的酒像迷幻藥一樣，一入口就令人醺醺然。送餐的是另一個辛蒂，豐滿、大眼、低胸、畫得很濃的眉毛，黑頭髮、皮膚白皙，也許明年就回墨西哥，嫁人生胖兒子。

胃裡還不太有食物時喝掉的那杯龍舌蘭讓他感到四周的景物帶點淡淡的光，把景物變模糊了，窗外對面斜斜看進去的綠蔭間並排的幾家商店，其中一家門口花圃裡插了一支木牌子，上頭寫「出售」，下緣是一串電話。他手上這第二杯龍舌蘭也快喝完了，胃裡已塞入不少捲餅和蝦肉，哥哥拿水杯跟他碰杯，哥哥要開車，不沾酒。他餐後要搭飛機回家，酒意會讓他在飛機上容易入眠。但他不斷的喝龍舌蘭是為了感染墨西哥的熱情，昨晚花園餐廳裡那位真正叫做辛蒂的年輕女孩甜美的笑容和玲瓏性感的身材隨著酒意浮現腦海，令人喜悅，坐在這餐廳裡沒有比飲點龍舌蘭更適合眼底所見的河上美景和商店裡那些色彩鮮明的商品。斜對面那家求售的餐廳前面花圃，沿牆林立了數株耐寒的低矮椰子樹，樹幹較粗，頂端開展出寬大的枝葉，像傘般垂下來，他雖感到四周在旋轉，仍清醒的認為那是椰子樹沒錯。

「哥，這裡的餐廳不好做嗎？如果有餐廳要轉手賣人，你想，會是什麼原因？」

哥哥吃淨了盤中的烤牛肉，用很放鬆，也似乎有點疲倦的聲音說：「也許做膩了，想改行，或賺夠了，人也老了，想退休，也可能意見不合，投資人要拆夥，當然啦，也有可能夫妻鬧離婚清財產。」

他指指那戶有椰子樹的餐廳說：「那你想那家要出售的原因是什麼？」

「你得問他們老闆呀！」哥哥繼續眼前的食物。

他卻問他：「你記得我們小時候第一個家的外面有一棵椰子樹嗎？後來搬去北投的家，樓下公園也有很多的椰子樹。」

「你食物吃得很少。如果想趕上飛機的話，最好趕快把食物吃完。」

事後他想了很久。如何也想不起最後吃掉的那盤食物到底是什麼？

12 父母的對話

考前兩個月和乾爸吃飯後，乾爸在他心中的身分由那卡西旅館的股東翻轉成寫報紙社論的文膽，那個坐在公園椅子上看他玩彈珠的先生，腦子裡盤算的是當日的社論怎麼下筆？乾爸從來沒說他是個拿筆的人，他也從來沒想過他周遭的人與文字會有任何關聯。他努力念的那些社會、公民科目原來與乾爸的職業息息相關，乾爸卻深藏不露的沒把社論搬弄到日常語言。為了應付社會科考試，老師常提醒他們要讀社論，以防時事題。而乾爸居然是執筆者之一，彷彿等同命題官。他這幾年與乾爸的相處忽略了什麼嗎？沒有任何對國家大事的長篇大論出現在談話裡，他一直以為乾爸是旅館業的生意人，和知識、思想的論述不會沾上太多邊。是他們從來沒有機會談論一些政治或民生、社會問題嗎？他與乾爸見面的次數其實是不多的。而考前兩個月的聚餐，那晚乾爸說：「你已經是青年了，要多了解社會，關心社會。」乾爸問他選哪一組。他說要考商學院，乾爸說：「都好都好，只要是興趣範圍內的都好。考上後，就好好去念。」

然後，他把乾爸的職業身分擱到一邊去，那是壓在心底的好奇與納悶。他不打算問誰，或向誰提起這件事，即使是媽媽。那兩個月裡，除了念書，他沒有太多言語，不想被其他任何事困擾住，比如爸爸。爸爸有一個月沒回家，沒有家人提起這件事，或者沒在他面前提起過，而他也不想問。除了睡覺外，他的時間都在學校裡，或者離開學校後，特意走一段路，到遠一點的公車站牌搭車，在這段路程間才是他生活的部分，看得到商店販賣的新穎商品、人群穿著流行款式的衣服，及夜晚逛街人潮或夜校下課人潮的神色。眼裡所看到的流動人影車影組成的流動色彩安慰他陷在文字記誦迷陣的一天。回家後，他希望忘掉一天的煩悶，因為明天，又是煩悶的另一天。

他們從他預估的分數知道他有學校念，媽媽對前面的三個孩子分別有大學可念，就好像完成了人生的心願似的，不再對生活做什麼防禦。她說她要離婚。她不在乎離婚的決定會不會影響接著要考大學的妹妹念書的情緒。「反正她不愛念書。」媽媽像向他們宣告，其實妹妹站在她那邊，對父母長期的冷淡，妹妹從來都很習慣，爸爸在家的時候，妹妹常在自己房裡，很少走到客廳，萬不得已吃飯時碰在一起，妹妹很少主動說什麼，反而是他和哥哥得說點話，姐姐在台中讀大學，寒暑假及少數的假日才回家，甚至不回家，和爸爸碰面的機會很少，而自從哥哥服兵役接著年初到美國念書，連續長時不在家，說話就成為他的責任，到他準備聯考，不常在飯桌前，便也忘了過去吃飯是什麼情景，回想起來就是他說點學校的事，或問爸爸工作上的事，爸爸會回答，像對待一個生意上的客戶。如果他不講話，任由爸媽去談，有時談著談著，他們的聲調就高了起來。

爸爸最近回來的這次，坐在客廳沙發角落，一方陽光照進來，落在他灰白的頭髮上，他的灰色頭髮已比黑色多，臉色黧黑，好像一天到晚都在外面跑業務似的，但據說，他有了自己的五金公司。陽光照著的爸爸安靜的坐著，沒有講話，眼睛也沒看哪裡。他閉著眼睛。

「爸。」他喚他。

爸爸睜開眼，看著他，眼神迷茫，好像剛從一場睡眠醒來。「嗯，你要出去？」

「沒有，沒什麼事，爸為什麼在家？你很久不在家了。」

爸爸挪動了身體，讓身體正對電視機，那是他在家時最常做的姿勢。

「我應該常在家的，現在在家反而不正常了，你們看到我都陌生了。我多久沒看到你，有學校念吧？」

「應該有。」

「那就好。」爸又挪了挪身子，他才注意到爸爸胖了，爸爸緊緊貼著沙發椅背，繼續說：「妳媽最近在鬧什麼你知道吧？」

他感到錯愕，沒有出聲。

陽光把爸爸的一邊面頰洗白了，好像從來不認識般的陌生感，連爸爸的眼神他也感到陌生了。爸爸說：「你媽媽不喜歡我在家，既然她不喜歡我住在家，我就外頭住，我現在有能力離開家在外生活，這樣就好了，何必離婚呢？我還供你們讀書，供你哥哥在國外念書很貴。這些她都不要嗎？我也不會放下你們不理，那又何必離婚？」

「我們都長大了，不會給你們太多麻煩，你也可以考慮多住家裡，一個家裡的事情可以很單純。」

「如果你媽媽那麼想就好了，但說真的，我常在外面做生意，看得多，覺得人生不必太勉強，跟你媽媽合不來就不勉強了。你們也大了，你的學費我會負責到你畢業，其他的你自己也要有自立的打算。」

「爸爸的意思是你仍然不會常回家，而且也不考慮離婚？」

「還多這道手續幹嘛？」

媽媽和回台北過暑假的姐姐這時從外頭回來，媽媽看到爸爸坐在那裡，迎頭便問：「什麼手續？」

爸爸不動的身子，半邊仍是陽光，他淡淡的說：「離婚，不需要辦那手續，對孩子不好。」

「你想的不是對孩子不好，是你不願意為我們買房子，只要你肯出錢買房子，你和外面那個也可以結婚，你何不成全兩方。」媽媽講著，音量又大了起來，「是你不想娶她？跟人家玩假的？也把我們擺在這裡？房東要收回房子，這房子也住夠久了，你不為我們買房子，我們還是得搬的。我搬要搬得讓你找不到，要不然你就幫我們買房子……」

媽媽還在講，他和姐姐都悄悄的回到自己的房間。姐姐從來不想理會他們的爭吵，她把門關得牢牢。他其實是想出去了，但無法斷然在父母爭執的情況下打開大門走出去。看來他們終要搬離這裡的，客廳的陽光在變稀薄，人間也沒有不變的事，客廳中的爸爸身影逐漸模糊，這房子不屬於他們，在媽媽說房東要收回房子後，每個人在家中的身影都將逐漸淡出這空間，轉移到記憶中，有些會在記憶中清晰如在眼前，有些會被歲月磨蝕不見。

客廳中的爸爸說了句：「妳愛搬去哪裡就去哪裡，不必威脅我離婚，離了婚，我就不對孩子負責任，對妳沒有比較好，妳要交朋友我不會管，這樣不是對大家都好？」

媽媽頂了句：「你是不敢養那女人和她的孩子是吧？」然後是開關門的聲音。他靠在窗口看樓下的公園，過一會，爸爸的身影走過公園邊的人行道，兩隻手插在褲子口袋，低頭看著路面，背略駝，灰白的髮使他的背看起來更駝。他心裡閃過一個念頭，也許爸爸是想回家長住家裡的，否則為何不和外面傳說中的那個女人安定下來？是媽媽全然拒絕他，使他無法回到家裡嗎？現在他又要去哪裡？他好想追出去，但爸爸走得很快，一下就轉過巷口不見身影。

那天爸爸沒有再回來，整個暑假都沒有回來。

大學放榜，進成功嶺之前，他每天去附近新社區樓下的新咖啡館打工三小時，這附近像個大工地，不斷的蓋新房子，也就多了許多商店，這家咖啡館新到連陽光都很新鮮，那是他打工的時段，早上六點半到九點半，他要負責的是做三明治和咖啡，空下來時也幫廚房洗碗。這是他暑假裡所能找到的最理想工作了，爸爸說要自立，他試看看做事是什麼感覺。

其他的時間常和高中同學相約掃街或看電影，有時去跳舞，同學熟門熟路帶他去Disco舞廳跳舞，那邊的音樂讓他入迷，跳舞可以把積壓的情緒宣洩掉，也可以把情緒壓平在心裡，那是相當自由自在的一個用身體去處理情緒的方式，而且仔細聽著音樂時，他覺得天下再沒有什麼大不了的事情需要擔心。在舞廳裡，也會碰到跟他們一樣考完聯考來殺時間的女生，互相當舞伴聊天，學習舞藝，他看看別人的舞姿就可以得到舞蹈的竅門，其實是有點放縱的逸樂，一想到放縱，他就更覺得有必要盡情的跳，因為離開舞廳就沒有放縱的可能，後來他更能跟上音樂節奏時，音樂就是他的放縱了，他可以理解為何哥哥為了音樂可以遠到美國求學，在音樂的催化下，他逐漸感到自己是因為音樂的存在而跳舞，並不是因為有年輕美麗的舞伴。

有時是安靜的夜，躺在床上無所事事，看本小說或雜誌。哥哥不在後，房間全然屬於他，從窗口往下望，椰子樹已長得很高，有一棵長到和他的窗口平行，他看書累了，常望著樹葉，大多是不經意的眼神掃過，晚上的話，葉影黑幽幽的，像好大的傘撐在半空中，有種淒涼的感覺，他喜歡那種感覺。知道必須搬家，他便常靠到窗邊看著椰子樹，樹下的公園，公園裡趴在地上打彈珠的小男童。小時候搬離南邊的那個家，也有一棵椰子樹長在陽台邊，他常在陽台望它，而今，搬離有椰子樹的家的日子似乎不遠。許多個夜，他站在窗邊望著黝黑的椰子樹影，望著星空，有時星星多，有時星星少，那遠在天邊似在閃亮的星星，可否告訴遠在美國的哥哥——我們又要搬家了。

13 金色陽光

陽光強烈的日子，雪融化後，院子的草皮露出乾枯的痕跡，踩上去仍像地毯般柔軟——冬日覆蓋泥土的枯草地毯。那土底下有很多種子，等待春天氣候回暖就會冒出芽來。現在，他感到自己也要冒出芽來了，如果天氣和水分等條件都配合，就會長成一棵翠綠的大樹。

從聖安東尼奧回來兩週後的某一天，午餐時間他獨自來到陳茂的餐廳。午休時間，多數人利用中午一個多小時的用餐時間離開辦公室，吃完後也很快回到辦公室，也就是客人會很集中在一個小時內。他來的時候已坐了八分滿，現場的兩位服務生不斷為客人點菜，還有服務生不斷從廚房送出菜來，陳茂給客人送了一盤菜後，走過來招呼：「嗨，自己來？今天吃點什麼？」

「不急，現在是你們很忙的時候，我可以看看廚房嗎？我會站在不妨礙你們的地方。」

「哎呀，是來突擊檢查的喔？外交部有命令嗎？」

「開什麼玩笑，又不是ＣＩＡ，是自己好奇想看一看，你隨便給我兩樣菜，等一下你不忙了，要跟你聊一聊。」

「你進去隨便看，廚房熱，現在服務生進進出出的，小心不要打撞就好。」陳茂領他到廚房，經過一排開放的儲物櫃，櫃裡放滿各式醬料油料。

廚房裡有兩名師傅一名助手，一位洗菜兼洗碗筷的女工，全是華人，特製的不鏽鋼巨大抽油煙機嗡嗡作響，寬大的抽油煙管通向天花板在斜屋頂穿出去，斜屋頂有兩個採光罩投入自然光線，師傅的快手提起鍋子不斷搖動，將鍋中的食物盛盤，爐灶的檯面上擺著一排訂菜單，和幾道做好的菜，服務生一來一往端走那幾盤菜，師傅又大火快手炒菜，兩名師傅的右邊檯面有一個一個的不鏽鋼碗，碗裡裝著各種佐料，那名助手根據訂菜單不斷備料給師傅，並一邊交代站在水槽前的女工洗哪種菜。抽油煙機的聲音、鍋鏟碰觸炒鍋的聲音、水流聲和交談聲交織成廚房裡的回聲，他站在門邊靠牆的角落，這些聲音好像都被他吸收，並從他身上反射回去，他覺得自己宛如站在一個廝殺著什麼的戰場，服務生進來時總跟他微笑，他也回給他們微笑，這樣做減緩一些廝殺感，陳茂有時也進來交代加哪種菜色，想見是他送給客人的加菜料理。

他隨其中一名服務生走出來，回到自己坐位，腦中還有廚房各種聲音交響的暈眩感，尤其那個巨大的抽油煙機令人疲勞。一般家裡的抽油煙機設在電爐台的最上方，鑲嵌在櫥櫃下端，馬力小，運轉聲音也小，抽煙能力不佳，對常做中式菜色的華人家庭而言，遠遠的不夠，但習慣了家庭小聲的抽油煙機聲音，聽到餐廳廚房的大抽油煙機聲音就像在一部轟炸機下，難怪那廚房像個戰場。開餐廳的人一定是克服了馬達與鍋鏟、大聲而快速的嗓門聲，或者該與那些聲音合而為一，成為日常的聲音，或者將它們視為金錢的象徵，才能和諧共處。他這樣想著，菜餚也送上來，一邊吃著，一邊數起餐廳裡的桌數和椅子，計算坐滿是幾個人。數到右側的牆，半個牆面的玻璃窗，窗外一排龍柏，綠色樹身閃著銀光，耐寒的針葉因吹來一陣風而閃動，在顏色貧乏的冬天能有一點銀綠的色彩相當令人振奮，他盯著閃亮的葉子看，便忘了數桌椅。

陳茂來到桌旁，客人已走了大半，且在陸續離開中。陳茂望著牆上的鐘，坐下來問他：「不急著回辦公室？」

「如果是平時就得按時回去，今天不急，因為不想急，想跟你商量一件事，聽聽你的意見。」

「喔？我能幫上什麼忙？」

「我打算離開公職，在美國留下來。我得有留下來的本事。」

「你就不能一直留在美國嗎？」

「不能，我得接受調派，可能去別的國家，我不想讓人決定我未來該住哪裡，所以不如辭去工作，自己決定前途。」

陳茂托托腮幫子，眼睛轉了兩圈，好像考慮過什麼了，很慎重的說：「說得也有道理，何必把未來交給別人決定，但辦事處是份不錯的差事，就算去別的國家也很好啊，當遊山玩水，一生中能去幾個國家有什麼不好呢？最後總會退休，然後回台灣安定的過晚年。跳出來，在美國工作的話，要找工作，也有在白人社會能不能往上爬的問題。」

「謝謝你幫我想那麼多。那麼你賺白人社會的錢，有沒有想過能不能往上爬的問題？你不必想對不對？你是自己的老闆。不管是白人、黑人、黃種人走入你的店，都要付錢給你。」

「嘿嘿，小子，我也冒了風險的，萬一店沒經營起來，我拿什麼養家？何況不賺就是賠，我哪有賠的本錢。在這裡做生意，也怕搶劫，平時都很提高警覺，注意進出的人。」

「果然做哪一行，就有哪一行的門道。這幾年你都做得很好啊！」

「我很警醒，也很用心和客人建立關係。不然怎麼生存下來？」陳茂露出招牌笑容，嘿嘿笑得兩頰紅潤。

晉思看著那紅潤的氣色，相信自己的遊說會成功，他說：「想不想擴大事業？你讓我帶走一名廚師，和我去德州開一家新的中餐廳，成功的話，利潤算你一份，如果你願意投資資金，就按投資比例算利潤，如何？」

陳茂收起笑容，嚴肅的盯著他，連眼白都要翻出來了，彷彿他是個瘋子似的，陳茂說：「你完全不懂餐廳啊，做餐廳不是你去廚房站一站看一看就可以做的，這兩名廚師我訓練出來的，你怎麼能說要就要，做垮了你怎麼收拾？你說什麼，再說一遍，到底是怎麼回事，怎麼就說要做餐廳？要我投資多少？德州，那很遠，我，我怎麼管得到？要花多少錢啊！你到底，到底在搞什麼？」陳茂越講越急，反而是晉思想笑了，他覺得陳茂心裡在思考這件事了。

「你這個餐廳很穩固，有餘力就再開一家，為什麼不可以？由我來經營，你不必費力就可以收利潤，沒有再好的事了。」

「你以為開就會賺啊？賠了誰賠？」

「我們合力讓它成功，你的廚師可信嗎？做菜我不會，但經營我會努力。你指派一個可信任的廚師，由他再訓練下手。我保證分期讓你回本，回本後賺的繼續賺，賠的我來負責。」

「哇，好大的口氣！讓你坐在辦公桌前真是浪費。你得來我店裡一段時間，我看你可以熟悉店務到什麼程度再談下一步。我是回不去台灣的，在美國千萬不能失敗，失敗了去哪裡容身？」

「所以你越成功，住在這裡越得意。那就說定，我會天天來。傍晚下班後，可以吧？」

「這太突然了，讓我很意外，你一派斯文要去廚房起鍋弄灶，我就要看看你能耐到哪裡？隨時來，當老闆的人是不分日夜的。」

那排龍柏，針葉整片整片的舞得更起勁，旁邊有幾株白樺樹，和柏樹比起來，慘淡多了，葉片全掉光，樹枝堅硬的指向天際。他走往停車場時，撫了樺樹白色的樹身一把，冰涼、粗糙、堅硬，滿像目前的處境，他撫著那粗糙的觸感，沒有比這個更好了，春天來時，它會變溫暖，但它粗糙的質地仍在，他喜歡那粗糙，認為人的內心裡保有一種粗糙感會更純粹且自然，與那粗糙對抗的不一定是圓滑，而是為了保有粗糙的自然感，得和環境抗爭下去。

他不能全部依賴陳茂，他需要的資金龐大。幾天前，他腦子裡對聖安東尼奧河邊餐廳店前招售的招牌上的電話數字越見清晰，跟對方打了電話。那是個中年男人，他說他的義大利女友不肯留在美國，他打算搬到義大利，他很得意為了愛情搬遷，寧願賣掉經營了十年的餐廳。那中年男人說的售價是他負擔不起的，他問他：「還有談價空間嗎？」

「如果你很有誠意，我們可以談談。」中年男人說。

為了中年男子說出的那個高於他居所附近房價四倍的價錢，他必須找各種資金來源的可能性，有可能了才有談價的必要。他已無心待在辦公室，匆匆回去臨時請了假回家，整個下午在後院乾枯草皮上踱步。走到籬笆邊的樹下，蹲下來整理圍著樺樹和松樹幹的碎石。每顆石頭都排列得很好，他卻把它們重組，圍出一個更大的圈，這樣每棵樹排一回，大半天過去。每數著一顆石頭，心裡盤算的是數字。場地面積、桌椅數、來客量、原料成本、人事成本、每日進客滿足量、可投入的資金、應貸款的金額等等，當然他也想，萬一經營不善，如何償還借來的資金，但每當這個念頭浮起，他就想另一個吸引來客的點子，最後出現腦海的是絡繹不絕的遊客走入他的餐廳，感受到中式菜餚的華麗與美味。是的，關鍵點在菜餚，那是最基本的條件。

傍晚，天轉陰涼，他回到屋裡，搬出冰箱裡可以入菜的食材，一一檢視新鮮度，做了幾種排列組合，想像一名優秀的廚師對食材的感情，對食材之間搭配的想像，什麼口感與什麼顏色可以引起味蕾的欲望，一道菜的步驟應起於刀工還是配色，或者調味的選擇。如此想著，不禁正襟危坐，臉色專注了起來，原來注意到這些步驟時，就感到做菜是一件如何慎重且有趣的事，一如服裝師從布料的質感想像設計與成品。可是在他的人生想像裡，從來沒有經營餐廳這一項。他不知道自己的決心有多大，重排樹下石頭時，想著自己的決心可以堅硬如石嗎？

車庫門捲動的聲音，是倩儀回來了。他當下決定了今晚的菜色，留下需要的食材，將不需要的放回冰箱。他快速拿起材料到水槽沖洗，好像自己在那裡沖洗有一下子了。倩儀已停好車走進來，諭方先嚷著衝向他喊，爹地。

倩儀一邊放下手提包，一邊走過來，問他：「洗起菜來了？你今天回來得早？」

「整個下午請假。」

倩儀接過水槽的工作，看看他，問：「為什麼？不舒服嗎？」
「我們要先洗米，我竟忘了先煮飯。」
「不必，冰箱裡還有昨天剩下的白米飯。」
「妳比我清楚多了。」
「你不舒服嗎？」倩儀又問了一次。
諭方在客廳看電視，節目裡仍是那隻大鳥和青蛙唧唧呱呱的交談聲。晉思邊鋪砧板切菜，邊說：「沒有不舒服，只是放自己假。整個下午我在後院樹下排石頭。」
「你瘋了嗎？那麼無聊的事你特別請假來做？」
「就是想瘋一下。」他停下切菜的動作，瞄視著倩儀的反應，說：「我還有瘋狂的念頭，我要開餐廳。」
倩儀繼續淘洗菜，沒有看他一眼。「你開玩笑吧，想玩的話，諭方有很多玩具可以供你玩呢！」
「我不是開玩笑，是真的。我整個下午在想，如何湊足錢買下餐廳。」他以很慎重嚴肅的語氣說：「倩儀，真的，是德州，我哥哥那裡。」
「你去德州就為了這件事？現在才告訴我？」
「不是。」晉思低頭切蘿蔔絲，「是在那裡看到一家餐廳要轉手，我想了幾天，打算接手。」

「有沒有我的意見？」

晉思停下刀子，正視似乎在怒氣中的倩儀，她眼裡冒起一團火，整個身子有一圈無形的刺。

「妳說呢？」

「不行。」倩儀加重語氣，「我不贊成。你不是廚師，你不懂做生意，你沒有在餐廳工作過一天。」

「會的，從明天開始，我每晚去陳茂的餐廳實習。」

「不行！」

「我決定了。」

「你哪來的錢？」

「如果妳不支持，我會想辦法籌錢。」

「你已經決定了，我還有什麼支持不支持的選擇？」

倩儀擦乾手，提起手提包，走進臥室。晉思跟過來，在她身後說：「我很抱歉自己做了決定，我預期妳會聽我的，妳什麼都聽我的。」

倩儀坐入靠窗的沙發單椅，瞪著窗外銀白的雪松。她不跟他講話。她的臉瞬間僵硬，完全變成一個不認識的人，他無意去勸解那面向窗外的怒意。他走回廚房，特地去客廳跟專注看電視的諭方做了一個鬼臉。然後，坐到餐桌前，望著後院的枯草及圈圍著樹的石頭，心頭浮現的，是那餐廳拱形的前廊及白牆外美麗的綠意間聳立的椰子樹。心裡閃過一道金色陽光。在這蒼灰的、寒意仍深的北方，那金色陽光無邊無際，燦爛明亮。

14 想知道文字的力量

成為大學新鮮人，第一件感到新鮮的其實是沒有課業壓力——不是不必讀書，而是沒有聯考一試定終身，與分數你死我活對決的壓力。他感到精神解放，對各式各樣的社團充滿好奇心，可以把過去因不斷考試而壓抑的心思放到社團的學習上，在那裡可以做點自己有興趣的事，也可以認識朋友。各科打散的修課時間，使時間自由也使自己真正像個大人，不必從早到晚坐在課堂上，非得像個乖寶寶守校規，以免教官威脅的眼光隨時伺候。

暑假最後一個月到成功嶺受訓後，他感到自己得主宰自己的世界，在一切生活作息被軍隊控制的情況下，人回到奴隸的本質，要絕對的服從權力與制度。或說人都有奴性，凡有制度的地方就有服從，但他要從可獲得的自由空氣裡盡量的做自己。成功嶺所受的軍訓只是成為一個軍人的準備，大學畢業後要真正服役兩年，每個男生都逃不掉，那麼這四年，在享有自由的時候，要利用自由才能得到真正的自由。

他在山崗上的學校享受那裡的風雨與陽光，大一修的課較重，他怡然自得，和聯考前那成天浸泡在學校和書本裡的日子比起來，再重的課都不算什麼，因此花在玩樂的時間不少。

學校離淡海近，有時他們成群騎摩托車去沙崙海灘玩水，有時他自己騎去海岸線兜一圈，停在臨海的路邊望向淡水河，那裡也常有人垂釣。這摩托車是向畢業的學長買來的二手貨，不知傳幾代了，飆起來時引擎聲音像風嘯，騎在淡海公路上和海風相迎，非常相得益彰。

他參加了兩個社團，一個山地服務社，專門去山上的小學校辦活動，服務孩子們，他想借此機會接觸山上環境。第二個社團是舞蹈社，那裡的社員跳著很自由的現代舞，但有一些基本的動作訓練。他加入只是一時衝動，那天只因一股莫名的好奇牽引他走向舞蹈社，他看到裡頭圍了幾個人熱烈討論著什麼，進去看就當場加入成為他們的討論者。課餘他反而花較多的時間在舞蹈社，在那裡只要聽到音樂，他就有跳舞的衝動，也曾自己一個人在練舞場練習舞步，感受肌肉拉緊與放鬆間的張力。然而他沒有想到，寒假過後，他加入了校刊社。為了尋求同時置身不同社團的刺激嗎？不是，沒有一個社團是非去不可的，在他的認知裡，也不是參加了那個社團就得乖寶寶參加社團的每次會議或活動。但是加入時都有目的性，一點興趣，一點有趣，一點好玩，一點理想，這次是額外的，一點悲傷，甚至是有點悲壯的與自己過不去。如果不是因為一戶房子，或許他的人生會不一樣。

整個大一上學期，媽媽都在忙著找房子，初冬某天，沒課的下午，他騎摩托車回到家，停在公園邊的空地，陽光稀薄，樹影似有若無的斜打在摩托車上，使那二手買來的摩托車更顯蒼老。一上樓，媽媽似乎預知他會回來，等在那裡，一見他進門就說：「房子找到了，這次是買下來了，就是山坡再往上走一點的那個新社區。」

「爸爸願意買了？」

「他一毛錢也不會拿來替我們買房子。」

「那妳哪來的錢？」

媽媽沒有做聲，手上拿著房地產公司給的資料，是格局圖和電路配置圖，她將它們攤在餐桌上，很仔細的研究著，過一會兒才說：「房子是蓋好的成屋，需要找人裝潢一下，工期兩個月的話，過年前我們可以把房子還給房東搬到新家去。」

「哪來的錢？」他也坐到餐桌前，瞄著桌上的格局圖，雖然沒有很專心，仍看到圖上有三間房和一間只夠當儲藏室的小房，很理想的小家庭格局，電梯進門的地方有一條長陽台。

媽媽說：「錢你就不必管。只是將租金轉成每月的房貸而已，房貸付個幾年，你們就陸續出社會做事了，那時候如果我沒工作，你們就得接手繳房貸。」

「除了房貸，還有頭期款！妳借很多錢？」

「我說過不必談錢的事。」

「我們孩子應該知道將來可能要還多少負債。」

「我要跟你討論的是，你打算選哪間當你的臥室呢？哥哥不在，就你來決定。」

「讓姐姐和妹妹先選。」他又看了一眼格局圖，改變心意說，「那間大的給女孩們，我就這間小的，哥哥將來不一定回來，回來了也不一定住家裡。」

「我們能力只有這樣，三間房的公寓能買下來已經不錯了，就委屈你們兄弟姐妹擠一擠。」

他回到自己的房間，房裡還有哥哥留著的衣服和用品，架上也有成排的書，這些將來也要幫哥哥搬到新家去。看來他們似乎有一個安定的居所了，這個新居所裝潢時，哥哥不會在場，讀大四的姐姐只會在假日回家，只有他和讀高一的妹妹在家，但妹妹成天在學校裡，只有他可以在白天協助媽媽去裝潢現場了解工人的進度和工程品質，那麼，他得參與設計圖，才能掌握適當的狀況。這是為什麼媽媽將電路配置圖也放在桌上。思及此，他又走回餐廳，媽媽的視線正穿過客廳，看著門窗外的淡薄冬陽。

「媽，」他喚她，坐到她的對面，仍是那張收拾到只剩一壺茶和兩張房屋格局圖及電路配置圖的桌子，媽媽手裡握著茶杯。他將圖轉過來對著自己，一邊注視著，一邊說，「買房子是好事，我們到現在才有屬於自己的房子，哥姐都不在家，我就給妳意見參考。房子本身格局很好，不需要太多過度的裝潢，以簡單大方為主，必要的櫥櫃和明亮的照明，一點裝飾性的線條，就會很好看了。我們不需要浪費在不實用的設計上。」

媽媽旋轉手中的杯子，也盯著那格局圖，說：「我想也是這樣的，但有你的意見總是比較好，畢竟不是只住我一人。」媽媽好像鬆了一口氣，繼續說，「有這個原則，接著設計師會畫圖給我們，再拿給你看。」

媽媽的口氣變成小心翼翼：「也許你想去看看這個房子。」

「其實是妳中意就可以，若要我去看，當然會比較有空間概念。」

「那什麼時候呢？」

「很急嗎？」

「很快要和設計師談了。」

這個下午他沒有逗留學校，直接回家是對的，萬一他留在學校，媽媽必然一整個下午都等在那裡。他當下和媽媽下樓，往上坡的方向走。

上坡路徑兩旁原來蔓草叢生，間雜幾戶人家，這些人家老厝拆除後，整個灌木草叢翻成一片泥黃，才一年多光景，兩大落八層樓的公寓群擋住上坡的天空，成為最顯眼的建築，而公寓群的後面也連著一大片的新舊建築，公寓間開出新路來，彎曲著通到下坡的主要道路。他們走了十來分鐘，往上坡走雖有點吃力，但新路平坦，坡度緩和，到公寓大樓時，反而因地勢高而有開闊感。

新建築像新漿洗過的衣服，有特殊的氣味，剛乾涸的水泥、新刷上的油漆、新鋪的柏油路面、澄亮的瓷磚、還貼著透明保護膜的鋁質窗框，這些物質交混的氣味和光亮感，使整條巷子像個商場，金錢正滾滾流進來被這些氣味吸走，然後陸續進住的人們氣味與聲音會慢慢覆蓋掉這些物質的氣味，成為巷子的日常瑣碎。

他們走進其中一棟，進入電梯來到七樓。左右兩戶對門而立的人家，他們在右邊，刷色銅質門沉重，兼具陽台功能的走道頗寬敞，一旁是落地玻璃門，推開門，就是客廳。客廳到底，分出左邊的廚房連餐廳，右邊三間房，主臥與另兩間隔著走道。這是個簡單寬敞的格局，他檢視每個空間，光線明亮，他所屬的那間，窗戶望出去是後棟的建築，跟建築上的一線天際，幸虧棟距大，不至於遮掉光源，但從視覺上看起來，沒有居住在山坡上的感覺，遠遠不如原來房子從窗口望下去就可以看見公園林蔭。但沒有什麼是應該讓人一直擁有的，有了自己的房子，失去一些原來的東西是必然的。他選了床的擺置方位，斜對窗，起碼躺在床上時，可以看到那條開闊的天際線。

夾在餐廳與主臥之間的，是一間小小的儲藏室，當單人房太小，當儲物間剛好，媽媽最喜歡這間儲藏室，她說：「哪個家庭沒有些雜七雜八的東西，這間小房很可以當倉庫使用。」

「那就釘些層板，可以分類放東西。」他建議每個房間可以做木工的地方，最後來到陽台，沒有什麼需要做了，已經有花台在那裡了，這個位置可以看到山坡下的城市，夜間應可看到美麗的燈火。他不禁說：「媽，妳真有眼光，這個陽台沒有被前面的建築物擋住，視線很好。」

「我考慮的是這裡是建築間的缺口，風可以進來，房子可以通風透氣。」

他笑了笑，媽媽對視線不那麼要求，但誤打誤撞，這個可看遠的陽台增加居住的情調。

「風吹得進來，家裡就通風，這房子可以吧？」

「很好，妳很會挑，根本不需要我們的意見。是妳自己挑的吧，還是有朋友的意見？」

「不管是誰的意見，都買了，誰的意見也沒什麼重要了，要住的是我們。」媽媽說著，又走入室內試著打開每個燈泡，確定燈都是亮的。媽媽穿一件深灰色的毛衣和同色系的長褲，伸手開燈時，有一種很篤定的姿態，好像對這房子很熟悉了。他站在陽台這邊望著她開燈的背影，第一次感到媽媽嬌小但華麗，他的身高早已超過媽媽一個頭，卻從來沒有意識到媽媽嬌小的個子一直以來支撐著一個家，她反射到家的身影巨大到遮護著他們兄妹四人，她的華麗顯示在她不屈服的神氣，老是積極的忙著，穿著打扮好像隨時準備著有客人會突然登門拜訪，這樣的一位女性是以什麼心思看待她的人生呢？尤其與爸爸分居多年，她怎麼看待婚姻？這樣想著，媽媽已關掉所有燈走出來。兩人來到樓下，三隻黃色土狗臥在牆沿下打盹，其中一隻半瞇著眼睛看他們，懶洋洋的安逸，牠們應是原來在野地草叢裡玩樂的，地盤成為公寓大樓區後，仍繼續盤桓，居民住進來後，也許被收養，也許被捕狗大隊送進鐵籠裡等待扔進火葬場。居民算鳩占鵲巢嗎？他跟那半睜眼的老狗打了個招呼，對牠吹口哨，懶狗動都不動，沒有回應。

沒有回應。以媽媽方才回答的那句「不管是誰的意見，都買了，誰的意見也沒什麼重要了，要住的是我們。」來看，是有人陪著給了意見的，不然媽媽大可說是她自己看房子決定下來的。媽媽走回老公寓的路上只顧說著，這天剛好輪班休假，以後也只有輪休時才能去工地監工，並吩咐他，課堂的空檔若能代替她去看看工程進度是最好的。他從腳勁感受到坡面的斜度仍很明顯，和剛才走上坡時的感覺有點落差，是急著看房子而把不易走的斜度也當成好走了嗎？過一個紅綠燈轉個彎會看到他們住的舊公寓，抵達前，媽媽的語言如那懶洋洋的流浪狗，對他那個疑問，沒有任何回應。

接下來好幾個星期，他和媽媽交替到裝潢現場探視施工品質，從讀書的淡水小鎮提早回到北投，說不上遠，但騎摩托車仍有一段路，每週他只能利用無課的一天下午回到北投，媽媽中午前得去山上旅館上班，上班前她會先去看看進度，比設計師跑得還殷勤。最後收工階段，他得準備期末考，仍然撥空到現場探看師傅施作的每個細節，參與線板和木材樣式的選擇。師傅比他們更急，在收尾階段，他們同時兼顧幾個不同的工地，他們希望每個工地都可以在過年前如期完成，這樣他們也才能荷包滿滿的過好年。他們在某一天搬走所有工具，把所有廢料木材運出後，接著從別的工地趕過來的油漆工進場，兩天的時間就把櫥櫃木作噴了漆，牆壁也噴上白漆，工作服上的口袋插滿工具的電器工人接上燈具，清潔婦來把地上的灰屑抹得一乾二淨，整個飄著油漆氣味和新作木材氣味的空間新鮮而陌生，但充滿期待。

這時他已放寒假，每天去新房子打開門窗讓空氣對流，盡快將氣味驅散，以便如媽媽預定，過年前搬進來。早上他去打開門窗，鎖了大門便到處溜達，直到傍晚才回到房子關閉門窗。待姐姐也回到台北，他便將工作交出去，鎮日在老公寓裡打包要搬到新家的東西，包括替哥哥的衣物書籍裝箱和扔掉一些自己已經不會用上的東西。他記得小時候第一次搬家時，他緊抱著一個背包，裡頭裝著他喜歡的色筆和玩具。現在，從衣櫃裡一個幽暗的角落，這個膠質的背包冷硬的躺著，他把它翻出來，背包比他想像的小很多，車縫線都變黃，有幾處接合的地方龜裂，他將它丟到要扔棄的那堆東西裡，心裡像被什麼撞擊了一下，那條與幼時連接的線就是那個扔棄時的拋物線，在落地時，斷裂了。

像這樣斷裂的線在清理時不斷出現，床底下有一只塑膠箱，他將它拖出來，裡頭是玩具，幾乎都是乾爸買的，有各個時期出品的尪仔標，有布袋戲偶，有彈珠，還有三顆陀螺，陀螺的線糾纏成團，一只棒球手套和一顆光滑但上頭有著不均勻髒污痕跡的棒球。另外一只紙箱裡有哥哥留下來的雜誌，一定是哥哥忘了清掉了，一些音樂雜誌裡夾混著幾本色情小書刊。他把那箱書扔了，宛如斷裂了與哥哥在房裡祕密談著少年情事的時光。他手伸進玩具箱，拿出彈珠，排在地上玩了起來，心裡想的卻是樓下那公園的泥地及乾爸坐在公園的椅子上看他打彈珠。他記得乾爸的皮鞋總是光滑得好像要去參加宴會，他那時候很擔心打彈珠揚起的塵灰沾污乾爸的皮鞋，但乾爸從來都附和他鼓勵他打得好打得遠打得準，讓他一顆一顆打下去。

他從地上爬起來，想先把這箱玩具和高中時常看的書搬到新家去。他先後將這兩箱東西綁在摩托車後座，拿了備份鑰匙就往新家去。

來到新家上到七樓，裡頭已有聲音，他轉開鑰匙，抱著玩具箱推門而入，眼光穿透走道落在客廳的方向，是乾爸，坐在一組三人座的花色沙發上，背對著他，乾爸的身邊是媽媽，聽到他進來，他們同時轉過頭來看他，乾爸站了起來，他的手從媽媽的腰間抽離，迎過來要接他手上的箱子，媽媽拉拉衣服，也站起來迎過來，他把箱子往上提到肩上，遮住臉，也擋住了乾爸和媽媽的視線，他假裝什麼都沒看到，但也說不出話，乾爸要接過箱子，他轉向自己的房間，繼續扛著那箱子，說：「不必，我可以自己搬。」他直接走到房間，發現床已擺好，媽媽隨後走進來，解釋：「床和沙發下午家具公司送來了，餐桌椅也送來了，我們搬家時，只需將衣服用品、小家電搬來就可以了。」

真是一個新到不行的家了！

「你搬來了什麼？都不知道你要來。不然就你和我等家具行送貨就好，也不必勞動你乾爸了。」

「妳問都沒問一句話，誰知道妳今天約家具行送貨！」他想說得溫和些，聲音卻大了起來。

乾爸走進來說：「兒子既然來了，這裡我也幫不上忙了，我就走了。」

他哪裡是要乾爸就這樣走掉，已經多久沒看到乾爸了，難道乾爸就不問問他好不好。但他也說不出口請他留下來。

乾爸過來拍拍他：「兒子，看到你很高興，這房子多虧你幫媽媽照顧了，搬家會辛苦一些，辛苦個幾天，也就可以安定下來，對一家是好的，你們就多辛苦了。」乾爸隨即走出大門，媽媽跟隨去替他關門。

媽媽回到客廳後，臉色蒼白，坐回新得發亮的沙發上，望著他，責備說：「怎麼就不會問候乾爸?很久見一次，都不懂禮貌了。」

「我也沒看到你們有什麼禮貌。」

「你說什麼?」

「我進來時看到他是抱著妳的。」

媽媽沉默，在沙發的一角，她臉色凝重。他將玩具箱放進房裡的櫃子最內裡的位置，他想像把它扔掉的可能，但不知為什麼心裡仍想留著，所以塞入內裡時，他跟自己生氣，用力一推，箱子碰到櫃壁，發出很大的撞擊聲。

他走出來，想到樓下搬另一箱書，沙發上的媽媽臉頰流滿淚，鼻子發出啜泣聲，他從口袋掏出面紙給她。一句話都沒講。繼續往大門去，手拉門把，媽媽叫住他：「你過來。」

他坐到她對面。

媽媽擰乾了鼻涕、淚水。望著他的眼神像一個飢餓的人企求卑微的賞賜，這是他從來沒有感覺過的，他的背不禁挺直，感到好像有什麼事要發生。

「在這裡只有我們兩個，你是大孩子了，今天可能就是一個機會我該告訴你這件事。」

他默不作聲，等待暴風雨。

「你問我哪來的錢買房子。我確實沒有錢買，這房子的頭期款是你乾爸出的，也是他陪我看房子，最後看上了這裡，是兩個人都滿意的……」

「所以，接下來，是乾爸也要搬進來了嗎？」他冷冷的說。

「不是的，」媽媽的聲音很弱，那可憐的企求的眼神仍在房子的空間裡遊走，她整個人也像個遊魂了。「他只是幫助我們，也許他是為了你。孩子，你要原諒媽媽，人生實在太辛苦，你夠大了我才能講，你要能體會大人的難處，乾爸這樣幫助我們，全部是因為他是你的親爸，今天你知道後，以後對他的態度千萬要好，他也算照顧了你。以後你有什麼需要，他也會照顧你的……」

他聽不見媽媽還說了什麼，響雷擊中他，他腦袋嗡嗡作響。天地真的會崩裂，就在他眼前，在他身上。耳鳴緩和下來後，他就笑了，然後是忿怒。半轉過身子伏在沙發上，好像全身脹滿了氣，怕一講話，身體就會爆炸。媽媽坐過來，天色逐漸變暗，沒有人去擰亮電燈。

他們在過年的前兩天搬家。一部小卡車載著幾十箱衣服和家電，媽和姐姐妹妹三人隨車上路。他騎摩托車跟在車後，坐在紙箱末端的媽媽和姐姐聊天，妹妹耳上掛著隨身聽，望著天空唱歌。只要三分鐘的車程就可到達新家，他卻感到路很漫長。

在家裡只住了幾天就翻了年開學了，他說他要住學校附近的宿舍，可以省時間念書。媽媽沒說什麼，她靜默的點頭，靜默的看著他把隨身衣物又搬了出去。

開學第一天，他即走入校刊社。社長說：「下學期不召收新社員。」

「如果我程度都過得去，為什麼不能？」

「當然沒什麼不能，社員本來就來來去去。你為什麼想加入？」

「想知道文字的力量。」

事實上他不知道為什麼走進來。只是腦海裡不斷浮現乾爸說他是寫社論的。乾爸工作的地方每天製造許多文字組合。他想知道一個製造文字組合的地方到底有什麼樣的氛圍。

15 紙牌的另一面

沒有任何阻礙可以改變他的心意，他每天下班後去陳茂的餐廳學習廚房的技藝，觀察流程，他從來就打定主意，自己不會從學習當一名手藝精湛的廚師開始，但他可以是一名優秀的管理人員、經營者。這種自信可能是大學商學系的訓練，可能是九年公職生涯累積的一股想要衝破什麼的爆發力，雖然在去德州之前他完全沒有經營餐廳的念頭，但無論他決定做什麼，他想讓自己對決定投入的事業帶著無比的熱情。

一打算離職，就對工作了無牽掛，他有時請假在陳茂的餐廳待一整天，了解從早上進貨，準備一天的食材到各種廚房準備動作的細節和各式帳單的建立，以及突發狀況的應對。在陳茂的店裡遇到的突發狀況有許多種，比如客人在食物裡發現廚房清刷鍋子的鋁質刷毛，對這種不可原諒的過失，陳茂不但加送一盤菜，還對那餐飯打了對折；比如食材陸續用盡，客人吵嚷著非要那食材做出來的菜不可，抱怨餐廳沒有準備足夠的食材，陳茂鞠躬道歉仍無法改變客人臉上不屑的神色；比如服務生不小心打翻一鍋熱湯在客人身上，或用餐的孩子不斷扯翻桌上的茶杯；比如用完餐的客人大剌剌走出餐廳，服務生追上去要求付款，客人仍不在乎的駕車離去；比如一位老先生獨自用餐，點了七大盤，每盤只吃了兩三口，就結帳離去，那還溫熱豐盛的食物只好倒入餿水桶。

陳茂點頭答應投資他的餐廳，那時他已經連續來餐廳一個月，幫忙端了一個月的盤子，打雜也毫不草率，把儲物櫃整理得井井有條，各種醬料的補貨量都可以充裕的應付半個月的好生意。廚房裡的單身助理廚師光明願意跟他去德州開疆闢土，陳茂有背書，若生意做不起來，光明可以回到餐廳來，但投資的資金不會再增加。

有陳茂的支持，晉思感到一股生根的力量往內心扎，他與陳茂素昧平生，由一個顧客變成事業的合夥人，不能不說是個機緣，這個機緣存在那裡就為了實現他的夢想，他沒有理由不把握。他跟那個想去義大利的男人打了電話，說他要買下那餐廳，另開不一樣的餐廳，他可以先付訂金。那男人請他再到德州一趟，兩人當面談。

下一個週末，他和陳茂一起飛到德州，從機場租車直奔城中心。沿著河邊步道走，沿路的商店、餐廳間，又有歧路延伸到別的街區，他們在綠蔭間看到那間待售的餐廳，往綠叢間越過幾個階梯就來到室內。陳茂的眼光巡索整個空間，這是一間販賣簡單墨西哥式食物，又兼賣炸雞的餐廳，油炸的火熱感和屋牆外的椰子樹似乎相映成趣，牆面半身高的玻璃窗，明亮的陽光照射進來，推開窗，風也灌進來，邊看河景邊吃捲餅、炸雞邊喝啤酒或可樂，或可聊表歡樂時光。室內的挑高屋頂放大了陽光的明亮性，晉思一下就喜歡上這裡，陳茂在算計著這空間可以容納多少桌椅多少人。

老闆是個看起來四十多歲的墨西哥裔，膚色深，黑頭髮，留著落腮鬍。他們在餐廳最角落，一株水亮的寬葉盆栽旁像密謀著什麼的低聲談著價碼和接手的時間，老墨老闆說：「華人，我喜歡賣給華人，這裡華人餐廳不多，又隔得遠，再加一家不會彼此搶掉生意，絕對有吸引力啊！」老闆估算他停掉餐廳要兩個月時間準備，讓員工可以另謀工作。他迫不及待想早日去義大利，女朋友在那裡的一家設計公司工作，他可以拿著出售餐廳的收入，在義大利另起爐灶。「當然，我也可以出租，但你願意買，我也省去跨國處理產業的麻煩。」這個老闆似有一去不復返的決心，晉思想，我也有非留此地不可的決心，真是一拍即合，只是所需不同，一個為愛去義大利，一個為了不願回台灣而尋找可以長居的基礎。

直接買下房子對晉思而言，也有投資房地產的意義，他可以成為房子的主人，不做生意也可以出租，但他不打算這麼做，他要用生意養不動產和壯大自己的經濟實力。陳茂的投資是一小筆設備上的資金和人力上的支援，談定一個比例的利潤分配後，其他的資金就是他和倩儀平日的積蓄。現在所住的房子租金由政府提供，他和倩儀的薪資和省下的租金令他們銀行的存款節節升高，但在這時，不但一夕掏盡還遠遠不夠，得靠高額的房屋貸款，以讓現金做為餐廳的開辦周轉金。想到財務的運用，晉思感到自己真正是個商人了。他嘴角有微微的笑意，大學起不就準備在商場上展身手嗎？他感受到金錢數字真正運用到生意上的嚴肅性，因為只能往正數加，一旦負數出現，就代表負數的背後有一個無底洞，為了抗拒無底洞，財務報表必須是往正數的那端走。

他對空間的改裝有自己的看法，對廚房的格局則參考陳茂的意見。他們離開餐廳後，從不同的角度觀看餐廳，還特地到河的對面觀看，陳茂看到冬日仍熱鬧的河邊景象，說：「這裡不太受季節影響，是個做生意的好地方。這裡有店家要釋出應該很搶手的。」

「是啊，也許我買貴了，那麼盲目的，沒有比價就買下了。」

「這可能是你買得成的原因。就努力經營就是了，我看你是玩真的，這樣從不同角度看這餐廳，它已經在那裡了，你也買下了，有什麼好看的？」

「我在看怎麼改造它，好讓它在附近成為一家客人很想走進來的餐廳。」

「我看你是有點瘋狂的，銀子要省著花，花在刀口上，成本要規畫好，不然會燒得很快。餐廳終歸要菜色好才留得住客人。」

這是他喜歡陳茂的原因，他需要他的經驗和適時的提醒。

買賣案談成後，倩儀終究與他妥協，餐廳將以倩儀的名義購買，因倩儀是本國人，手續單純，他心裡懷疑自己是否又利用了倩儀的美國人身分，但也很坦然以妻子名義購買，是給妻子一份心理的安定感，雖然並無損兩人擁有共同財產的權益。倩儀也因此積極協助，她跟已退休的父母借款，幸得她的父母身體都健康，也有自己的房子，身邊有點資金可運用，他們以連本帶利的方式跟老人家借款，言明兩年內優先還款。但倩儀有但書。她要繼續上班，她說她對餐廳一竅不通，她的公司在聖安東尼奧有分公司，她可以請調到那裡。

在晚餐的桌前，倩儀極力爭取：「我不知道你的餐廳會賺還是賠，家裡起碼得有一份固定收入，公司要讓我調，是最好的，我們總要有地方住，總要按月還錢給爸媽，我的薪水可以保障這些固定開支。」

他們已經很久沒一起晚餐，這餐還是晉思為答謝她成功遊說父母借款，親下廚房做了幾道餐廳學來的菜色。倩儀務實且精於計算，她的安排不無道理，難得公司可以讓她調到德州，但以倩儀的經驗，要另外找工作並非難事，留在原公司，大概有業務上的熟練，她的安排是重實際的，也讓他可以無後顧之憂全心工作。他不斷夾菜到她盤子，說：「妳要做什麼都可以，我一定會賺錢。」

倩儀盯了他一會，吃了幾口飯，然後給出一個應已無法撼動的結論：「我知道你會賺錢，但剛開始是燒錢，我繼續工作可以讓家庭經濟和生意區分開來，維持正常的生活。」

「妳很厲害，也許比我更適合做生意。」

「我不知道餐廳怎麼開始，你賺了錢，我來算帳就可以。」

他們呵呵笑了起來，連嘴裡鼓著食物的諭方也笑著。他替倩儀斟了酒，給諭方果汁，在暈黃的餐燈下，他們的面容都柔和，但他和倩儀的眼神不再像過去那麼純粹，他們眼前好像有陰雲，倩儀嘗酒時眉頭蹙緊，問他：「我們還有多少時間留在這裡？」

「等我這趟台灣回來，就準備搬到德州去。那時老墨應該也結束他的餐廳了，接著我們就要重新裝潢，更新設備，裝潢期間我們就要在那裡了。」

「所以，最近又得跑德州一趟，找居住的地方嗎？否則我們的家當搬去哪裡？」

「妳反應真快，但我們也可以不費事，請哥哥在他的社區或附近替我們租個像樣的公寓就可以了，等餐廳穩定下來，我們再去找理想的房子，找房子需要點時間。」

倩儀靠過來他身邊，他環抱著她，兩人相擁，她親他，說：「都聽你的，你的想法是對的，祝你順利成功，我們的未來都押在你身上了。」

晉思的腮頰磨蹭著她的腮頰，他感到通往終點的關卡正一關一關通過，前面的光線會越來越明亮。即使眼前所見的倩儀，臉上仍有揮之不去的憂鬱神色。

全辦公室已知他將離職，但他沒講他的去向，他照正常程序提出離職，任期做滿後，他就是自由的人了。然後，他要回台灣一趟，為了創業和長留美國，他得回去處理一些雜務和到銀行結束幾個帳戶，將留在那裡的資金轉移出來。

他著手整理手邊的資料，好讓新來的同事可以順利接手任務。他來到若水的辦公桌前，若水見他來了，站起來和他往走廊走。若水說：「聽說你回台北就離開公職了，會在台北另外找事？」

他想，跟陳茂合作的事終究會傳揚出去，畢竟若水和陳茂也算熟識，但他並不想在這個時候講出去，他需要逐步將餐廳建立起來。他說：「應該會回美國來，我太太離開台灣太久了，她不會適應那邊的生活，還是留在美國吧，回來後怎麼發展，我會再告訴妳，別忘了，我還要跟妳報告令尊的狀況，給我一個地址，我會去看他，妳授權的話，就拍張照寄過來。」

「謝謝你記得，多拍幾張，這個恩情不知怎麼回報。」

「沒什麼，就當讓我有地方去走走。我很樂意。」

他們走到走道的一扇窗前，灰白的天，過幾天也許又要下雪。雪季還沒結束，他就已經離開這裡往台灣的方向飛，將來也不會再站在這窗前看著外面的天空及遠方廣大的土地，但他將有另一片風景，那裡有熱情的綠蔭與川流不息的人群，在那陽光充足的地方，他的人生好像紙牌的另一面，他也很好奇，翻開後，會是什麼？

16 流過淚的他會是個更堅強的人

在校刊社，他成為一名撰稿人和編輯者，是不是這個經驗可以讓他跟親生父親的心靈更靠近一點？他從文字裡去理解父親的工作，連接與父親的斷隔。父親是有家庭的人，和媽媽合力守住他的身世祕密，守到現在，他應該慶幸自己得到真相，但他又是如此悲傷這現實有如一場意外的車禍，使他內心粉碎。過去將近二十年來，他深信不疑的家庭關係像一顆雞蛋一樣碎裂，他和兄姐只是同母異父的關係，那天媽媽跟他揭開真相後，他們沒有再談起這件事，也沒有誰特別安排一場像樣的父子會，他不知道姐妹們和遠在美國的哥哥知不知道他的這件祕密，他突然覺得與他們站在不同的船上，會不會他們原已知道而只有他自己不知道？揭開後為何四周如此寂靜？而他內在的風暴卻一陣一陣颳起？

他找父親服務的那家報紙的社論看，猜想哪篇社論出自父親之手。他讀著的瞬間，像拿著解剖刀，想解開父親的內在思考，想解開自己身上帶著多少父親的遺傳特徵，但他無從分辨哪些文字才是父親的手筆，因此他將讀到的每一篇都視同父親的文字。他想問他，那是你寫的嗎？但從那天後，他沒有看到他。父親彷彿從他的生活中淡出。他也沒過問媽媽私下還和父親見面嗎？暑假他幾乎都待在淡水，這附近的學生都走了，他在淡水以兩個家教為生，偶爾回家，是為了履行家人的義務，讓彼此了解彼此仍好好的生活著。

有了一學期在校刊社的編寫經驗，過完暑假後，他仍留在社團裡，不是很熱中，但內在有一股聲音要求他繼續待著，可能是內心仍想以文字和父親連結，可能是上天對他有另外的安排。從在社團辦公中心遇見那女孩開始，他就知道有些事發生於巧合，卻是老天的安排。

那天他從社辦走出來，看到一個女孩在整個社辦中心東張西望，那清秀的模樣閃入他心裡像有一道亮光把他心裡整個照亮了，這女孩在不久前的一場舞會他見過她，她跳舞的樣子很輕盈，他那天走向她跟她邀了一支舞，在舞會中他一向很隨興的向引人注目的女孩邀舞，跳過一支舞後他不會去糾纏對方，但那晚這女孩身上混雜的漠然神色和跳舞的熱情在他心中流連，他常想起他摟著她跳時，她輕得像根羽毛，臉上沒有喧譁，而他們所處的地方本應喧譁。在社辦中心看到她，他一眼就認出她，他不自覺向她走過去，問她：「妳找什麼嗎？」那女孩端莊沉靜，臉上透露傲氣，有一種不妥協的氣質緊緊環繞著她，他被這股氣質吸引，很想知道那不妥協的氣質表示了什麼？

那女孩說：「我這樣子像在找什麼嗎？」

好像挑釁的語言，他忍不住笑了出來，這裡並沒有人想向她挑釁啊！

那女孩注視著他，一副興師問罪的樣子：「大家都在考試，你來這裡做什麼？」

他更感好奇，她又來做什麼？聽她的口氣好像很緊張，倒給了他娛樂效果，他說：「考試有什麼好緊張的？會就會不會也是自找的。我來找一本書，我有社辦鑰匙。妳又為何在這裡？妳在哪個社團？」

他一面說著，兩人一面往出口走，畢竟社辦中心燈光全暗，黑漆漆的，想著就覺陰涼。走到出口，她說：「我沒有參加任何社團。」

她說的時候眼神掃過他，那麼冷靜又蘊含著什麼？讓他的心湖晃漾不已。他建議她，不如來校刊社。

幾天後，他得知校刊社有位新進社員，他向校刊主席爭取將新近社員編到他的組上，因為他負責文藝週報導，而文藝週活動多，需要人力分別採訪。主席同意這個建議。他給這位新社員發了信。沒有疑問，他知道是她。那位他建議參加校刊社的女生。

這位叫祥浩的女生第一次來社辦時，大家正鬧哄哄的辯論著什麼，他看到她，證實是她，仍感到很驚訝，心裡像給一枝箭射中靶心，難以言說的喜悅，好像要確認萬無一失似的，他問她：「妳是祥浩？」

祥浩臉上閃過一抹奇異的光，向他點頭，他請她坐到他身邊，他心裡的直覺反應是他要她在他身邊。那刻起，他心裡感到有安頓感，卻又那麼不確定他該不該向她示好，只是感到有她在身邊，他的心情是放鬆而踏實的，但也隱隱浮動著不安，感到這位女生會擾亂他的生活。他不斷跟她講話，以鎮定自己不安的情緒，但社辦的談論聲像蛙鳴般聒噪，他邀她走出社辦，穿過幽暗通道走向陽光明媚的草坪，那陽光似乎打醒了他，讓他從對她的幻想中回到現實環境，他臉色凝重，想著自己有沒有追求一位優雅女性的條件。

在陽光下，臉上的表情無所遁形，他不知道他的表情洩露了什麼，讓祥浩像小女生那樣追問他：「你為什麼來校刊社？」祥浩的眼神在陽光下是充滿疑惑的深宮，在渾圓的黑瞳裡，他看到自己嚴峻的臉色。

這簡單的問題，對他來說有一個複雜答案，但他無意解釋，只跟她說：「愛玩吧？試試不同的經驗。」他只能這麼回答，他無法在這個時候跟她說，為了了解父親工作的環境氛圍，為了像父親那樣成日和文字混在一起，為了從文字去了解為何父親可以大半輩子和文字混在一起，為了，他此時知道了另一個原因，為了，注定與她相遇。

沿路的杜鵑無花，但他心裡開了許多花，他看著她不知不覺又笑了，覺得祥浩身上有花香，她整個人就是一朵花，他跟著她走，只為了在她身邊多待一會兒。

他不是沒有交過女朋友，這個南部來的女孩卻占據他的心靈，她眼裡有純淨的神色，也帶點憂傷，她有股奇特的吸引力，讓他常常想起她瘦削的身影、冷中帶熱的神情變化，有時他想揮掉這影子，卻越是想起她。控制不住的時候，他會找理由去找她，或經過她宿舍樓下或教室，看可不可以剛巧遇見她。有幾次，他看到她與土木系的男生走在一起，他輕易就打聽到那是登山社的社員梁銘，在社辦中心有時會碰面，彼此還會打個招呼，但從沒攀談，他看見祥浩在梁銘的傘下親暱的走在一起，便不想跟他攀談了。他想念她又不想讓她的身影困擾他時，會去舞蹈社的空間練舞，由播音機播出的曲子把他帶離現實世界，他的腳動起來，全身的肌肉都投到音樂的節奏裡，跳舞時世間的事不帶煩惱的色彩，不帶欲望，沒有執著，沒有牽掛，所有的汗流盡，煩心的事也釋放了。雖然明知舞後的那個現實世界，會在心裡形成一個比之前更深更熱的烙印。

文藝週接近尾聲，校刊社的撰稿工作也接近完成，而文藝週後也將是學期末的來臨，文藝週的最後一個節日是民歌演唱，他從演唱名單中看到祥浩參加，那晚他到達會場，看到圍在祥浩附近的是梁銘和他們一夥的朋友，他到二樓去，居高臨下觀察著文藝週落幕的節目，他更渴望聽到祥浩的演唱，他從來不知道她對唱歌有興趣，一度還懷疑這個報名的女生是否就是她。幾個人唱過後，祥浩上台了，棗紅色綴著蕾絲小花的洋裝讓她更顯苗條，透露著一股成熟的韻味，聚光燈將她整個人打亮，她的音域寬廣柔美，在整個活動中心迴繞，現場沉浸到她歌聲的氛圍裡，她唱〈橄欖樹〉，那帶著流浪況味的，遠離家鄉去到一個自由吸呼自由奔騰的理想的遠方，猶如夢般，幻想另一個美好的所在，他們的人生也會有一個美好的所在嗎？他的遠方又將在哪裡？自從知道自己是私生子後，在家裡他頓覺是個局外人，與家人的關係彷如是一種斷裂的關係，而懸崖早就在那裡了。他該往哪裡去？這不是他完整的家，他有一種飄浮感，不知自己應著落何處。祥浩的歌聲已帶他去了遠方，是的，應有一個理想的遠方是他該去的，在那裡，他會獨立而自在，找到安頓的溫馨感。他看著她專注唱歌的神情，難以克制的好想擁抱她，他想帶她去那個遠方。歌聲止於細長的對遠方的期待。掌聲與喧譁讓整個空間好像充氣的氣球要飛騰起來，鬧哄哄的，祥浩下台到人群裡，梁銘向前抱著她，還塞了一把花到她胸前，低頭親吻她的髮，祥浩的其他朋友也圍上去，他盯著他們看了一會兒，在這顆騰空的氣球裡，他掉到一個黑幽幽的深淵，他一直以為他擁有什麼，卻是什麼都沒有，他的愛沒有完整過，他走下階梯來到室外，想到的是遠在美國的哥哥，從小和哥哥共處一室，雖然相差六歲，但無數個共枕的夜晚才是他唯一擁有的親密感吧，過去那些在電影院裡與女生親近的呼吸和探索，走向不了了之的結局，沒有任何心悸的感覺值得回味，他想要的是祥浩那眼裡的純淨與慧黠，但顯然，他遠不及一首歌在她眼裡有分量。但，輸給一首歌又如何，傷心的是，她在那梁銘的懷裡。

他到側門騎摩托車，因疾馳而引起極大的噪音，到處亂繞，他向煙花巷騎去，心中充滿失落感，他只是想找肉體的慰藉，以壓抑內心裡的妒火，他要證明自己有能力去獲得什麼，也要輕視愛情不過是一種浮誇的躁動，在肉體疲倦後，愛情就會不存在。

這位女性有點年紀，她用妝掩飾她的世故，講話很簡短，他知道她在打量他，卻裝作無知，裝扮出年輕男性會喜歡的清純樣，露著笑把頭歪一邊伸出手來替他脫夾克，他不在乎她的演技，他躺在床上感到背有刺痛感，那女人撲下來，把他的刺痛感壓扁了似的，他動彈不得，也許那刺痛只是心理作用，它瞬間消逝，那女人會擺布他的身體，他跟著她，誤以為自己有能力駕馭一個陌生的身體，其實是那個有點年紀的女性引導他身體的節奏，他體內沒有節奏，他感到混亂，對空間恐慌，但他不承認那恐慌的存在，他講了一兩句俏皮話逗那肌膚保持在滑潤狀態的女性，那女性放鬆了自己，很誇張的笑出聲音來，然後轉為嬌喘和不斷的扭動身體，他想她在表演，但他的身體聽從她的表演，他從她身上退下來時，想拿枕頭堵住她的臉，他起身穿衣服，套上夾克走到室外，聽到背後她窸窸窣窣整理床鋪的聲音，微小的，像誰在哭泣。

他沿街走了兩圈才繞回摩托車旁，臉頰濕潤，心裡像有很多蛀蟲啃噬出一個黯黑的洞，他想起媽媽，山上旅館的那卡西餐廳，新的公寓，以乾爸之名相處了十幾年的父親。他的視線模糊，淚水頑固的繼續淌濕他的臉。發動摩托車引擎時，他想，或許，今夜後，流過淚的他會是個更堅強的人。

17

騙局

他回台灣這一年是一九九八年農曆年剛過沒多久，各行各業一副回到工作場合捲起袖子努力工作的景象，他到位於天津街的新聞局和舊同事及長官致意，感謝過去的照顧，寒暄後走出樸實的大樓，轉身向馬路的瞬間，九年的公職生涯一下子成塵土，是他要把它當泥土般放棄的。轉過身的瞬間，他知道九年來他釋放的是什麼，當初被文字感染的激情像手帕擰乾了水，一滴不剩。但他的人生裡還有水流，有一條川，細細的流著，前頭或有大海相迎。

公職的最初三年，做著一件奇怪的業務，那時有線電視是違法的，他們有一組人，固定要做的工作是開著一部小貨車去檢查那些私接有線電視的用戶，老公寓建築沒有預留電話線和任何線管，有線電視的纜線和電話線，都沿著外牆從窗戶或門縫進入家裡，有線電視的纜線粗大，在外牆上一眼就看清楚，他們的任務是去拉掉那些線，不管是扯還是剪，目的是讓不合法的第四台無法被收看，除了無線電視那三台外，私人經營的電視頻道都是一種偷偷摸摸的行為，但像老鼠繁殖，一胎多胞，一個社區有戶人家裝了，其他戶會跟進，只要扭開電視，可以看好幾個頻道，有五花八門的節目可看，透過電視機就可以看到全世界，誰不想呢？不然人生活著又有什麼樂趣？但法律不允許無線電台以外的選擇，他們奉命得去拆線，有些同事則專抓沒有執照的地下電台，但電台像打不死的蟑螂，節目照樣進行著，當時許多政治抗爭就靠地下電台串連消息，就像他們也無法抑制有線電視的繁殖，他們的車子剛停在某戶人家外頭拆了線，車子開到巷尾，就看到業者的車子停在那戶人家將線接回去，而他們沒有回頭重拆。這彷彿是種遊戲，明知禁止不了就裝瞎，在命令上算是執行過了，但命令並沒有言明要回頭把重接的又拆掉。就這樣做著浪費時間徒勞無益的事，卻每個月領取不差的待遇。那時很喜歡執行這項任務，坐車上街東遊西逛，看街上風光，新建築從來沒有停過，總有房子拆了，整合成新大樓，空地挖地基，整個街或者說整個城市就是個大工地，街上熱鬧著，一九八七年解嚴後的台灣一下子把過去被禁止的語言和文字都傾洩出來，有線電視的喧騰也是反映了語言文字的大量出籠，他心裡是樂見各種議論透過平面和電視畫面傳遞出來的，也樂見街上不時像歡騰著什麼的談論聲，擁擠的社區巷子裡總看到人們聚在雜貨店報攤前討論六合彩號碼，忙碌的生意人笑嘻嘻的看著他們的車子經過，那笑好似是笑著他們的徒勞，他們也笑著，因為這樣一個遊街的機會，拆不完的線意味著以腐木抵擋潮流，簡直是虛度時日。

他們站在通往自由之路的過渡路口，左看右看，不過是在看一個可以前往的方向。外派六年後回到這城市，城市好像在凌亂的步伐中穩定了下來。他出國時過熱的股市拉回到正常的波動，但房價隨著股市飆高後，沒有回檔的空間，他從房地產廣告和在路上設立據點的房屋經銷商看到居高不下的房價，感到一種扞格不入的異鄉人的感覺。確實他選擇長留美國，在美國，他是異鄉人，而他回到台灣後也是另一種異鄉人。當日他離開時，由於股市的熱絡，房價也在上升中，但沒想到如今的房價已高到當初的數倍，那麼和他一起畢業服了兵役，到社會上做事的同輩們，若沒在股市大撈一筆，薪水趕得上房價的高漲嗎？光靠薪水過活的，又是過著什麼樣的日子呢？如果家裡已有根基的，是否生活可以比較輕鬆呢？

他在這裡不會有自己的產業，但還有媽媽的公寓可當落腳點，這勉強算得上是個根基嗎？媽媽有四個孩子，這是四個孩子共同的居所，但有三個孩子不在，還好姐姐嫁給台北人，和媽媽保持常見面的互動，妹妹未婚留在家裡。他和哥哥成了家裡的客人。而那是他的家，回台北他不回家又該去哪裡？

三年前他短暫的回來過，和媽媽三年沒見了，媽媽頭髮染成紅褐色，梳得很有型，間雜一些較鮮亮的紅，應原是白髮。她的膚色維持得白皙透亮，雖然下頦略為鬆弛，但他想，以六十五歲的年齡來講，媽媽努力的維持一名女性想要的美麗的尊嚴。

媽媽對他回來無寧是高興的，每天為他準備食物，可他第一第二個晚上因時差，晚餐都沒享用媽媽準備的食物就睡著了。凌晨不到，醒來時，桌上還擺著食物，他輕手輕腳將食物放入冰箱，待到近天亮，他走出社區，沿著街道找早餐店，早上的車子不多，但車聲一樣刺耳，久居美國後，他對喧噪的車聲感到刺激，但那聲音是鄉愁的一部分，他沿街要尋找的豆漿店也是鄉愁，必須喝上幾口豆漿，吃個饅頭，來副燒餅油條，才算回到家鄉。他在大馬路找到一家早餐店，不但賣傳統的豆漿燒餅，還賣土司三明治奶茶等。一大早還沒什麼客人，他叫了一杯豆漿一副燒餅夾油條，回想著一路走來的景象，確定這家店以前就是乾爸常帶他來買玩具的文具店，那時看店的是位老先生，眉毛很長皮膚很皺，想必現在應作古了，這商家換了幾手了呢？它現在是賣早餐的，過去依賴它，現在也依賴它，人生在不同的階段走入同一個建築，裡面人事物卻全然不同，備感時光漫漫。他付了錢走出來，一時不知身在何處，在附近又繞了一下，往上坡走，經過過去住的公寓，外觀依舊，公園邊的椰子樹又往上長了，它們遠遠的高過四樓，以後他不會常看到它們，但他將有自己的椰子樹，德州的餐廳旁，他只要一抬頭，就有椰子樹葉投下紗帳般的影子覆罩他。他走進公園，撫過椰子樹幹上一條一條的橫紋，抬頭看到過去住的房間的窗戶，窗簾已換過，是蕾絲紗，應已換成女孩住的房間了。他拍拍樹幹，像在拍兄弟的肩膀，心裡告訴椰子樹，謝謝你們陪我長大，在德州有你們的兄弟，它們會繼續陪我。

在他居住的兩星期裡，每天他都經過公園，瞥視椰子樹的身影，彷彿也瞥見那樹下曾存在過的他與乾爸的身影。終於在他停留到第七天時，已經把證券戶頭的股票賣出，不必要的銀行帳戶結清，只留下一個可以必要時刻派得上用場的帳號，他也清理了不會再使用的雜物，一副就要從這家裡消失的樣子。媽媽問他：「你不打算去看看你的爸爸嗎？」

「哪一個？」

很久的沉默，飯桌前只有他和媽媽，媽媽的肩部有些下垂了，背也有點駝，但努力挺直，鬆垂的眼角看起來也精神多了。他們都吃過飯，但沒有離開飯桌，在這個話題開始時，他們手上各有一杯熱茶，他們喝茶等待那沉默過去。最後是媽媽讓步。

「你還不能原諒我？」

他心中沒有答案，但他不能緘默。他想了一下，喝了茶，喉嚨卻感到乾澀，他說：「到了現在我還能說什麼？我的日子一直很好，我也盡量不讓妳麻煩，我沒有抱怨，我只希望妳過得好。」

「你心裡不知道要認哪個爸爸？」

「我有兩個爸爸，應該很幸福，但事實上不是這樣，我有點孤獨，我沒有抱怨是因為妳有兩個男人，一個不合，一個不能合，應該妳心裡比我更孤獨，或許妳還有別的男人，但那是妳的權利，妳想擁有的妳都去擁有，如果那樣會讓妳快樂。我起碼有一個媽媽，一個就是唯一，就是滿足，兩個就會換來失落。過去我不知道怎麼講，也不想講，但我成家也當了爸爸了，一直沒有常在妳身邊，而且還要長居國外，我今天就該講了，讓妳了解我的想法。」

媽媽很冷靜，她的眉毛修得細長，眼神很柔和，那不知道在什麼年紀哭過了很多次，流了很多眼淚的眼睛不再清澈，卻有更多的包容的力量。媽媽穩穩握著茶杯，緩緩說著：「我有四個孩子，對你總是不一樣的，我覺得很抱歉，但我努力讓他可以接近你，也讓你可以感覺到他對你的疼愛。我不知道我還能做什麼，我只是很感謝他願意認你，接受有你的存在。」

「妳一直很委屈？」

媽媽轉頭看著陽台外的天空，她必是很習慣坐在這個她慣常坐的位置看向陽台外，她以淡淡的口吻說：「我到了這年紀，一切都放下了，也無所謂，人生的彎路都走過，來到這裡，一切平坦，是心裡平坦，你沒有的，我無法再給你，現在你要自己去爭取了。如果你一直覺得孤獨，那是我的遺憾，但人生遺憾的事很多，你要習慣和接受，就把它當成禮物，這個孤獨也許幫助你找到快樂。」

他覺得媽媽像宗教家了，他和哥哥不在的這幾年，是否讓媽媽寂寞而修練了宗教的情懷呢?他想起哥哥的交代，明知不會成功，仍必須完成哥哥的託付。他說：「跟我去德州住一段時間，哥哥交代我一定要把妳帶去。」

「我不會適應那裡，你正要衝事業，哥哥也成天教琴，我在那裡講話和出門都需要你們幫忙，對你們來說是負擔，對我來說是失去自由，你們又何必讓我在這年紀還失去自由?我在台北很好，有朋友，有街可逛，有廟可去，交通很方便，也有女兒陪著，我不需要去美國，你們在那裡過得好就好。」

他替媽媽添茶，媽媽一向擅於打扮，穿著時髦，她想在熟悉的環境過獨立的生活，他不會勉強她，在她還能自由行動時應讓她自己去尋找生活的樂趣。

「當然你這趟回去，會很辛苦，離開公職是你自己決定的，決定了就好好做，不要怕累。」

「謝謝妳沒有反對，每個人聽到我要離開待遇優渥的公職，都以為我是傻瓜。」

媽媽對他露出一個甜美的笑容，盯著他的臉上瞧，那笑容帶有神祕感，相當迷人，媽媽年輕的時候是個美人，無庸置疑。媽媽那樣笑著，卻沒有回答。他便問：「兩個爸爸現在在哪裡？」

媽媽又笑了，在餐桌吊燈的照射下，眼尾微微有淚光閃爍，她沒有讓它們掉下來，嘴角仍抿出微笑的角度。

「身分證上的爸爸七十五歲了，五金生意做起來了，變成一個擴大的公司後，生意交給其他股東，他在那女人那裡過著拿利潤的好日子。如果不是做起來了，那女人怎麼還會沒名沒份的和他在一起，他那份財產將來會不會到你們手上我不知道，你們有辦法自立，也就不貪圖那一份，但去看看他是應該的。親爸爸，你乾爸這時又去了大陸，待到哪時候不知道，他總是進進出出的。」

「他來看妳嗎？」

媽媽沒有回答。他再強調，「乾爸，他來看妳嗎？」

「本來就只是一段婚外的感情，我們也年紀大了，沒有依賴什麼？」

「他的太太還在？」

「還在吧，你不需要問這麼多。」

「妳心裡並不平靜。」

「我很平靜。」

「我一直不了解一件事。」

「什麼事？」

這個事情在他心中盤繞多年，他那時不想了解，為何這刻他會想了解，也許是積壓過久，成了一個不得不揭開的瘡疤。

「乾爸既在報社寫社論，他為何又是妳工作的那旅館的股東，還有了後來的我？」

媽媽久久不語，好像在努力回想。她站起來，走到沙發那裡，又走回來，再繞到陽台的玻璃窗前看看外面。回頭跟他嘆了一口氣，說：「你應該很早就要問的事，放到現在才問，我也應該早就告訴你的，我以為他跟你說了，可見他沒有。你是大人了，你可以了解這些事，但叫我怎麼說……」她雙手交握在胸前，走到電視機前，打開電視，遙控器一台換過一台，那是他過去專門剪線斷訊，現在家家戶戶幾乎都有的第四台，各種聲光在空間裡不斷變換，媽媽讓電視的聲音和畫面播放著，又回到餐桌前坐下來，對他說：「雖然是拿筆的人，也懂得現實的考量，懂些門路，和人家合夥接下旅館，說是提供住宿和餐飲，聽歌娛樂，難免有做黑的，我在那裡工作，有幾次機會見面，彼此都喜歡，就這樣了，在那環境，這種事也沒看得那麼嚴重……」

「妳是說他一邊寫社論，一邊開黑旅館，養小姐賺錢？」

「我不是他們養的小姐，我在餐廳幫忙，不負責住房……」

「他曾說他只是出資很少的合夥人，不參與經營……」

「他知道要保護自己……」

他早應該知道，只是不願去正視事實，以免侮辱乾爸的人格，但在他成長的過程中，本來就充滿虛偽欺騙，並不在乎多這一樁。電視的聲音喧譁作響，那是個電影，不斷變換畫面，映照室內忽明忽暗，客廳宛如一個旋轉舞台。他並沒有受到太大衝擊，在數年前，他得知乾爸常回大陸後，他便了解這個旋轉舞台的背景是缺乏忠實性的，它不斷變化，燈光造成的旋轉效果令人目眩，也令人忘了過去的光景，而他深深記得自己為何投入公職，那是他曾有的舞台光景，他比乾爸更記得那曾經存在的事物，如果乾爸寫社論只是為了混口飯吃，那麼他兼營情色旅館，也沒什麼值得驚訝之處。

媽媽見他沒講話，便說：「就是旅館，他確實沒有直接經營，他只是投資，但不表示他不知道裡頭怎麼經營，他有其他工作，最好是不要太張揚。你不覺得你想開餐廳，就是因為你有他的長才。」原來她方才那神祕的笑，是因為見到了他傳接了乾爸曾有的投資事業。見鬼，他現在要後悔已沒有回頭路。

他看著媽媽那一頭紅褐色的頭髮，好像在跟年華正盛的媽媽說著：「我不只遺傳了他對餐飲的興趣，我還因為迷失在他的文字中，而走上公職之路，最後發現他不過做了許多欺騙的行當，我的人生就在他的騙局中。」

18 歸來的父親，飄落的雨

越是想從心中排除的影子，越是像強力膠一樣令人迷幻的黏著著。才放寒假沒多久，他心裡時常牽掛祥浩，他想像她在南部天天享受著豔陽，白熾的陽光把她整個人照亮，終至在他心中，身影越加明媚動人。每一天他都想從心中把她的影子剔除，但她猖獗地在他血脈裡流動，讓他整個無所事事的寒假既空虛又彷彿飽滿著某種期待。

他以為期待不會有任何著落，在過年前幾天，他才知道原來那種飽滿的期待轉了彎，由另一件事取代了。這天乾爸登門來按鈴，這是個週末，姐姐妹妹和媽媽都在家。從媽媽透露了他的身世後，他和乾爸沒有再見面，連他們搬進新家，乾爸也沒來拜訪，他以為乾爸並不想他們真實的關係透露後，和他有任何更親密的舉動，反而離得遠遠。而這天他自己來了，媽媽開門，他從陽台進來，手上拖了一只中型行李箱，姐姐妹妹都迎上去叫乾爸，他沒有，他站在房門口，慢慢走到客廳，乾爸和姐姐、妹妹互相擁抱了一下，姐姐那一貫的冷靜淡然和妹妹熱情甜美的笑容，好像她們什麼都不知道，她們的時光仍是小時候的時光。媽媽接過行李，問他：「怎麼這時候突然來了？」

乾爸看著他了，一邊拉開行李，在沙發坐下來，邀他也入座：「小思，過來坐，看給你們帶來了什麼禮物。」

行李箱像個八寶袋，裡頭裝滿書籍、衣服和各式日用品，有廚房用的各種尺寸的儲物袋、果醬罐頭、多功能開瓶器，女生用的頭飾、香水、保養品、手提袋，還有手錶、太陽眼鏡，乾爸將它們分配給女生們，給他的是兩本商業雜誌、三本流行小說，全是英文的，還有兩件襯衫，他說他去了美國將近一年，工作上的調動，今天剛回來，就給他們送來這些東西。這是他們的過年禮物，女孩們很高興，媽媽說要去廚房替乾爸準備吃的，他蹲下來幫乾爸把行李箱合起來，合起後輕聲跟他說謝謝。乾爸的眼神對上他的，身邊的喧譁一下子都消失了，他看到乾爸抿著嘴微笑，沒有說話的意思，好像彼此都怕語言會破壞這靜默的一刻，他在乾爸身邊坐下來，將箱子推到一旁。兩個人就坐在那裡看著女孩們嘻嘻哈哈的拆她們的禮物。乾爸突然想起什麼的交代媽媽：「不必準備食物了，我在家吃過，就是給你們送東西過來，我馬上要走了。」

「謝謝你才回來就來看他們！」媽媽也沒有要留人的意思，熄掉爐火，倚著廚房門。

乾爸將手上提著的一個禮物袋遞給媽媽，邊問：「這房子住得慣吧？」

「很好。」媽媽說，仍站在那裡。

乾爸拉起行李箱，和女孩們說再見，媽媽看著他說：「你送乾爸下樓吧！」

他接過行李箱，替乾爸拉著，拿了鑰匙下樓來。電梯裡是凝滯的冷空氣，他們都沒有說話，乾爸臉上的倦態有點沉重，他小心翼翼跟在他身後走出電梯，來到社區的巷道，往馬路走。乾爸沒有叫他上樓，他們一直沉默的走著，路傾斜向下，下端車燈串流，公寓大樓的各樓層燈光熒熒。乾爸慢下步伐拉著他的手，在燈柱下仔細的看著他，他很快把手縮回來，放進夾克口袋。乾爸嘆了一口氣，說：「兒子，媽媽已告訴你了。」

乾爸停住腳步，冷風吹撲裸露的臉。

「嗯。」

「你可以接受？」

「接受什麼？」

「乾爸爸變成親爸爸。」

「要我當笑話聽嗎？」

「兒子，你是好孩子，我很高興你是我的兒子。我不能常在你身邊照顧你，但我會盡力的協助你、愛你。你可以原諒大人的事嗎？」

「我沒有任何講話的餘地，我只能面對一個事實。我有衝擊，但我過去是怎樣的人，未來也是那樣的人，不會因為爸爸身分的改變，而自己有什麼改變。」他知道這是謊言，他的內在像被從底翻弄淘洗，從碎裂中重組，他無法訴說清楚那種感覺，也許是被欺瞞了近二十年後，他還需要二十年的時光來相信事實，才能與欺瞞抗衡。

「慢慢來，兒子，起碼從小我們就有機會相處，我看著你長大，雖然很抱歉不能和你常常在一起，但我希望我們是彼此的驕傲，好兒子，看爸一眼，我們擁抱一下。」

在街口，乾爸緊緊的抱住他，他的手輕輕的圍著乾爸的腰，這一刻好像可以彌補父親對兒子的歉意，但無法消滅他是一個私生子的事實。再多的擁抱也無法使這個身分消失，他感到無限的寂寞像那高樓大廈間無限延伸下去的黑夜，但他喜歡這個擁抱，不願離開乾爸身上的氣息，擁有那氣息就好像與他生活著，像一對正常的父與子透過日常的生活熟悉彼此。路人側目，爸爸放開他，他也繼續幫他拉行李箱。

「你這年不在，那麼不寫社論了嗎？我倒是常看。」

「我回來了就會繼續加入輪值。在國外我也有輪值，只是沒有太頻繁。」

乾爸告訴他，他一星期輪值寫兩篇，固定在星期幾，他可以注意那幾日。乾爸走到路口，招了計程車。計程車揚長而去，他想下次見面不知何時，他們從小的習慣是不主動打擾乾爸，將來也會是如此，誰也不必破壞誰的節奏。但今晚兩人在街上的擁抱別具意義，乾爸是愛他的，他會有乾爸精神上的支持。他往上坡走，心情舒坦，冷風都成為親切的涼意，感到生活充滿希望，這時心中竄出祥浩的身影。他無論如何想給自己一個機會，他要下南部去找她，見一面也好，或許可以減緩她在他心中的擾亂。

第二天他南下，抵達高雄火車站已是下午，他帶著與父親擁抱的好心情給祥浩打了電話，想在這陽光強烈的港都看看祥浩在這裡生活的姿態。電話響了兩聲，是祥浩接聽，他興奮急躁的問她：「能不能出來？我在高雄車站。」

祥浩平淡的聲音問：「你來高雄做什麼？」那平淡令他受傷，好像一隻急切飛來的鳥損折了一邊翅膀，他責怪自己太一相情願，冷冷的回答她：「路過，順便跟妳打個電話。」她沒有回答，他又說：「我不會待很久，妳能出來嗎？」對方低聲說：「現在不方便。」他任何的問候也無法令她語氣興奮的答應他出門相會。

他的兩隻翅膀都失去了，在陌生的城市猶如迷失的幽魂，不知所站之處到底有何意義，他跟校刊社的另一名社員胡湘打了電話，他需要一個講話的人，一個在長途旅行後宛如流落他鄉時可以安撫失落心靈的短暫慰藉，這個擅於談論，親切大方的女子會樂於當他的嚮導，帶他走馬看花的了解高雄的街道，那些街道可能祥浩由一個小女生蛻化為動人的女子時，走過了無數次，讓他妒忌它們可以在幾年間伴著她成長。

儘管南部的太陽嬌豔熱情，他仍像當頭給澆了一盆冷水，整個寒假心境蕭瑟乾枯，但在這意興闌珊的生活中，閱讀乾爸寫的社論就像激發起內在色彩的漣漪，讓他從無味的生活狀態感到一點生活的意義。他按乾爸所講的那些天數，按時讀社論，從那裡了解內在層面的乾爸。這時是一九八五年，乾爸批評金融機構超貸現象是財團利用銀行挖空存款戶，當私人提款機，評論過去政治黑名單人員暗地裡重生搞反對運動，而政府無力整頓。整個社會瀰漫著對執政黨的諸多質疑和反抗，社會有一股反動的力量暗潮洶湧，乾爸譴責那力量，認為要鞏固政權必須抵制反動力量的發展。他讀其他人寫的社論，也有類似的論調，那麼在一個媒體裡不同的人撰稿是拿著同一把尺檢測言論的寬度深度嗎？撰寫的人得在那既定的尺寸範圍內發揮論調嗎？無論如何，他從沒在文字以外的乾爸角色裡聽到乾爸發表他的政治言論。正因如此，讀乾爸的社論文字更是他理解乾爸或了解他的社會角色的習慣之一。

他默默的讀著，在缺乏其他生活刺激的狀況下，他由父親的文字進入這個社會，卻以校園當擋土牆，他和眾多青年在這堵牆內過著一種緩慢的步調，一個考試一個考試應付著。

在乾爸的文字中找到寄託，加上情感的失落，讓他對校刊社感到索然無味，他不再參加校刊社，他想，要徹底揮開祥浩留在心中的影像，就是徹底的離開吧。

校刊社找老社員回去團聚聚餐，他原可雲淡風輕不要回去，腦子卻不聽使喚，不由自主往餐廳去，他徹底感到失敗，一定是潛意識裡想看到祥浩。那晚上祥浩來了，是聚會進行了一會兒之後才來的，他那時倚在門邊和胡湘聊天，看到祥浩在門口擺傘，祥浩好像看到他，眼神卻閃開去，低頭看著傘桶，輕輕將傘放進去。他感到暈眩，這位秀緻默靜中透著一股耐人尋味的吸引力的人就是盤據在他心中，想揮去又揮不掉的人影呀！他的暈眩讓自己驚訝原來她深植在他心中，他感到羞赧，為何這麼無法放下？

祥浩走入大家之中，她和幾位大四社員同桌，他們隔桌，他望向她時，她也望向他了，他舉手跟她招呼，她只是禮貌性的也舉手跟他招呼。上來幾道菜後，那桌起鬨要她唱歌，他雖坐在這桌和同桌人談話，耳朵卻仔細聽著那桌的聲音，那桌有學長幫祥浩調吉他，她落落大方拿起吉他就唱了起來，她的頭沒怎麼抬起來，她似乎不想看到他，沒有注視他，他坐在一旁輕聲應和著同桌人的談話，心裡卻是靜靜的聆聽，沒有比坐在眾人喧譁的角落安靜的聽她唱歌更好的享受，這時候他產生幻覺，覺得她是他的。她的唱腔可溫柔抒情可開闊高昂，他的腳跟著打拍子，幾乎要站起來到她身邊跳舞，她卻戛然而止。遞還吉他，向大家告辭，她說她要去家教。

外頭雨絲紛飛，學長推人送她，他搶在先，站起來，說他是她的組長，他有責任送她去。他沒有看任何人的反應，隨著祥浩到門口，替她拿起傘桶裡的傘。他們一前一後各自撐傘走出窄巷後並肩而行，雨大，隔著傘，講話聲音都被雨聲阻隔了，但他聽懂了她說她走慣這條路了，不需要他送。他感到很愉悅，可以陪她在雨中行走，她的拒絕難道又暗示他不要纏著她嗎？她的眼神迎上來時，他怕看到她的冷漠，因此把臉別開去。祥浩卻似乎很有談興，說：「你寒假去高雄找胡湘，大概玩得愉快吧！」她問得小心翼翼，刺到了他的痛處。他說他不是找胡湘，是找她。她似不相信。他強調如果她出來，他是不會去找胡湘的。說完又覺得自己是糟糕透頂的人，在她面前這樣搬弄自己心性不定。祥浩卻似乎不以為意，沒有說什麼，她那靜默不講話的姿態越撩得他把她放在心裡，想和她聊下去。

雨天走老舊的街道，地上坑窪多，兩人的鞋子和褲管都濕了，他感到不捨，跟祥浩說：「妳常常在風雨裡上下山很辛苦，以後我來接妳。」祥浩是不夠妥協的，她說晴天多。他也不妥協，送她上學生家，堅持會來接她。祥浩走上樓，望著她的背影，心裡漲滿熱情，那些壓抑的情感像雨水一樣傾洩而下。他撐傘走到渡船頭，濕透的半截褲管讓他感到冷，他坐入店家，望著雨絲中的淡水河，一片煙雨茫茫，對岸八里有隱隱朦朧的燈光，有岸就有歸處，搭船的人就會有一個目的地。他在濕冷中等她，想著兩人交往的可能，想著祥浩的冷淡，自己的一相情願可以維持多久？想著他其實沒有準備好要有固定的女朋友，想著這份深化的感情已如河水悠悠與時俱存，他必須學會去爭取和克服環境。

回頭接祥浩，雨勢變大，祥浩從樓梯下來，一副疲累失神的樣子，她盯著他，臉上好像閃過一抹笑意，看得他好想擁抱她。雨狂打在傘上，半濕的衣服令他覺得冷，他跟祥浩說：「這種風雨上不了山，傘到半路就會給風折壞。」他帶祥浩往他的住處去，祥浩沒有拒絕，由著他帶領。

在他三樓的學生公寓裡，他遞給祥浩他的睡袍，讓祥浩去浴室換洗，兩個濕淋淋一身狼狽的人最需要的是換一身乾淨的衣服，在等待祥浩回來的時刻，他也梳洗過，回到書桌前等祥浩，心中都是她的身影，在紙上寫下思念，祥浩在這裡讓他感到安適，這空間多了這一個人，好像豐富了起來。乾爽的衣服包覆著他，讓他全身舒暖，待祥浩換上他的睡袍，抱著換下的濕衣服進來，他馬上站起來接過她的衣服，像接過一起生活了很久的家人的衣服，他將它們一一攤開晾在床架上，眼睛卻離不開祥浩，這件他在極寒的冬天才會用上的睡袍穿在祥浩身上顯得太大，祥浩緊緊的抱著兩袖，看他晾她的內衣褲時，臉上有羞澀的神色，坐在床緣默默無語。他坐回桌前看著她，他想，若不坐回桌前，他會把持不住坐到她身邊去，他得壓抑自己。她頭髮濕淋淋，他從書架上端拿出吹風機讓她把頭髮吹乾，祥浩低頭吹髮，頸子與背部拉出的弧度是條魅惑的磁線，他走過去，接過吹風機幫她吹髮，那熱氣一下把他的理智都融散了，他的指頭觸著她的頭髮，防線崩散，他環過手抱她，頭在她的後頸磨搓著。那吹風機在另一隻手滑了一下，他便像從夢境中醒來，關掉吹手機，放開祥浩，將吹風機放回書架上的籃子。

他隨後留祥浩在房裡，睡到隔壁房間。那一夜，他感到自己太輕狂，祥浩那靜默的神情和純淨的眼神，抱著睡袍可憐兮兮的模樣，像一隻無辜的等待被剃淨毛的羔羊，他配不上她的純淨，如果他不走開，他只會讓這隻安靜美麗的羔羊難堪。他應該走離她，不要再對她存有幻想。

此後他像吃了藥丸下了決心，只顧著學業和按時讀乾爸的社論，想跳舞的時候去舞會跳跳舞，跳幾支舞流過汗，會有短暫的雲淡風輕，會有只有音樂存在的純淨世界。

19 過去住的公寓

他利用僅剩的幾天時間到幾個餐廳參觀，包括裝潢特色和廚房設備、整個餐廳從進門到餐桌到廚房取餐的動線規畫。媽媽問他要參觀過去她工作的旅館餐廳嗎？耳聞那旅館就要換手了，要參觀的話，她還有機會安排。他拒絕，他說：「我並不是要開可以住客的旅館。」

這似乎傷到媽媽，媽媽絕口不再過問他打算怎麼經營餐廳，他也早已決定，他往後只有奉養媽媽的責任，經營事業的細節不必讓她煩心。

親爸爸見不到，他要去見身分證上的爸爸。雖然從大學起，他們就疏遠，小時候不但不特別親暱，還畏懼他的壞脾氣。但他很久才回台灣一趟，爸爸年紀也大了，他要去看他，爸爸一直供他的學費到大學畢業，那時他的小五金生意只在平穩階段，稱不上大好，能供他哥哥一路讀音樂已相當不容易，知道自己非他親生後，他不願意靠他的支助出國念書，更不想拿從沒一起生活過的乾爸的錢出國，雖然媽媽認為他拿親爸爸的錢並無不妥，但他不願意，考公職尋找出國機會是他當時唯一的選擇。他服完兵役考上公職，家庭的任何成員都鬆了一口氣，他們以為他的前途將一帆風順，在國內工作滿三年就可以外派，到外館工作，拿取比國內優渥的薪水和房租津貼，只要不出嚴重差錯，在外派的國家最多任滿六年後還可以去另一個國家，或者短暫回國再等待派任，一直到退休領優渥的退休金，人生雖不能說飛黃騰達，起碼也不愁吃穿，善於理財的話，絕對有財可理。這樣的工作和待遇，對一個剛退伍的青年而言，他跨出去的步伐就是踩在一條平坦的絲毯上了，而且不必再成為家裡的經濟負擔，家人怎不替他高興？

對他則有幾點意義，第一，實現了他大學以來就想遠走異鄉的夢想，脫離這個讓他感到身分破裂的環境；第二，他是獨立自主的人了，擁有經濟能力，不再依賴父母的供給；第三，他前面有一個新人生，他鄉異國的一切不再只是書本上和電影裡的景物，只要熬過最開始的三年，他就是展翅的鵬，可以長住國外，在那裡有異於過去生活的新事物存在，等他去認識；第四，他將拋開台灣的一切，在新生活裡不再有過去慘澹的痕跡，最好他從台灣這塊土地徹底消失，讓他不光彩的私生子身分好像不存在過。

這算是逃離嗎？若能這麼有保障的逃離亦不失優雅，畢竟個位數的錄取率，顯示了他是經過爭取與奮鬥才取得展翅的機會。

三年國內六年國外派任，九年的公職生活最後證明他無法在那條已鋪好的絲毯上亦步亦趨行走。他做了人生更大的逃離，因為他失去了對當初決心考公職的信仰，那如巨塔般的信仰已經垮下來，成為荒野的廢墟殘骸，開始飄散著腐鏽的氣味。他從那氣味走出來，前頭應有清新芳香的夢境迎著他。

他篤信那個芳香之境的存在，他要去拜訪的爸爸，從軍職退下來，轉行從事五金生意，不也是自尋了一個芳香之境。就這點來講，爸爸為了突破現實環境的困境，確實有令人佩服之處。

爸爸住在鬧區一條幽靜的小巷，他先跟爸爸打電話，約爸爸到巷口的茶館，他找到窗邊的位置坐下來。爸爸來了，瘦小，拄著一支有節眼的竹杖當步行的輔助器，他穿著很厚的外套，方型的臉上肌膚鬆垮，露在帽子外的頭髮幾乎全灰白。他站起來扶過爸爸，爸爸拍拍他的肩，坐下來，說：「你難得回來一趟，沒個地方招待你，抱歉啊！」

「你的家裡我不方便去，你不介意，我們也可以在北投家裡見。」

「那是你媽的房子，我沒出過一毛錢，她不會讓我進去。這茶館很好，我也常自己一人來喝喝茶。」

爸爸以識途老馬的姿態請服務生送點心送茶，等他吩咐完了，他看爸爸穿得那麼密實，便問：「爸爸，你都好吧？」

「好喔，怎麼不好，你出國那麼久回來一趟還記得來看我，怎麼不好呢？我自己出不了遠門了，頂多這附近散散步，出門要帶很多藥，麻煩。」

「吃什麼藥？」

「高血壓、降血脂的藥、胃腸藥，在商場上酒喝多了，腸胃和肝都很弱。」

「你多運動，慢慢都能改善。」

「還能怎麼運動，散步不就運動！能走動就不錯了。」爸爸語氣激動，隨後又嘆了口氣，「當然，像我這年紀的，有的還健康得很，到處遊玩，有的在老人院裡受別人照顧，有的已經先走了，我就說我還很好嘛，還能見到你。哥哥也很久沒回來了，怎麼不回來呢？」

「哥哥學生多，走不開吧！」

「想走還是能安排。他身體好吧？」

「好得很，爸爸不必擔心。」

「你們好就好。在國外處事還是要小心，畢竟不是自己的地方。」

「環境很單純，我們都還好，即使是自己的地方，也不保證沒事的。」這話說起來，若是小時候，可能算頂撞，爸爸會掃來一隻飛鞋，但現在爸爸是個老人，他不再怕他。

「在人家的地方，就是要安分，出了事誰保護你？你也交代哥哥，生活單純就好。」爸爸的語氣柔軟，直盯著他，老人關心的眼神已經混濁，但透出慈愛，服務生送來茶點，他替爸爸倒茶，等爸爸飲了幾口，他便把真正想知道的說了出來：「爸，他們對你好嗎？」

「都這麼多年了，這麼多年了。可以的，過得去，過得去。」

這個老人好像就這樣讓人放心了，可是老人把帽子壓低了一些，拿手去擦眼窩子，手指上沾著淚水的濕濡。

「爸。」爸爸沒反應，「爸，要把你接回家嗎？」

爸爸乾咳兩聲，清清嗓子說：「你媽不會願意，我也不習慣。」

窗外的車聲透過玻璃仍聽得很清楚，他玩味那句話，市囂在建築間交互反射而不斷擴大，他對父母的印象卻逐漸縮小，終至只有他們幾次激烈的爭吵，他不知道這算不算是記憶的擴大，而他們分居是事實，摔碎的鏡子終究是碎裂的。但他仍說：「媽交代我要記得來看你。」

爸爸沒有回應，任窗外車聲如洪水滔滔，他坐在爸爸面前靜靜看著他喝茶，爸爸的帽簷始終掩蔽眼裡的表情，他無意跟爸爸提他要開餐廳的事，他可以做主，不打算有別的意見橫生枝節，他們的話題換成台北的天氣和美國他住的地方的天氣，是的，很冷，要燒很多的熱氣，用掉很多電。喝了茶的爸爸有點昏昏欲睡了，這個臉型略方的爸爸有任何疑心他不是他真正的孩子嗎？他看得出他的臉型和神氣和乾爸比較像嗎？不管爸爸知不知道，爸爸始終沒有表現出嫌棄他的樣子，見面時仍是位會關心兒子生活需要的父親。爸爸的昏昏欲睡使他沒有談興，他送爸爸到住家樓下，替他按了電鈴，這樣一位似乎小了一號的老人站在電梯內是黯淡無光的，如果他有得到很好的照顧，何至於此？

走在街上，冷風颯颯，時間還不晚，他口袋裡有一張便條紙，上頭寫了一家老人安養院的地址，他走到往淡水的捷運站，這條捷運才開通一年，取代原來的火車，老人院在淡水的某條街上，這是同事若水交給他的地址，他要代替若水去探望她的父親。那時拿到這張紙條，他心裡閃過紙條上的地理畫面，許多年，他刻意隱藏在心裡某個角落，為了實踐對同事的承諾，這個地理又浮現腦海。

過去他常騎摩托車來往淡水與北投之間，靠海的那邊，火車緩慢的行走著，如今火車軌道的位置換成高架的捷運，完竣的捷運工程疏通擁擠的交通，但城市像換了衣服讓人陌生，他坐在車廂裡望著淡水河，感覺過去火車沿河行走的光景，已遙遠不可追，但真有那麼遠嗎？時間若折算成建物的外貌，那麼他下了淡水捷運站所見的站前新建築，不管過去那個舊光景是三年五年，新建物和新商業聚落都使那三年五年成為陳舊的歷史，凡消失的都是悠遠的，他有說不出的悵然，這是個新社區，那條樸素的通往學校的小路，成為商店街，逛街的人潮擁擠，沒有一個足跡通向往日的印象。

他招了計程車，穿過幾條街道，來到一個山坡上寧靜的安養中心，和民宅相鄰。他登記了訪客身分，看護人員帶他來到一個走廊，走廊兩側分隔數個房間，他來的這間有一個教室那麼大，左右兩排床，共有十二張床，十二個老人，都是男性，大部分躺著，有的坐在床邊的輪椅，輪椅的對面是張可折疊的椅子，床與床間沒有布簾，男人們也沒有交談。藥味、體味、床單的漂白水味、尿騷味攪和為混濁的空氣，老人們深重的呼吸、喘息和咳痰的聲音彼此交響，躺在床上的有的張開嘴巴呼吸，兩眼無神的望著天花板，坐著的有的垂著頭，有的沒有目標的盯著前面。若水的父親在第五床，他走過去，老人躺在床上，兩頰凹陷，皮膚乾皺，眼睛睜得很大，看著走到床邊的他。女看護幫忙把老人扶坐起來，一邊將床的上部搖高，一邊說：「冷伯伯，有人來看你囉！」冷伯伯盯著他，叫了一個他不知道的名字。他坐在床邊的椅子，望著這位冷伯伯，冷伯伯也望著他，忽然又叫他另一個名字，還問：「你知道我手上這支表有多貴嗎？你媽媽省了很多錢買給我的。」冷伯伯手上並沒有手表。他問冷伯伯：「你是說若水的媽媽？」冷伯伯馬上回答：「若水的媽死囉，你不知道嗎？」

他握著冷伯伯的手，嘴巴靠近冷伯伯耳邊，大聲跟他說：「冷伯伯，你不認識我，我是若水的朋友，我代替若水來看你，若水要我告訴你，她很想你。若水，你記得若水嗎？」

「若水，我女兒啊，她很好，跟她媽一樣。」冷伯伯的聲音也是很大的，整個房間都聽得到，但房間異常安靜，老人們並沒有受到驚動，冷伯伯另一隻手拉了被子蓋到胸前，眼神沒有離開過他，「若水在哪裡？她跟你來了嗎？」

他才要回答，冷伯伯卻又說：「你知道我手上這支表有多貴嗎？」

他便顧不得冷伯伯聽得懂不懂，附在他耳邊說著若水在美國生活得很好，有機會會回來看他等等，那老人似乎聽著就要睡著了，眼神開始有些渙散。他取出相機，請看護為他和老人合拍了照片，他自己也幫老人拍了幾張照，包括他的床，他床邊的椅子，從他的床側看過去的一整排床，與床上床邊的老人。

離開安養院，他特意步行往大馬路走，好把剛才那房裡濃濁的氣味散到空氣中，那些毫無任何關係的老人從不同的家庭來聚在那房間，可能的命運是共同的等待死神的帶領，過去不管他們的人生如何不同，在那房裡他們共同的只占有一張床與床邊侷促的空間。他感到極度難受，他得借助走路驅散對等死的老人們的印象。這刻他能理解若水為何放心不下老父而要委託朋友來探望，在那靜寂的空間裡太需要走動的聲音來顯示生氣，太容易因老人的沉默而悲傷。那麼，還能住在一個女人的處所裡的爸爸是多麼幸福，爸爸還能到樓下茶館喝杯茶，還能和他聊天，兩者都是幸運的。此時在大陸的親爸爸又是如何？有家人照顧嗎？還健康嗎？這樣想著，不覺間，腳步已移向他過去住的公寓的方向。

路有點上坡，兩邊商店變化不大，畢竟是小鎮，除了商業化了的主要街道，旁支小道的巷弄還維持著舊建物。他走到舊時公寓的樓下，抬頭望去，三樓，他過去住三樓，摩托車靠在小巷邊，人就往樓上去，那裡的設備簡單，一張床一套桌椅，桌邊是書櫃，入門處有個衣櫥，有回他從那衣櫥拿出睡袍給祥浩穿，那是唯一進到他寢室來的女孩，那晚下大雨，他帶她進房裡，讓她可以沖洗換下濕衣服，她穿著他的睡袍從那樓層的公用浴室回來，手上抱著濕衣服，他替她把濕衣服晾在床架上，他那時很渴望她，卻又以為她別有所屬，也覺得自己支離破碎的身世配不上她純淨的氣息，以後真的追她了，卻又在最愛的時刻走離她。在年輕的時候他犯的錯已經無可挽回，而當時卻覺非那麼決定不可。如果他不顧一切與她相守，如今會是如何？望著三樓，他只想起她，卻像個畏罪者不敢想像現在的祥浩在哪裡？是否在一個男人溫暖的臂彎裡，是否正要去幼稚園接孩子回家？是否……，他不敢想，他沒有資格想。祥浩給過他最美的溫柔，而他最後選擇成為一片雲，遠遠的飛離她的生活。

他離開公寓往捷運站走，這片小鎮的記憶不堪負荷。他明天將在家安靜的陪媽一天，姐姐妹妹會團聚一起，後天就要回美國，那裡有他的新人生，他最後選擇的落腳地，為了不要成為方才安養院裡那垂死無助的老人，他要努力讓青壯的人生顯現光彩，如果有老年的話，就讓老年的生活擁有選擇的實力。如果他無法使自己的晚年擁有選擇養老方式的尊嚴，那麼寧可像若水的父親那樣，逐漸的忘記所有。

20 星夜

他嚮往的那個純淨世界逐漸模糊且不安寧。他越想了解現實中的乾爸越感到失望，乾爸的家庭有五個孩子，其中兩個兒子一個女兒，年紀都比他大，另外一個女兒和兒子年紀則比他小，也就是說，在兒子裡頭，他排第三，下面還有一個弟弟。他是卡在中間的，不是令人驚喜的第一個，也不是令人疼愛的最後一個。他這樣跟媽媽計算著，媽媽一句話都沒回應，後來他了解到，媽媽看清事實，不論他排第幾個，對那個家庭而言，都是一個隱藏的人口。乾爸從沒打算讓他的身分進入他的家庭。

他進入乾爸的精神世界，也越趨感到人生無法純淨，在乾爸的文章中，他對社會的反對聲音一直持著批評的態度，那些極力想爭取組黨的人士如財狼虎豹，是社會亂象的製造者，他不認同乾爸的觀點，他以為必須有反對的聲音來喚醒某些政治上的沉痾，但他試著去理解乾爸的想法，其時因反對陣營組黨的聲浪日高，主張政治革新，街頭運動時有所聞，兩岸在政治上雖沒有直接的溝通，但人民私下已經透過香港或其他第三地，將分離在大陸的親人接到台灣來，人民也有聲浪希望兩岸開放探親，讓因內戰分離了三十幾年的親人能夠有人倫相聚的機會。乾爸在這個時刻大談主權的重要性，主張即使兩岸開放，政府官員仍要有姿態，具有官方身分者不能進入大陸。他從中了解乾爸站在國家尊嚴的立場與共產主義對立，認為民間的往來不能影響國家的主權，且在國際上要爭取更多注目的眼光，得到國際的認同。雖然他反對乾爸視反對黨為仇寇的態度，但他注意到乾爸對一個國家主體意識的反覆申張，並且同意這個論調，這與他一路受的思想教育契合，如果要在國際上爭取國家地位，是否有機會去國外為國家做點事會更實際呢？他腦中盤旋著這個可能性，但他同時也想著只要能出國，不管有沒有替國家做事，離開這個地方，看看外面的世界是不是也是一個很好的選擇？而且一旦離開，他就不必在這裡面對一名私生子的身分，到一個全新的地方擁有新的人生，那麼即便是以服務國家之名出國，不也是利用了國家的資源而達成自己的目的。

懷著這些模模糊糊的概念，時間持續的往前跑，甩下這裡的一切遠走高飛，應該就是下一個目標了。但不，他以為自己能淡忘愛情，卻在無意中的一場舞會的相遇，他轉了一個彎，而永生難忘。那天只是想借助學長姐的畢業舞會貫徹對舞蹈的喜愛和發洩體力，走入會場，他就看到祥浩了。她像一塊磁鐵吸引他的眼光跟著她。他走上二樓，眼光不離她的影子，她那晚走離他的公寓後，他們就沒有再見面，他離開淡水本部到城區部後希望將她像收拾到行李底部般帶著卻不翻起，看到她盛裝打扮清麗俐落的身影，那行李的底部便像一把火般燒起來，將他壓抑了一年多的熱情都釋放出來。

祥浩跳了兩首舞也上到二樓時，他走向她，在她專注往樓下看時，他拍她的肩膀，祥浩轉過臉來，露出很難相信的驚訝神色，雙頰緋紅。他再也難以抗拒那眼光，他問她：「你的舞伴呢？怎麼讓妳自己一個人冷落在這裡？」祥浩說：「我的舞伴早丟了。你的舞伴呢？怎麼你也自己一個人在這裡？」他其實是特意上樓來看她的，卻佯裝瀟灑：「我進來不需要帶舞伴，總可以找到坐冷板凳的人。」祥浩說：「你不需要舞伴，你喜歡獨舞，不是嗎？」他得把真正的心意說出來：「有時候需要舞伴，像現在，我們下去跳支舞。」

他帶她下樓去跳了一支華爾滋，貼著她，他最想把她帶離現場，到只有兩人的地方好好談心，但怕嚇到祥浩，祥浩靠到他身上，安靜輕盈得像羽毛，如果他還有點自制力，應該在那時就離開她，走出會場，但沒有，不但沒有，他還計較她為何在那個下雨夜不聲不響走掉，祥浩沒有解釋，身體更靠近他，她的氣息在他頸邊撩得他連舞步都走不穩，祥浩在耳邊送來一句輕輕的話語，說：「我那天太狼狽，第一次在男生的寢室過夜……。」這句回應挑起他心裡的激情，第一次，那麼她沒有去過男生寢室，他再次追問她有沒有男朋友，她很肯定的說沒有。「我不相信。」他說。過去他為了她可能有男友而自己退縮，她說沒男友，他簡直感到自己掉入自設的陷阱裡，祥浩追問他：「我有沒有男友對你重要嗎？」重要，當然重要。他受不了她那試探性的追問，好像看到他的弱點，非要看穿他不可。他不能讓自己燒毀在她眼中，他又避到人群中，想抽離一下或許可以讓情緒冷靜下來，保持著與她維持距離的初衷。

但當他來到二樓看著她和別的男生跳舞時，他的妒火已經快把自己燃盡了，他下來帶她離開會場，他想一個人擁有她，他心中的那把火完全不受控制，如今他才知道，壓抑只是為了一次猛烈的爆發。一邊走著，一邊以語言挑動她，想了解她更多，對他來說，她有部分像謎一樣，總是不多說自己，他聽說她去民歌餐廳打工，她卻說不去了，而沒有更多的解釋。不管她要不要解釋，他帶她來到學校的創辦人銅像前，坐在台階上看對岸觀音山的煙火人家，想聽她唱歌。反倒是祥浩問他：「你有沒有女朋友？」祥浩看他的眼神就是在灼燒他，他有必要表明當時沒有，祥浩聽後繼續追究是否以前有，是否是胡湘？那追究的樣子好像是一個女朋友在追究男友的情史，他感到有趣，想逗她，又很心甘情願歡迎她的追究，祥浩卻是不談了，轉而問他這一年都在做什麼？

淡水河邊和觀音山上稀落的燈影迷離，這個女生想知道他，他心裡柔情似水，面對她的關心，他一一拆解自己，他伸手環住她的腰，完全將她看成久別重逢的女友，祥浩沒有抗拒，助長他的勇氣，他鬆口氣，感到自己終於可以跟心愛的人談談自己。他說沒跟家人住一起，租屋與老外住是為了練習英文，為可能出國念書做準備，如果有一天他出去了，不想回來。祥浩身子動了動，很疑惑的問他：「你對自己成長的地方沒有一絲感情？」

夜空中，月亮彎曲的形狀分明，這是個清亮的夜晚，他面對祥浩的這刻，心裡也是清亮的，他終於將自己的身分說了出來，那壓在心裡的一個無法順利喘出的氣就這麼的呼出來，他將手抽離她，放在自己的膝蓋上，好像這樣的姿勢敘述著，他可以敬重對那身分保守了許久的祕密。他說父母因不合而分居，媽帶著他們兄弟姐妹四人過活，爸爸雖有定期補貼，媽媽仍辛苦工作著，大二前知道了自己是私生子，生父是自小認的乾爸，乾爸雖不愁衣食，他卻想靠自己的力量遠離這個令他感到受騙的環境，他無法克服心裡的孤獨感，他要去找一個可以安居下來的地方。他講給這女孩聽，自己也感到不可思議，他必然深深的愛她了，卻在這時跟她講要遠離。他心裡感到矛盾，但那是他最真誠想講的話。祥浩的聆聽充滿理解，他感到慚愧，他仍是不配愛她的。他站起來，如果他可以走離，他就會再次克服自己的欲望。但祥浩不走，他看到她眼裡淚光閃爍，難道她對他也有眷戀嗎？她丟給他的一句話「相逢不必忙歸去，明日黃花蝶也愁。」不就表明要把握當下嗎？他擁她時，他在她眼裡看到毫無保留的溫順，他們一直在錯過嗎？他邀她去家裡。

北投的家裡，媽媽留在三重的外婆家，那晚就如同他們兩人的家。他們一路往山坡走，他發現了祥浩敏銳的觀察力，她說來路經過兩家幽暗的旅館，她將那旅館與風化區畫上等號，其時他亦無話可說。請她進門後，祥浩的敏銳再次顯現出來，她眼神掃過媽媽的臥室，掃過房門口的拖鞋，掃過電視所在的位置，甚至他討好她為她買來的炸雞。他不斷為她補充食物，或許可以引開她的注意力，但她卻又很自在，坐在他身邊享受他送來的食物。是他自己陷到她的氣息裡的，他喜歡她安靜中的慧黠和柔順，喜歡她美麗的清瘦的骨架子，他替她削蘋果是出於愉悅，這個女子在這裡，他感到之前的內在焦慮和壓抑的情緒都無足輕重。他關掉電視，為了清楚聆聽她的聲音。她看著他，輕輕笑得像天使，這晚飛到他家裡的天使。

他走到陽台，望望天空，便把她也叫來，祥浩也靠到陽台上，他說：「妳看那星星，雖然因為光害，我們可以看到的少，但能看到那些星星已經很幸運，我常站在這陽台上看星星，現在有妳和我一起看，我感到很幸福。」他想起的是，在舊公寓時，他從窗口看星星，遙想在美國的哥哥，那時想念哥哥的心情是孤單的，現在他找到一個可以一起看星星的女子，她偎在他身邊，放鬆的跟他一起抬頭望星，沒有任何時刻比此刻幸福。他抱她，雙手緊緊的環著她的腰，她那麼柔軟，他親吻她的耳後，她的頸，緊緻柔滑的肌膚，山風有點涼，在星空下，他抱著他的愛，而她整個靠到他身上迎合他。星星見證他的愛，他想把最赤誠的愛給她，他知道她要，她的嘴唇也在探索他，他要給她引導，讓她知道他的心在她那裡。他們進到屋裡，蓮蓬頭下的水柱澆不熄他們的熱情。那晚他們互相成全，這個女子任由他笨拙的探索著愛的儀式，卻還冷靜的問他是否有經驗。有的，他不需掩飾，在所愛面前，他要坦誠以對。他說，她唱〈橄欖樹〉那晚他忌妒那登山社的梁銘對她獻殷勤，他很失落，到山下茶室買經驗，但沒什麼感覺。祥浩撫著他頭髮，像給他安慰，像補償他，抱著他說兩人似乎都誤會了。他愛這個女子，因為她不計較，因為在她最深的愛裡充滿了寬容。他在她身上彌補了孤單與失落。

而他卻自私的擷取她的寬容，任由自己想遠走的意圖擴大。他愛她，但不覺得他的環境適合她，他們柔情繾綣，在他媽媽的公寓裡盡情歡愉，他能夠擁有她，感到心滿意足，想像著與她共度一生，光看到她的笑和慧黠的眼神、柔順的性情，他就可以有一個安適平穩的生活，在那安適平穩裡，他們享受歡愉的激情片刻。有回他幾乎跟她求婚了，在他要求同居不成時，他說：「妳願意等我到三十歲嗎？三十歲前我不結婚。」他那時想的是，不肯定三十歲前他能不能找到一個方向，經濟獨立到足以安置一個家，不如就約定三十歲，在那之前他會努力找到方向。她說：「那還有好幾年。你真要我等我就等。」這已然是求婚的儀式了，他卻又逃掉，他不要承諾，不要她等，他再次強調他要遠走，他擔心感情的牽絆改變了原來的計畫，他說：「不要承諾，我不能給妳承諾，我老早說我要遠走不再回來。妳會有更好的選擇，妳不可能等我。世事會變的。」她卻沒有生氣，也沒有責怪他輕言，只問：「如果我等呢？」她越是那樣安靜的順從著，他越感到心疼，他說：「不要等，我不值得妳等。」許多次，他們相擁，從光滑的皮膚感受彼此的愛意，一次次體會身體的愉悅，他多想放棄堅持，但她純潔單純，無法想像他的私生子身分帶給他的孤寂感像座山一樣難以移動，如果他從小就不知道生父的形象也就罷了，當親近的乾爸變成生父，卻又無法正式公開時，他的心就碎裂了，好像從小他就是個不該存在的人，這種碎裂無法彌補，而她無法體會。他抱她，無法驅逐的孤寂感漫淹，那個遠走的信念無法斷離。

真正下定決心的場面卻是那麼慘痛。那天是冬至，再半學期他就要畢業了，祥浩來到媽媽的公寓，她興匆匆拿出兩枚圓形的玉石印章，印章的一端繫著紅絲帶，她說：「同樣的印章，你一個我一個，無論你在哪時候用上印章，總會想起這是我送的。」她似乎已做了他離開的準備。他雖取笑她，在國外用不到印章，但仍把印章掛在頸項，將她擁入懷裡，他不要她對他這麼好，他怕走不開。祥浩整個頭埋到他胸前，緊緊的抱著他，吸他身上的菸味，她怕他離開嗎？他們還能持續相處多久？祥浩的眼光望向媽媽的更衣室，那將儲藏室又分離出來當置衣間的空間裡彷彿閃著金光，她的眼神充滿疑惑，更衣室裡掛著各式鮮麗的服飾，露背、細肩、薄紗、織繡，流蕩著風情婉約或煙視媚行的女子的氣息，它們可能來自不同男人的餽贈，或者穿著去歡取不同的男人。祥浩以驚嘆又疑惑的聲音說：「你媽媽的衣服真華麗。」那聲音聽起來言不由衷，卻像一枝箭射中他，他將臉別開去，深呼吸，推開她，手順著她的髮絲滑到她的背脊，他想告訴她真相，但他說不出口，他所見的媽媽是供應他們兄妹日常所需的媽媽，而不是穿著那些華服走入男人間的媽媽。他感到思緒混亂，他問她要不要跟他去浴室，顧不得她回應，他走入浴室，開啟蓮蓬頭，任流水從頭淋下，流水或許能把他淋醒，像從一場噩夢醒來，帶他去一個清淨美麗的地方，流水將他沖淨了，他就會是另一個嶄新的、乾淨的人。水聲嘩嘩，有那麼一瞬間，他太仔細聆聽水聲而失去了空間感，回神時才意識到浴室空間的存在，那一瞬間就是去了那潔淨的地方嗎？

走到房裡，祥浩已整個身子窩在被子裡，露出的頸項和肩膀弧度柔美一如她的性情，他坐在床邊看著那優美的弧度與她靜靜等待的眼神，他眼裡的淚水像窗外夜空中的星子一樣閃耀，他強忍著，他得離開，她天真純潔，他不應該讓她進來這污濁的環境，他要獨自去面對自己的孤單，他要去走一段長路才知不知道自己能不能釋然。

他掀開被子，祥浩光溜溜的美麗身子等著他，他身上是柔軟的運動棉衫，他以身體貼近她，親吻她，吻到她胸口，那枚刻著她的名字的翠綠玉石印章吸取了她的體溫，他吻那名字，那體溫，祥浩也伸過手來撫著他埋在衣服裡的玉石，他的臉頰貼著她的，那裡有淚水，她知道了分開的必然了嗎？她在扭動，他緊緊罩住她，他得學習將來沒有她，他得克服對她的渴望，他隔著衣服輕吻她的髮，不能結髮就以嘴唇去記憶她的髮，體內一萬個戰士在抗拒柔情的魅惑，他呢噥低語：「如果有一天妳找不到我，就不要找了。」她說：「我絕不妨礙你的任何決定。」

她的允諾讓他心痛，他抱著她，決心克服這一切，他體內的一萬個戰士勒住了他，明日，他們另有天涯戰場，他要把祥浩的這塊領土保留清淨，他的人生踩在隔絕的濁水上，他不讓祥浩踩進來。他眼窩凝滿淚水，身體動也不動。是他辜負她嗎？沒有，沒有最後的承諾，星夜過去，陽光出來時，他會為了前往清淨之地跨出一大步，如果能得到那清淨之地，才能證明他有能力走出孤絕的濁池，扭轉自己的人生。

下部

21 愛情比餐廳重要嗎？

壯實的墨西哥裔老闆坐在餐館的一把高腳椅上，注視著櫃檯後面一整片牆的置物櫃，那上面仍然擺飾著色彩鮮豔的盤子和杯子，最下層並排數十支酒瓶，光線照射反映了瓶內的虛空。這位叫多明哥的老闆遞給他一杯酒精成分稀薄的水果酒，說：「只剩這些了。」

「還是很甜美，跟你的餐廳一樣。」晉思坐在他旁邊，看著多明哥。多明哥的側臉有個突出的大鼻子，很深的眼窩，黑色捲髮，沿著兩鬢和腮鬍連在一起，不過他修去落腮鬍了，毛孔裡躲著黑髮根，眉毛黑黑的壓住他的眼神，多明哥對那堵櫃檯很眷戀，盯著不放。

「這些盤子你可以帶走，我不需要。」晉思說。

「我不打算帶什麼去義大利。我會叫我的廚子把它們帶走，如果你真的不需要。」

「我真的不需要。」

「是啊，中式餐廳不擺這些的，你們有很漂亮的瓷器。有別的買家，我賣給你，是因為我喜歡中式餐廳，雖然我的廚子失業了，但這裡墨西哥餐廳很多，他們很快可以找到工作。」

「明天工人就進來了，要拿盤子得快。」

「下午他們就可以來拿。」

「要我幫你拍照嗎？」

多明哥笑起來了，「我來這裡是做最後的回味，照片我已拍很多了，最好的照片在我腦子裡。我經營這餐廳十年了，十年，你知道我招待過多少客人嗎？我數不出來，那些客人很多是觀光客，來過一次就不來了，他們一輩子大概只來這城市一次，希望我提供的食物還在他們的回憶裡。」

「可見你捨不得這餐廳，那又何必收起來？」

「嗨，那些客人抵得過我的愛情嗎？客人天天都有，大部分陌生，走出餐廳就很難再見。但愛情是很難得才碰上的，為了愛，這餐廳算什麼？我在別的地方也可以開餐廳，但我在別的地方不一定會碰上愛情。我有一次失敗的短暫婚姻，我已中年，我需要愛情勝過一切。」

「真是浪漫的男人。你的女人很幸運！」晉思這樣說著，卻感言不由衷，現在對他來講最重要的並不是這個男人愛上哪個女人，而是明天工人來打掉內裝後，新的裝潢是否可以如期完成，並且符合理想中的模樣。他確定那面櫃子會不見，這也是多明哥最喜歡的內裝，多明哥在十年經營餐廳的時間，站在櫃子前的時間可能最久，在那裡有坐吧台的客人與他聊天，有來到收銀台前結帳的客人，他都站在櫃前跟他們說再見。

「如果你實在捨不得這片櫥櫃，可以將它拆解，送到義大利重新組裝。」

「好傢伙，那太費事。我就空手去義大利，只要那裡有我的女人，我就會有新的創意，我只是來跟相處了這麼久的空間說再見。」多明哥離開椅子，走到玻璃窗前望著外面的河邊步道，聲音變得柔軟，彷彿坐在他女人的懷裡說話。

「浪漫的男人，以後你回到這城市，歡迎隨時來餐廳，雖然裡面會有些改變。」

「會是很大的改變。好傢伙，我也是來祝你成功的。這是個好地方，我睡夢中都會懷念。」

為愛即將遠走義大利的多明哥走出他經營了十年的餐廳，轉身間，這他奮鬥了十年的餐廳即將改裝易貌，且前途未卜。晉思送走他的背影，心裡默想，多明哥多明哥，你在義大利要重新開始，猶如我在這裡也是從零開始，而接手你的地點，我會盡力讓這地點長久存在，下次你回來，必可看到它。他向他的背影喊：「下次你回來，我們在店裡再見。」多明哥回頭丟給他一個微笑，揮手隱沒在綠色河邊小徑。

餐廳已經不必鎖，他讓大門開著，好讓多明哥的廚子下午來時，可隨時取走裡面的東西。明天，這個餐廳的廚房、天花板、隔間會全部打掉，連白底鑲藍邊的復古型地磚也會挖起，他請來的設計師會替內部換上富有東方情調的窗框、安上九宮格的天花板造型、掛上宮燈，在地上鋪上富有貴氣的暗紅石磚，廚房的設備仿自陳茂的餐廳，在兩大抽油煙機下有八口爐可以同時上鍋。明天之後，餐廳才真正屬於他，一步步往他想像的模樣成形。他離開時，迫不及待等著明天第一個工人進來後，拿著榔槌敲打掉舊有的東西。這過程將耗掉一個多月的時間，一個多月在他往後長久的路上說來不算什麼，他還正可利用這一個多月，多了解新環境。

開車離開停車場往北方開，離哥哥住家不遠的公寓社區，即是他暫時的棲身處，倩儀很同意住公寓的方便性。

倩儀維持原來的計畫繼續工作，公司將她調到這城裡的分公司，倩儀不打算花太多時間整理房子，也料想他要忙著餐廳的開業，不會在家事幫上什麼忙，住公寓正符合他們的生活形態，關起門來，完全不必管院子的事，公寓的花園有管理部門照顧，他們享受偌大的花園和花園中的游泳池，卻不必花心力去維持。「這種公寓就適合我們現在的情況了，雖然有點像在住旅館，但本來就是短暫的，等你餐廳經營穩定了，我們就可以買有大院子的房子。」倩儀這樣說著，是開給他的條件——必須把餐廳經營穩定。

這樣類似激勵的語言對他已無任何作用，他不靠別人的刺激而決定自己要做什麼。他隨時想著下一步應如何做，比如現在雖開著車回家，腦子想的倒是餐廳的室內設計圖必須再仔細閱讀，以免施工過程因發現瑕疵而多花了修正的時間，延誤進度。

公寓社區的旁邊是幼兒園，諭方已經在那園裡就學，與美國孩子融在一起，這也是倩儀同意租下這戶公寓的原因，諭方應該去幼兒園與美國孩子一起學習，脫離講華語的保母。有倩儀打算著生活的便利性，他可以完全放心思在事業上，倩儀對他開餐廳由反對到支持，反映出來的態度令他訝異，她是他在美國撿到的一塊寶，不，不應說撿到，那對她太不尊重，應是遇見，生命中遇見的貴人。車子經過幼兒園，他想著諭方正在裡頭和孩子們玩在一起，或者由老師指導做著什麼有趣的圖畫著色。

經過一個鐵柵門才進入公寓社區，將車子停在一樓停車場，走上迴旋梯到二樓，過三戶即是他們的新落腳處。由於才搬來一個星期，客廳還堆滿未開封的紙箱，除了隨身衣物，所有的家當都在紙箱裡，倩儀貼心的在每個紙箱貼上標籤，標示內容物。他經過那些紙箱，沒看一眼，去廚房冰箱找出倩儀留給他的三明治，沖一杯咖啡，他坐在餐桌前邊吃邊看設計圖，這位設計師是當地華人，他從台灣回來準備搬家時即透過哥哥找到一位專事室內設計的好手，他設計的案子遠及他州，他們的想法一拍即合，中式餐廳搭配中式風情，幾個重點式的裝飾就足以把氣氛顯現出來，材質不講究頂級，因為本來就是強調中價位的餐廳，服務當地居民和大量的觀光客，陳茂也建議站在服務的想法提供好吃的食物實惠的價格，比較穩紮穩打。由於廚師是陳茂訓練出來的，陳茂也有實質的投資，做為合夥人，他在陳茂的建議下融入自己的理想色彩，點綴適當的東方情調，讓走進來用餐的人不但享受美食，也滿足情調的需求。

設計圖上附有擺設物規畫，宮燈的部分他們從加州的中華文物商場拿得到，另外鄰櫃檯有三個小方框展示櫃，設計師建議任何文化象徵的物件都適合擺，不一定是高價品，日常可見的用品也可。如果他的記憶沒錯，家裡應該有些藝品，任公職時，難免有些官員或民間團體來美參訪，他們會帶來一些小禮物給在地接待的工作者，他收過仿製唐三彩，轉贈給了老美友人，收過蝴蝶翅膀拼貼出來的農村景致，那毀了多少台灣蝴蝶做出的掛畫，他一直收藏在怕讓人看見的隱密角落，搬家時，倩儀說還是收著吧，老遠帶來的，那些可憐的蝴蝶屍身需要一個安置的地方，於是倩儀不知將它和其他禮品收在哪個角落，他記得似乎也有其他故宮文物的仿製品，一個鼎一個盤的，也有自己帶回的琉璃文鎮。這下午陽光長得很，他有的是時間將紙箱拆開，替物件找到理想的地方放著，順便也看看有哪些收著的小藝品將來可以放在餐廳裡當擺飾。

貼牆的三座書架都是空的，他蹲下來先拆裝書的紙箱。書很容易歸位，一手掌抓起來排入書架，沒多久就清出十幾箱，客廳的空間頓顯清爽，而三座書架也已排不進書。他打開裝著文具及藝品的紙箱，箱裡的東西能放入抽屜的就放入，體積龐大的則放入櫥櫃，有一尊媽祖雕像，哪裡來的呢？是爸爸送的吧，爸爸喜歡去廟裡，第一次來美國時，爸爸要他帶著，保平安。現在他要做生意，爸爸應該送他關公吧，但爸爸已老了，去郵局也嫌麻煩了，購物也無精力了。是有一只晶瑩通透的琉璃文鎮，中心雕了一條龍，這派得上用場，即使西方人不認為龍是多了不得的動物，但對用餐的華人或許有親切感。箱子底端還有仿青瓷的花瓶，搬家公司工人打包時用空氣膜包了兩層，再底下有紙盒，一長方形，他抽出來打開，裡頭放著一些小小的物件，沒用完的迴紋針、釘書機、橡皮擦、地址貼紙、印泥和一枚印章，印章裝在一個軟皮套裡，露出一截紅絲線。

他將紅絲線抽出來，一枚圓形的綠色玉石印章露了出來，印章以篆書體刻著他的名字，他撫過那凹凸不平的印面，撫過玉石的冷涼，然後整枚握在掌心裡溫熱，他望向從窗口投入的一方陽光，循著光源往窗外望，春陽嬌豔，窗外一片豔白，那白色透明到可以望穿昔日。這是場夢嗎？他把紅絲帶繫上脖子，印章垂在胸前。他還記得第一次繫上它時的觸感，兩枚印章碰觸時，隔著衣服，有一種悶響，他去親另一枚，玉石是涼的，是涼的，而他的心很熱，那時他聽到自己心跳猛烈，猶如此刻，他的心跳彷彿可以令胸前的印章跳動。早上多明哥說餐廳比不上愛情重要，和多明哥比起來，他算是不懂愛情的人嗎？他曾有愛情嗎？再追想下去，他覺得會看到自己掀開袍子後的滿目瘡痍，他怕看到內在腐壞的心腸。他拿下印章，放回皮套，捏在手裡。望著仍熾豔的陽光，心情逐漸平靜下來，內心像陽光一樣沒有聲音。他必須想，明天工人來拆掉內部的櫥櫃，那將翻新的空間才是他的新戰場。

22 淚光閃動

重新裝潢的工作一邊做著，籌備開幕的工作也進行著，陳茂配給他的青年廚師劉光明孤家寡人，很樂意到德州工作，光明也表示不喜歡待在冬天長的地方，德州的陽光吸引他，而且他喜歡有更多的任務。他得訓練助手，做一切廚房的事。

晉思喜歡光明這個名字，一叫就感到眼前是亮的。光明原只是陳茂的廚師助理，眼明手快，知道要來德州當大廚，很快就把廚房的程序記誦下來，陳茂也給他更多機會做菜，親自站在旁邊指導。陳茂大讚光明具有一流廚師的潛質，這位廚師是由台灣來美國觀光拜訪叔叔，為了想留在美國，又對烹飪有興趣，叔叔介紹他到正缺人手的陳茂餐廳當助手，四年來也具備了相當身手。光明還帶來一名廚師助理，這年輕人短暫到陳茂餐廳工作過，後來到另一家中式餐廳當助手，他們兩個一併過來，晉思的廚房就有了基本規模。餐廳重新裝潢期間，晉思也一面找廚房洗碗幫手和服務人員，一面與光明協力洽談進貨的管道。

他們開車三個小時到休士頓與食材供應商洽談，中式的食材大多由此地轉運，這裡拜台灣企業在此設廠所賜，發展出一個華人購物中心，裡頭不但有東方食物超市，由加州運來大量食物，還有數家飲食餐廳，吃得到炒米粉、甜不辣等台灣小吃，也有道地的台灣牛肉麵，華人來來去去移動搬遷多，也有專為華人服務的搬家公司、貨運船運公司。他們要看的食材和華人報紙一樣，由加州運來，再由這裡的公司轉送出去。除了部分醬料乾貨可直接向加州的盤商進貨，鮮貨則由休士頓的盤商轉送到附近各地的東方食品行或餐廳，或商家自來取貨。由陳茂指引的進貨流程和採買路線，晉思感到興味盎然，出門一趟彷彿旅行，回程貨車滿載，好像載著滿滿的希望回程，這和他在文字堆裡度過一天有很大的差異，現在他像個藍領工人，腦中盤旋的是裝潢進度、運送食材的方式、食物的新鮮模樣，和各種菜餚的設計，以及餐廳裡那些桌子椅子的尺寸，心裡有一種賣氣力的快感，比較像是落實到生活裡的，誰不需要飲食呢？而他正開始從事這種為大家張羅飲食的生意，是否幾個月前的自己真的太異想天開了，讓他從文字的閱讀和處理一下跳到廚房的爐灶間？他甩甩頭，不能想這些，前面那條路不管是筆直的還是彎曲的，只有一條，只能往前走。

該花的錢正在像煙火一樣燒著，金錢的概念首次在他心裡具體化，如果年輕時候想留學卻因不想增加家裡負擔而選擇考公職爭取出國機會不算的話，金錢在他心裡產生數字上的壓力，堪稱此時為甚，他像面對一堵大瀑布，瀑布直瀉，而谷底岩石間尚未濺起水花。

二十九歲的光明是個好幫手，除了全程來回六個小時由他開車，他們選了幾家華人餐館嘗菜色，光明都可以說出每道菜色的可能做法，並給予評分，似乎在安慰他——老闆放心吧，我們就要上路了，路上的風景一定美極了，花草樹木萬一乾枯雜蕪，我們都可以下車把它修整排除。

回程他們去看餐廳裝潢進度，地磚已經鋪好，天花板也裝設完成，櫥櫃則在工廠製作完成，等空間的改裝就緒就可以直接釘上牆面。工人正在安裝線條設計典雅的窗框，這是從中國進來的窗材，索價不高，卻對餐廳的東方情調有畫龍點睛之妙，他們會在玄關吊幾盞宮燈，價錢也不高，但可以讓老外錯覺在中國宮殿式的建築裡用餐。其實只不過是一種幻覺，但製造幻覺並沒有錯，人們花錢通常就是享受了那幻覺的一部分，這部分可以帶來短暫的快樂。

通常每天看過工人的進度後，他會沿著河邊步道散步，駐足在別家餐廳前面，觀看他們的外觀，透過門窗欣賞內部設計，有時也走進去享用餐點，感受一位觀光客坐在餐廳用餐的感覺，有的空間寬敞有的空間擁擠，但有那條河流和沿岸的綠意，總有一種浪漫的感覺瀰漫四周。他總會在河流轉彎處的大片台階上坐坐，看來往的船隻，和船上的人揮手。常有人帶著提琴在小船上演奏，他對著演奏者吹口哨，回應他的音樂，只有在這露天的大自然裡才可以這麼放肆的與音樂共處。

這天他和光明坐在台階上看河上的船隻，已是近黃昏，他們從休士頓回來又停留在裝潢中的餐廳一會兒後，此時坐在這裡，像打了一場仗回來的士兵在他的營帳前等待疲倦過去。

風撩著，吹動繁花綠葉生色多姿，他問光明：「你覺得在這裡開餐廳像在度假嗎？」

光明手肘架在膝蓋上，手掌托著雙頰，他也在看船，笑開的寬臉顯得更寬，他的回答很實際：「不覺得，基本上就是工作。」

「你是因為在老闆面前才這樣說嗎？」

光明更哈哈笑起來，「才不是，因經驗嘛，廚師就是在廚房，比較在乎廚房的動線好不好，設備夠不夠，順不順手，風景嘛，只有能得空出來抽根菸的時候才用得上。」

「這很重要，抽菸就是休息，有好風景，應該有助放鬆，菸也比較有味道吧？」

光明摸口袋，掏出一包菸，抽了一根給他，他推回去。「我不抽菸。」

光明把菸叼在嘴上，沒有打火。「你從沒抽過？」

「年輕的時候抽，工作後就不抽了。你也別抽了，放過你的肺，也不要破壞空氣的清淨。」

「我不在你面前抽。你跟女生一樣怕菸味。」

「你胡說什麼，很多女生也抽菸。」

他們兩個都哈哈大笑起來。晉思內心裡其實浮現了年輕時的戀人伏在他胸前聞菸味的畫面，他此刻感到心疼，卻沒有機會說抱歉，往事像水流，讓河帶走吧！

「幹嘛不說話了？那我來說。」光明把菸放回口袋，換了一副正經表情，發表起心得，

「在好的環境工作讓廚師有尊嚴，感覺做出來的食物充滿美味，因為好心情做的菜也會有好的能量給客人。但不管環境多好，好的廚師只專注在他的工作，而且他沒有節日，越是節日客人越多，他花時間在廚房，卻無法陪家人過節，在家裡他永遠是節日的缺席者。你覺得這樣廚師有生活品質可言嗎？沒有，對不對？其實有，他做出來的食物就是他的生活品質，他樂於做食物給客人，滿足他們的食慾，他只有在家裡呼呼大睡時，家人才感覺到他的存在。」

「你說什麼啊？我不會那麼苛刻不放你假的，你得把另一個廚師訓練好，我可不要因為廚房少了一名廚師，生意就做不下去。」

光明少他五歲，講話直爽到口沒遮攔，但他喜歡這樣透明的人，他剛才講的那些話提醒他，做為餐廳老闆也可能沒有假日可陪伴家人，如果他像名廚師走不開餐廳的話。他不讓這種事發生，餐廳會上軌道，會有幾個廚師輪流放假，會有人代理他管理餐廳，會有時間讓他走開，沿著河邊散步，或躲到一個無人的角落，讓自己安靜下來。

「說真的，光明，你很聰明，為何選擇待在美國？台灣不好嗎？」

「你不也待在美國？而且還離開鐵飯碗。當然，你有想法，你也有能力辦到。我是沒財力，就找工作，在台灣找個餐廳工作應該也可以，但來到美國，這裡空空曠曠的，我還滿喜歡，就想說待看看，陳老闆人不錯，也給我辦了工作身分，一待就四年，時間很快，也就適應了，這叫什麼？就風把我吹到哪裡就落在哪裡吧，還好，在廚房英文不必太好，大學學的英文購物還派得上用場。」

「沒有女朋友？」

「你要介紹啊？」

「在台灣沒有嗎？」

「剛好分手，我來美國散心，就待下來了。」

「你想她嗎？」

「我聽說她嫁人了，我能想嗎？又能怎樣？當初是她劈腿我們才分手的。」

「那麼祝福她，你會在這裡遇到好女人的！」

「謝謝你，我也希望這樣。」

光明靜默了，他們都靜默，看著前面來了一艘船，不遠處另一艘船慢慢駛過來準備回到載客碼頭。船上都坐滿人，導覽員努力的透過麥克風介紹河岸的景點。河面上有幾隻鴨子沿著岸邊的水草悠哉的游著。晉思抬頭看看天色，春天的夜來得慢，五點的天色還很亮，他望向天空，是望向遙遠的過去，那時候單純，心裡對人世有著疑問和探索，曾有個叫祥浩的女孩陪著他共度了日夜，那青春的影子雖很遠，想起來時卻又近在眼前，他那時將她遺落了。她可能像光明的女友嫁人了，她會嫁給什麼樣的人呢？她如今又在哪裡？河的上空有樹梢隨風搖動，他略側過身子，不讓光明看到他的臉。他仍望著天空，還亮著的天空卻有星子在閃動，他眨眼回應星子的閃動，不是星子，是他的眼裡有淚光閃動。他無能控制那淚光，任它越閃越激烈，他將臉轉向台階後的群樹，好遮掩淚光。他想，一定是經營餐廳的壓力太大了，但他不是一個禁不起考驗的人。

23 機場的倩影

票面上的時間是五天，他將在台灣停留五天，這張臨時買到的機票很幸運的為他擠進一個位置，讓他可以趕上爸爸的喪禮。爸爸過世三天後，那邊的人才通知了媽媽，媽媽傳給哥哥，哥哥又傳給他時，他們都大感驚訝，好像一個人突然就走了，沒有任何徵兆和心理準備。或者說，他和哥哥因長居美國，消息總是落後，心裡也遲鈍到忘了去數爸爸的年齡。他們知道爸爸躺在床上，有一年多沒下過床，端賴看護替他翻身，但他們忘了這樣的人隨時陷入危機。他們真正忘記的是，在地球的另一邊住著與他們關係相近的人。先訂到票的哥哥先飛回台灣，哥哥和爸爸才是真正有血緣關係，而跟他一樣，將只能對著冰庫裡的遺體致哀。

至於為何過世三天才通知，妹妹說，那邊的人要先處理遺產。媽媽並沒有抗爭，妹妹說，媽媽太軟弱。不是軟弱，他想是媽媽並不在乎，哥哥臨上飛機前跟他說他要回去討公道，人死為大，他不能原諒對方到了第三天才通知。但是這種事要報警處理嗎？

他排除雜事，置身機艙，沉沉睡了一個很長的覺，醒來覺得好像度過許多年，坐在旁邊附近的人都不認識，大家擠在機艙裡往同一個目的地，他們也像他一樣許多年才回台灣一趟？或者經常往返？他們的行李裡都帶著什麼？除了隨身衣物用品，是否還有禮物？他的行李很簡單，帶著最多的是心裡的感傷，他要面對的是一個挽不回來的死亡，他們趕回來安慰亡靈，但真有靈嗎？毀壞了的肉體如何透過表情讓人相信精神的存在？沒有，人死了只剩腐朽的氣味，這氣味也會很快飄散在空中，終至一點什麼都不剩。他是回來安慰生者，但不確定生者需要安慰。

帶著一點對時間的恍惚感下飛機，走過冗長的通道，從玻璃反映出來的中年身影略顯疲憊。通關後等行李時，他去洗手間，鏡子上的中年男子臉上沒有笑容，嘴巴還抿得很緊，他為什麼把自己活出這麼緊張的神情？他在鏡子前做了幾個放鬆的笑臉表情，眼睛卻無光彩。這是中年男子的畫像嗎？還是對這個地方逐漸不熟悉而難以在臉上表現出情感？

拉出行李箱，到入境廳，入境廳許多接機的人，走道邊還有拿姓名舉牌接人的，不會有一張紙牌上寫著他的名字，也不會有人接機。他感到空氣有點混濁，急著離開這裡，走到資訊服務處問大清晨可有計程車，看明了搭計程車的方向，轉身之際，一個人影擦身而過，他的眼神瞬間發出光彩，他瞄到了她的側臉，像極了祥浩，身高是一樣的身高，體型是一樣的體型，穿著米白風衣，拉著一只簡便的行李走在通往外頭的路徑，走路的背影姿態也極像她，是她嗎？可能嗎？已經這麼多年了，他看到的只是一個像她年輕時候的她吧？他愣在原地，回神時，也往同樣的路徑走，右邊一座電梯，左邊是通往地下一樓的手扶梯，往左往右看都沒有米白風衣的身影，他通過自動門走向外面，站在那裡看附近有沒有那身影。來了幾部車，接走了一些人，車聲喧嚷，但不見她的身影。他走到搭計程車的地方，叫了排班計程車往旅館。哥哥已住到家裡，未婚的妹妹也還一直住家裡，家裡不會有多餘的房間，他訂了旅館住。

人在計程車裡，心跳還很快速，沒有從方才的身影清醒過來，如果他有機會走到她對面的話，會是什麼情況呢？那身影幾乎就是祥浩，雖然已二十二年沒見，她走路的姿態和側面那恬靜靈秀的表情像鐵箝烙印在他腦中。已經是這麼久了嗎？竟然在機場遇見她的倩影，他該去找她嗎？是的，這個答案很肯定，他燃起無限的希望想見她，這是衝動，隱忍了很久，在晃見她身影時突然山崩地裂，洪水斷石，強烈的欲望想見她，在這麼長的時間後，難道不該再見？人生還有幾個二十二年？他的心跳像快要跳出窗外，急著回到台北找到她的訊息。他望向行在車旁的每部車子，期望在那車子裡見到她的側影。隨後又覺自己癡傻亂了方寸，她若搭車離去，也早該在他之前上路了。

在旅館辦了入住，到大廳的商務中心使用電腦，上網查詢她的名字，跳出同姓的也有不同姓的，但看起來都不像是她的資訊，他便又鍵入自己的名字，出現的資訊天南北地，有陌生的人有商號，他覺得可笑。她似乎跟他一樣沒有使用電腦的習慣，沒有在網路網絡留下蛛絲馬跡，那麼她的朋友或他的朋友呢？他或許可以從其他朋友那裡打聽到她。

有人坐到他身邊來，是哥哥。

他嚇了一跳，哥哥有很重的黑眼圈。

「你怎麼啦？像鬼一樣，突然閃出來。」他關掉網路。

「我想你這時候應該到了，剛要問櫃檯就看到你在這裡。」

「查點資料後就打算回去看媽媽。怎麼，她還好嗎？」

「兩人都分居那麼久了，她能有什麼感覺，是我不好，我和那邊的兒子打了一架？」

「打架？」晉思納悶這位斯文的教鋼琴的哥哥打起架來是什麼模樣，「什麼情況，犯得著嗎？」

商務中心還有其他人在使用電腦，他們走出來，往晉思的房間去。哥哥往那床上一攤，好像身體很重似的，全身都交付給柔軟的床了。哥哥說：「我問那邊的兒子，為何人過世三天了才講，那兒子說爸爸臨終前講的，不必讓這邊的家人知道，要不是安葬和死亡登記需要這邊的戶口和家屬，是會照爸爸遺願的。這什麼鬼話，爸爸不是無法講話了嗎？他哪時候講的？我們在爸爸靈堂前，我一拳就揍過去了，他媽媽還說爸爸什麼都沒留下，生病以來他們都倒貼照顧費用。什麼叫倒貼，我們有欠他們嗎？爸爸後來賺的錢都養了誰？不就是她和她兒子、前夫的女兒。那兒子還說，爸爸賺的錢花在我身上的不少，卻像沒我這個兒子，生病了也不常回來看他，有什麼資格來靈堂祭拜，爸爸根本不想見我才交代死後不必通知我們。

我一拳又揮過去。他們只怕我們去要東西。」

「哥，你也太激動了，死無對證，話由著他說，我們盡我們的心就好。既知是要東西，你何必為這點話動怒？」

哥哥是激動了，他捲著被子說：「我不孝啊，我根本沒照顧到爸爸，我在搞什麼啊，我好自私……」哥哥又嘟噥了兩句，就捲著被子睡著了。

他讓哥哥睡，自己也坐在沙發上打盹。迷迷糊糊之間，看到祥浩在他們北投的家裡跟他玩鬧，腳上踩著媽媽的鑲金絲繡花鞋，門口站著壯年時的爸爸，說他要離開家不回來了，一下爸爸變成了乾爸，又說了一次要離開家不回來了，回頭祥浩也消失了，剩下他自己站在客廳的中間，冷風灌著，這一灌，他醒來，室內只有哥哥微微的鼾聲，哥哥一定太累，時差也將他的睡眠打亂。他下意識拿起電話，撥給誰呢，和舊日朋友都沒有聯繫，也不知道電話號碼，他像個與過去隔絕的人，這樣和死亡又有何差別。

他撥給媽媽，媽媽聲音還很清晰，聽聲音猜不出已經七十五歲，媽媽問：「累不累？有沒有東西吃？」

他壓低聲音，告訴她哥哥在身邊睡著了，等哥哥睡醒一起回家。

「其實你可以不必回來的，飛一趟多累，你事情又得擱著不管。你哥哥回來送一程還說得過去，你不回來大家也不會見怪。」

大家不會見怪，那意思是說，大家都知道他不是爸爸親生？

「媽，妳的意思是，我的兄弟姐妹都知道我還有一個爸爸？」他摀著嘴把聲音壓得更低，媽媽那邊也很安靜，家裡應是沒有其他人。

「小思，你沒講，媽媽就沒講，我的意思是，大家知道你餐廳忙，不回來也可以理解。」媽媽的聲音很溫柔很低沉。

「但妳心裡想的是另外的意思？」

「小思，你怎麼想都可以。但是現在你回來了，回來就好。」

是他太多慮了嗎？他向媽媽保證：「媽，我沒有講，也不會講，相信我。我是回來看妳的，我很久沒回來了。」

媽媽靜默，他問她：「這些天身體還好吧？」

「回來再聊。家裡沒食物，等哥哥醒了，你們帶些食物回來，我不要妹妹準備了，她這些天常跑靈堂誦經，夠累了。」

掛上電話後，室內又回到安靜的氛圍，哥哥的鼾聲均勻，外頭還不到中午，正是城市很朝氣的時候，他打算讓哥哥沉沉的睡一覺，他在桌上留了字條，如果起床了，而他還沒有回來，請等到十二點。

三月，微涼，陽光柔和，路的兩旁高樓雲集，這原來很熟悉的景象現在看來有壓迫感，高樓上端夾著的狹仄天空是一溜蒼灰的霧白。他沿路走，車聲的分貝很高，讓他以為隨時都有車要往他衝過來，他實在離開太久了，如果他跳開躲車，一定會被看笑話。他得習慣這聲音。商店的櫥窗賣著時髦的女裝，賣廚房設備的店有西方最先進的櫥櫃流理台設計，珠寶店的飾品索價昂貴，樂器商行門口張貼招生課程表，北方麵食店的蒸鍋煙霧瀰漫，飄散出包子的美味氣息，二樓有美語補習班、牙科診所、婦科診所。這一切，如果他不離開就是他的日常，轉角的便利商店會讓他不必開車就輕易買到一條牙膏。走到百貨公司，十一點多，人已經非常多，他很久沒有買東西時旁邊擠滿人的經驗了，美國的賣場和百貨公司通常不會這麼多人，人多使他感到呼吸有壓力，他看手表日期，這手表調過時差了，確定今天是星期六，假日人多，擁擠的台北沒太多地方可去，想出門的人擠到百貨公司當逛街。星期六，明天是喪禮，用掉兩天後，他只剩三天，可以在這三天找到祥浩嗎？見一面也好。走了一段路想到的仍是祥浩，卻忘了去想躺在冰庫裡的爸爸。

他在百貨公司的美食街部門買了一些甜點，回程到北方麵館買了包子餃子，回到旅館房裡，一開門，哥哥瞪大眼睛望著天花板，見他進來，撐起身子靠在床頭上。

「去買了食物？」

「媽媽交代帶回去當中餐。」

「打過電話了？」

「打了。」
「我睡死了。」
「你需要。你看來像另一個人，粗魯，眼冒血絲，惡形惡狀。」
哥哥下床，走到窗口探陽光。
「你需要我替你找部鋼琴，讓你消遣一下嗎？」他問。
「我不住這城市是對的，我在這裡容易動怒。我自小就看慣爸爸動怒，就學會了這些。」
「我也從小就看呀！」
「你懂事的時候爸爸就常不在家了。」
「你是說影響不夠深。」
「受傷不夠深。」
「那你還回來送他？」
「他愛我，愛我們，不然不會支持我學音樂，小時候不懂大人的情緒，如果懂，便不會理會他們，讓他們自己去收拾自己的情緒就好。」
「那很難。」
「確實。」哥哥看他手中的包子，問他：「今晚有誦經，你要去看他嗎？」

「冰庫？」

哥哥點頭。

「我很久不信任何宗教了，也沒有儀式，我在家陪媽媽。明天喪禮看得到他嗎？」

「最後會繞棺。」

「那對我就夠了。」

他不要看冰冷的爸爸，他所知道的爸爸是會熱血的跳起來颳來一頂帽子，會熱心去參加廟會，或者會怒氣沖沖吼叫他們去洗淨手腳，也會安靜的坐在有陽光的角落看著陽光一寸一寸移出客廳，平靜說出安排他們生活的話語。在晚年，會慢慢飲茶，關愛的注視他。他不要去看一對冰冷的無法再睜開的眼睛。那雙眼睛在遙遠的幾年前，就給了他所有的愛。

24 送葬

昨天晚上，哥哥妹妹都去爸爸靈堂誦經，他陪媽媽，媽媽不像一般人穿素雅的喪服，穿的是暗紫紅對襟鋪棉絲質外套，頭髮束在腦後別了髮髻，顯得雍容，但她的關節炎讓她坐立難安，走路或坐著都吃力，媽媽說她不會去喪禮，她的膝蓋不能承受久坐或久站，藥物的作用很短暫，這毛病不會一下子要命，但比要命更折磨。

「反正生前沒住一起了，死後又何必湊在一起，我不在，他才能安心走。」

「說不定他一直想回來，妳沒開口。」

「現在講這些做什麼？他那樣病著，有人照顧是他的福分，走了也就解脫了，應該替他高興的。」

「妳一向這麼瀟灑，還是妳根本不在乎？」

他問得這麼直接，媽媽好像也習慣他的直接，臉上毫無表情，戴著老花眼鏡拔膝上一件毛衣的毛球。拔了幾撮，才淡淡的回答：「你不懂，這條路是每個人都要走的，老人還有幾年？現在是他，有一天就會是我，你的親爸爸也在這條路上排隊。年輕到現在，有緣分在一起就會不捨，會傷心，但也莫可奈何，年輕時就不合，是孽緣是欠債，有一方先走，就還清了，這時傷心的，和死比起來，更多的是對一生遭遇的悲傷，但你能再怪死人嗎？最後就是還活著的要接受這一切，一生走到最後沒有翻盤機會了，認了，對死人不要再抱怨，祝他好走……」她拿下眼鏡拭了拭眼睛又戴上，繼續拔毛球，指節動作緩慢而吃力。坐在搖椅裡拔著拔著就睡著了，他給她蓋毯子，也感到自己眼皮沉重。哥哥妹妹回來後，他便回旅館先睡了一覺，近凌晨醒來，給美國的倩儀打電話，倩儀正在餐廳招呼客人，隨便講了兩句報平安就掛了。

梳洗完畢，把喪禮要穿的禮服拿出來，才想到，爸爸以佛道儀式入殮，家祭公祭穿的是黑色長袍，他的黑西裝完全派不上用場，倩儀幫他整理行李時沒想到這點，他也完全沒想到。穿上黑襯衫黑長褲，早餐還沒供應，他先到商務中心，繼續查舊識的名字，查到幾個自己系上的同學，姓名出現在公司活動的名單中，但這些人與祥浩不認識，他查校刊社的社員名字，只有校刊社才會有共同認識的人，唯一查到的一位仁兄在上海做生意，是一家公司的負責人，但他不確定是否同名同姓。

他又再一次鍵入她的名字，這次有了耐性一頁頁翻下去，有完全不搭軋的何方神聖，也有胡亂拆字的資訊，但在一個學術網站出現了與會名單裡有她的名字，他尋線四處瀏覽，找到論文指導上的名字，也有出現在國小教師名單上，和一個社服團體，但都只有名字，沒有出生年，沒有照片。學外語的祥浩會在學術界嗎？他從學術網站連結一再尋索，找到教師介紹。泅游的困魚找到游出網罟的水波助力，從網洞裡鑽出迷惘。師資上所列的大學畢業學校正是他們共同的學校，往後還有研究所，英美博士的學歷，這是她，應是她。他感到羞愧，離開她後沒有再關心她的訊息，竟不知她一路念書，在學術裡找到方向。

時光拉回二十二年，他大四時離開她，全力為將來苦讀，以求遠離環境。從大四下半年到服兵役前，在一家裝潢與氣氛講究到過於矯情做作的西餐廳打工，那餐廳允許服務生做個人風格的裝扮，他便留起了長髮，在髮尾綁細辮子，他以為改變形象可以湮滅過去的形象，與過去斷絕。他把心思都放在要離開這個地方，眼前只有一條遠走高飛的路，他像站在一個石塊上，怕站不穩就滑下去，連心也是像石頭一樣硬邦邦。他知道他如果不這麼做，一回頭，他就會無法離開她，所以只能站在石頭上，把自己挺得像個沒有心腸的木頭人。

然後是服兵役，那時反對黨成立一年，蔣經國總統宣布台灣解嚴，出國成為自由的選擇，兩岸可以探親，封鎖了三十八年的河岸打開閘門讓水可以對流，接著報紙也解禁，言論沒有尺度的擴張，新報紙和新雜誌讓印刷機忙碌不止，而反對黨對執政黨揭瘡指瘍，頻上街頭抗爭，使社會好像踩著數個輪子急衝猛撞的要殺出一條與過去完全不同的道路。在軍營裡的兩年，吸收著各路如江水翻滾般的新訊息，也確定了考公職的決心，悶著頭準備考試科目，木頭人只一路往畫好的路線筆直前進，到考取在國內工作的三年，他已然淡忘了祥浩，是刻意不敢想起，那是很明確他將有一天外派出去，完成遠飛的夢想，他早就不存夢想帶她去，他不要她涉入自己的環境，她應有更好的選擇。

而事隔二十二年，在機場看到她的倩影，激發他心裡壓抑的想念，他多麼想見到她。他花在電腦前這麼久，忽略了時間正一點一點消逝，早餐的餐廳早開了，客人也陸續進去用餐，他此時應用過早餐，好出門去殯儀館參加家祭儀式。

他又找了幾個網站，好確定可能的線索，找到社團裡的胡湘在一本時尚生活雜誌擔任主編，他記下那雜誌的地址和電話，也記下學術網站上顯示的祥浩郵箱地址。進來使用電腦的人多了。他站起來讓位。放著地址條的口袋令他精神飽滿充滿希望。但今天應該是充滿哀傷的祭拜送別身分證上的爸爸的日子呀！

他在黑襯衫外加上黑色毛衣，叫了計程車往殯儀館才感到喪禮的氣息逐漸圍攏過來，這次回台灣本是為了爸爸的喪禮，他原打算參加完喪禮，陪媽媽兩三天就回美國，現在卻擔心留的時間不夠長，來不及找到祥浩。是歲月催人柔腸寸斷嗎？為何他心裡的湖水成為洋流激盪的大海，海上的風雲拍打驚波成濤？他在混亂的思緒中來到殯儀館，找到舉辦儀式的廳，那裡家人已經到齊，等著禮儀社的人指導家祭的開始。

這是他第一次看到爸爸那邊的家人，那位看來六十幾歲、顏面略施薄粉，戴了墨鏡的「太太」坐在親友席的第一排，旁邊是友人。她的女兒站在女兒席那邊，兒子則和他和哥哥站在一起。這位兒子看來是三十出頭，和哥哥一樣臉型略方，那是遺傳自爸爸的臉型。站在這裡的三個兒子，有兩位才是爸爸真正的兒子，也有兩位私生子。那位年輕的兒子和他的差別是從幼小懂事就知道真正的爸爸，也和爸爸生活著，只是父母沒有正式的婚姻關係，而沒有正式的身分。訃聞上的未亡人寫的是媽媽的名字，而媽媽也只是充當紙上的未亡人，她沒有出席，坐在那裡的「太太」權充現場未亡人，在公祭的場合，爸爸那些生意上往來的朋友客戶所認識的未亡人也就是這位太太，這是媽媽不願出現的原因嗎？雖然昨晚媽媽說生的時候都沒住一起了，死了又何必湊在一起，但她的心裡底層說不定有難以平撫的痛處。爸爸沒有遺囑，在那死後三天的日子裡，是否這位太太和兒女們做了財務上的安排他們無從得知，但當對方得知媽媽並沒有開口問財務，對方都從防衛的姿勢變成安靜的模樣，哥哥的那一拳打過去是發洩了對隱瞞父亡的不滿和維護了為人子的尊嚴，對方沒有再挑釁，也是為了不要節外生枝，那年輕兒子可能受了母親一頓教訓，站在那邊一副孫兒子模樣，沒吭一聲，既不看母親也不看看誰。哥哥應該友愛他的，他們兩個才是真正流著爸爸的血。

他們這邊按著禮儀師的指示做著祭拜儀式，他披上黑長袍，做為長子的哥哥是祭拜的領頭人，獻花奉果都由他代表，回台後就沒刮過鬍子的哥哥嘴上嘴下長著短短鬍渣，神情肅穆，他早上忘了守喪習俗，梳洗時照著平時的習慣就把鬍子刮了，一定是心裡想著怎麼聯絡上祥浩，他真是個不肖子，真正的不肖子，從來沒有孝順過，爸爸在他們懂事後也沒給他們太多機會。公祭接著進行，祭拜的單位都是他們不熟知的，有公司老闆主管，也有樸實樣的工人，何等三教九流，爸爸的下半生對他們來說，彷如一片霧白的風景。那坐在第一排的太太有神氣模樣，主祭者跟從沒見過面的死者長子點頭致意後都去低頭安慰太太。他不知道爸爸的那些朋友其間是否也有耳語有個真正髮妻的存在。

真是儀式冗長的一天，他們說很幸運可以排到同一天火化，兄弟姐妹在火化的空檔離開吃飯，和那邊的太太、家人沒有說話，再聚在一起收骨灰時，兩家人都換了衣服，不再是沉重的黑色，那樣的黑色從人過世到現在像霉一樣在身上長著。他沒有換，他不在意這些。送爸爸入塔的山上據說涼意較深，他回旅館加了件灰色外套。

往山上的路稍長，他與哥哥同車，那邊的人避開搭另一部車，骨灰罈由長子捧著，進了車子，哥哥讓爸爸獨自坐了一個坐位，手扶著罈端，爸爸就由兄弟兩人左右護送，到這一刻，他才感受到兩人遠道回來完成了一件重要的任務。

這是二〇〇八年三月的週末，車子往金山的方向開，他們看到總統選舉的造勢活動聲勢壯大的聚集人氣，由不同路線往仁愛路匯集，車子得繞路避開人群。群眾的聲音仍一波波灌進車窗，哥哥望著越趨遠去的人群，說：「我們送親人的傷感心情碰上成群的激情民眾，吶喊的聲音這麼大，這感覺好奇怪。」

「爸爸也算是個安靜的人，應該讓他最後這程也安靜，選錯日子了吧！」他說。

「根據八字就看上這天，也是他的命吧，最後熱鬧一下。你看，多少人來送他！」

「跟他又何干？生平不碰政治，很早就離開軍中，開放探親得知那邊爹娘沒了，也從沒回去，沒有講過一句政府不是，他只在他可使力的範圍做點生意。這樣安分的人，安葬這天不該碰上這種事的。前面有支隊伍會合上，我們得停下來等人群過去。」

哥哥撫摸罈身：「他應該也會安分耐心的等待他們過去。也許他也有興趣在這最後一天想想若還可以，要投給誰。」哥哥笑了起來，「是我們久沒回來的人碰上這幕感到很新鮮吧。」

車子遠離人群，順暢往金山，假日的高速公路，車流不算擁擠。

「你為什麼不說話？」哥哥問。

在汐止那一帶，窗外有山巒。山勢往北綿延。

安靜才適合陪伴骨灰罈的氣氛，不是嗎？他心裡這樣想，說出口的卻是：「我在想那些為了選總統而激情的人群，一定是為了某些政治理想而願意走出家門，放棄假日投身街頭。為了總統人選如此激情，走出台灣，在國際上這又不算是個國家，正式組織都不能以國家名義參加，我在外館工作，在國內叫駐外外交人員，在當地國，除了少數需要經濟協助的邦交國，我們的外館卻只是個辦事處，沒有被當正式的外交使節館，沒有與其他國家外交人員相同的禮遇，這樣的處境很模糊，很艱難，但沒有誰能改變，這樣的國家身分不明……」他心裡想的是，沒有身分，在正式場合沒有被認同的身分，他不在外館工作，也是一種解脫，不能個人和工作都是一種模糊的狀態。但他接著說：「我們是住在外頭的人了，在這裡又不適合大放厥辭！」

往山上，陰雲罩頂，哥哥的手始終沒有離開骨灰罈，現在換成哥哥沉默，山坡彎彎曲曲，他也伸手護著罈子，冷涼的石材，彩紋溫潤。快抵達時，哥哥最終說：「他們這代人一個一個走了，時代會翻轉，我們遠離家鄉，已經翻轉了自己的時代，這個地方再好再壞，我們或許沒有在地人感受深刻，但總有一份感情，希望它是好的，住在這裡的家人也平安。不是嗎？」

25 在北極星下

餐廳開張，是花團錦簇的季節，德州州花藍色矢車菊從大地拂起第一股暖春的氣息以來，遍野迎春，到初夏與雛菊銜接，把公路兩旁的荒地點綴得像地上銀河，繁星燦爛。這些繁星宛如都在慶賀他的餐廳在第一天就高朋滿座，顧客好奇的驚詫眼光撫遍餐廳內外角落。

開幕之前他在當地社區報做足廣告，商請旅遊雜誌報導，將他看家的為外館處理新聞稿的本領運用在自家的餐廳宣傳，開幕當天就有不少預定的客人撐起場面，那遊河人散步而來，看見門面與窗戶的中式線條裝飾，入室嘗鮮，便把個大廳擠得滿堂風采。

門口的盆栽、牆邊的椰子樹都見證了客人的笑容，他們帶著飽足的神態走出餐廳，還不忘回頭看廊上宮燈一眼，宮燈也彷彿回報熱情，在風中媚生姿態。

他的雙腿宛如剛從烤箱抽出來，又脹又痛，他整日沒太多機會坐下來，忙著招呼客人、迎接客人、穿走廚房與餐桌間，注意服務生的服務效率，忙不過來時，自己也充當服務生。廚房兩個廚師加一名助理、一名清理餐盤的婦女，出菜速度趕不上在短暫時間突然湧現的人潮，他請服務生送水送開胃菜，客人閒坐聊天，一派優閒，慢到的客人等在門邊，焦急難耐飢腸轆轆的，轉身離去。廚房的部分食材逐漸見底，光明向服務生嚷著，某某菜停單，他便記下什麼菜色點單率高，什麼食材消耗得快，做為將來進貨的參考。

為了方便遊客和經濟效益，餐廳下午不休息，從早上十一點開張到晚上九點打烊，下午只提供簡單的客飯，以便兩個廚師和工作人員輪流休息。開幕這天是週六，下午的來客量較分散，他才有空稍坐一下，到了晚上又是頻頻走動，客人各式各樣的衣服和顏色，勾得眼花撩亂，精神耗弱。哥哥發揮在地多年的力量，請學校老師和學琴學生的家長捧場，客人比他預期多，卻也體會到疲勞如何穿肌蝕骨，讓人挺不直腰，彷彿瞬間縮水，變成一株委靡的即將枯竭的植物。

對餐廳的所有工作人員來說，這不是第一仗，他們都在之前工作的餐廳受過磨練，但對他來說，卻是第一遭享受了連續的體力疲勞和精神耗損，稱享受，是因為在體力精力的折損中，有一盞細細的、悠悠的燈旺盛起來，在心中明亮的燃起一串豔紅，再怎麼樣，做生意有人氣，才能滾進財源，他的背後債台高築，這把火源持續旺盛，才能殲滅債台。

哥哥和倩儀短暫來看過營運狀況，人潮少時已各自回家，哥哥有家人小孩，倩儀也要照顧諭方。他留在餐廳與服務人員一起招呼客人，到曲終人散，大廳的燈關熄，廚房還剩最後洗刷的工作。所有工作人員聚在一桌用餐，只有那桌上頭的燈亮著，空間便顯得冷清。有一種寂靜，在那熄了燈的空間伏著。他想著，從今天開始，他的生活形態完全改變，空間飽滿的各式食物味道試煉他的嗅覺敏感度，不斷探看食材的鮮度就是他心中常持的量尺，還要能夠對食材的取得像如獲至寶般保持興奮之情，他的中餐晚餐得投注在這裡，在熄燈打烊後才與工作人員共食。他能接受這種形態多久？對一個熱情創業的人，他的思考似乎太過理性，也太過感性！如果以賺錢為目的，只要收入大於支出，且遠遠的超過，那些惱人的顧慮都應不算什麼的，但他卻想著這些經營餐廳者必然要適應的生活，而且擔憂起這種生活將成為一個框架，將他牢牢拴住。

所有聲息都停止，他送走工作人員，櫃檯頂端留一盞熒亮的投射燈，光明最後巡視了廚房一遍，也來到門口跟他道別。他跟光明說：「今天把你累著了！」

光明背了一只小背包，將背包甩往背後，一隻手插入口袋，說：「廚師樂於做菜，這就是廚房生活。安啦，明天見。」

光明將往停車場開他的本田喜美，回他的小公寓洗滌一天的疲倦，投入軟床，蓄養明天的精力。

廚房裡的助手是個墨西哥人，來依親，有綠卡，一直在不同的餐廳打轉，這回來到了他的餐廳，光明訓練他成為一個可以做炸春捲的人。「這只要兩天的功夫。」光明說，然後光明跟那位年輕的墨西哥助手荷西說：「想像你們的玉米捲餅變小了變薄了，加些老中愛吃的東西，捲起來，包緊，放到油裡。我們的春捲是包好後炸，你們的炸捲餅是皮炸好後包東西，就這麼簡單。」其實沒那麼簡單，但開幕前的訓練，讓荷西在開幕這天，分毫不差的在油鍋裡撈起色澤均勻的春捲。

這位盡職的廚師走出大門，餐廳才真正的打烊。

他隨後走出大門，站在玫瑰開得燦爛的盆景間望向河道，河上泛著岸邊燈柱投射的光暈，商家熄燈了，飯店的門廊還燈火流燦。他走到椰子樹下的草皮，蹲坐下來，靠著屋牆，凝視河上光暈，他揉著小腿，要把腿上的痠楚緊繃揉散。清風舒爽，拂過河上的安靜，夜顯得更靜。他躺下來，柔軟的草皮托著過於僵硬的背，那草顯得更柔軟了。泥土的濕潤會給他新的能量，人本是天地生養，躺在地上，望著天空，最原始的人類即是以泥土為家，以日月星辰辨認方向判別時間。他從椰子樹修長的葉端注視夜空，繁星點點，一線細細的弦月浮著。店家熄燈後的夜，星星更耀眼，他往北方找到排列成杓狀的北斗七星，以天璇、天樞星為引，找到亮度並不特別強的北極星，星星會隨季節稍微改變位置，那一向做為方向指引的北極星直指北極，位置與地球軸心的偏差小，穩定的居於北極之上，一條線畫過去，星位與軸心亦步亦趨，始終相隨，不離不棄。它是方向的指引、愛情的象徵。越是盯著星星看，越感到那星閃爍不止，繁星都閃爍，穩定的北極星宛若觀看眾星，君臨天下，意志堅實。啊，北極星啊，你可知道我的心事，如果我也有你堅實的意志，我應能主宰自己的命運，但我在很久以前遺棄過自己，現在撿起來的這個，在這夜裡看著你時，嚮往著你不急不躁的光芒，我也該如你有一個穩定的步伐，重新建立自己的天空。晉思感到背部微涼，應該起身向家的燈火駛去，但仍躺在那兒，跟星子說著深藏內心的話。

26 游泳池畔

「你在這紙上寫下：我穿了一件白襯衫。」他照寫。

胖胖的中年女考官看著他把字寫完，無可挑剔，每個字都拼對，文法也正確。考官說：「接著寫：我正打算去超級市場。」

他也照寫無誤。考官在兩個句子上頭打了勾，填好一張表，交給他，要他到下一站。

下一站，就是核發通過公民考試證明，和一張在下個月的某日到市政廳參加公民宣誓的通知。

走出考試的聯邦大樓辦公室，空氣輕盈得像考題那麼令人愉快，原來學英文的第一年就已經做好美國公民考試的準備了，如果只是要成為美國公民，通過口試，學一年的英文就綽綽有餘了，但其實不然，要碰到一個可以結婚的公民，或工作得夠久。他靠著倩儀的公民身分拿到綠卡，礙於公職身分沒有申請成為公民，如今脫離公職，自由了三年多，他沒有理由不來申請公民考試，成為公民才能拿著美國護照和倩儀帶著諭方自由進出各國旅遊，更重要的原因，諭方上小學了，他需要站在諭方這邊和他成為同一國的人，免除他在學校裡對身分的多餘解釋。還可以有權利對地方選舉和總統選舉投票，參與決定所居之地的命運。

考題的型態看來只是要確保公民可以說幾句日常語言，寫幾個字，至少看得懂文件，會簽名。這些他都符合，歷經多年學習，飄洋過海，又經歷多年婚姻，最後成為公民的要求就是他寫得出當天身上穿的這件白襯衫的單字拼法和完整的句子。他感覺聽到罐頭開到底，咔了一聲，就完成開罐的程序，可以倒出裡頭的東西了。這樣而已嗎？他發動車子引擎時，想感受此時不同於方才來時的心情，但車子發出的聲音如平時一樣平凡無奇。

到餐廳時給倩儀打了電話，說：「已經通過了，兩個很簡單的問題。就這樣。」

「這是個崇尚自由的移民國家，注重平權，不會刁難的，這可以預期。天啊，我都忘了我當初是怎麼通過考試，考官考了什麼。總之，恭喜你，現在我們真的是同一國的人了。」

「我們可以一起用餐嗎？不在這裡，去哪裡都行。」

「哦，我辦公室走不開，中午有客戶會來一起午餐。」

「好吧，晚上下班後，可以帶諭方過來這裡。」

「我們這個週末給你慶祝好嗎？晚上的話，來回一趟，回家晚了，諭方就不能早早睡覺，第二天很難叫醒。」

三年多以來，這樣的情況正常如太陽東昇西落。他和家人早餐時間短暫交談，然後諭方上幼兒園，倩儀去上班，他接著去餐廳展開一天的生活，每天都在度假區做營生，有時遇到有趣的客人，聊聊天，一天結束在檢查杯盤是否都清洗妥當，以應付隔天的使用。生活穿上了制服，還不怎麼難看的制服，算得上五顏六色，拼貼風，客人從各州來，也有遠自國外，食物多樣多口味，廚房的冰箱有四座，外加一個大冷凍庫，剩菜殘餚都打碎給垃圾車載走。各種聲音形色填充他的一天。常常，客人稀少時，他走出餐廳，在河邊走上一段路，到附近的墨西哥餐廳和老闆打招呼寒暄兩句。在觀光區做生意不賴，天天跟客人一起度假，還從他們身上獲取財富。

第三年他已經如期償清積欠岳父母的債務，怕老人家擔心養老本有去無回，他固定的把盈餘的大部分分期償還給岳父母，給陳茂該有的投資利潤，而餐廳的房貸仍繼續著。償還岳父母債務後餘下的收入，可以讓他們有能力再負擔一個房子。他催促倩儀去看房子。倩儀說好，但仍無動作，她時常出差，一天或兩天，甚至三天，從一個城市飛到另一個城市，出差的時候都是嫂嫂代勞照顧諭方。

幾次他問過倩儀：「妳可以辭掉工作，如果妳有興趣，也可以來餐廳工作。」

倩儀說：「我很習慣我的工作，我的專長帶給我愉快，我何必轉換，而且兩人分散工作，也是分散風險。」

她的意思似乎是，如果餐廳垮了，不至於兩個人都失業。

但以目前的營業狀況，他們是餐廳房產的擁有者，沒有租期壓力，收入可以應付各項支出和貸款，倩儀要辭去工作照顧家裡是完全可以做到的事，但倩儀不想做家庭主婦，她要有自己的事業。他支持她。倩儀每天打扮光鮮，做事俐落，也承擔大部分家務，他欣賞她從職場得到的自信。

但相對的，他們沒有太多時間相處。深夜他回家後，倩儀和諭方都熟睡了。他輕輕躺入倩儀旁邊，深怕粗魯的動作打斷她的睡眠，影響她第二天無法早起準備上班。有時他很想把她翻醒，將手伸進她柔軟的腰身，將她攬向自己，但看她熟睡的模樣，被緣遮去她的下巴，好像沉到甜美的夢境，他便背向著她，壓抑內在蠢動的獸，想著一日的疲倦，便也能沉沉睡去。

若是週末，他不再擔心打擾倩儀睡眠，他會把手伸向她，試圖褪去她的衣服，倩儀有時扭開身子撥開他的手，有時隨他擺布，黑暗中，他感覺她眉頭深皺，討好他的一隻手碰觸他的手臂，一隻手遮住自己眼睛，好像要擋掉黑暗中仍隱隱存在的視覺。那是他們肉體最享受的時刻，兩個體溫互相靠近，呼吸急促，那種急促感激發他得善盡一名丈夫的義務，給予妻子肉體的安慰。倩儀卻總是靜默，在他的撫觸下，靜默得像頭溫馴的羊。靜默的時刻，也是激情的時刻。但卻那麼疲倦，像失去了點什麼，永遠失去了點什麼，希望下次補償回來。

倩儀已經表明晚上不會過來，通過公民考試的這天一如每一天，中午到晚上會陸陸續續有人走進來用餐。但他不想讓這天像平日那般平凡無奇。他在美國前後待了九年多快十年，他將開始擁有投票權，如果他努力，也可以去競選民意代表，當然，他沒有這個企圖，但他總可以在海關處直接走美國公民的通關口，直接告訴海關人員，我只是旅行回來了，就輕易過關。他總該做點什麼不一樣的事，慶祝這一天。

他交代餐廳的領班，從下午到晚上他不在餐廳，請他代理所有招呼的事務，打烊後，所有收據收在抽屜裡。領班阿華是被一家通訊公司裁員後，急著找到新工作，便暫時來餐廳工作，卻做出興趣來，一向殷實勤奮，沒說要離職換工作，他也就讓他成為一名正式員工，管理服務品質。

下午他離開餐廳，將車開往北邊的假日旅館，車子停在旅館的停車場，然後穿過室外游泳池的花園小徑，往馬路上的理髮店走。夏日的游泳池有戲水的住客，和家人一起度假的孩子們在水裡玩皮球，濺起的水花把池畔的走道噴得濕漉漉，但很快會被陽光吸乾，那些蓋著毛巾躺在躺椅上休息的游客有的閱讀雜誌，有的戴著太陽眼鏡，任太陽曬著。游泳池上端是有遮陽罩覆蓋的，從旅館的側面延伸出來，罩住整個室外泳池的區域，以防太強的陽光直曬皮膚，也防止枯葉隨風落入泳池。

他穿過小徑，孩子的戲水聲逐漸消逝，經過一家餐廳的花園，拐個彎轉到馬路，再經幾家店就到了理髮店。白人小姐在裡面，一個顧客剛走。他進去坐入另一張椅子，鏡子裡，他的頭髮長到蓋過耳朵了。白人小姐看著鏡中的他，說：「先生，你來過。」

「是的，妳好眼力。怎麼稱呼妳？」

「你沒看到門口的招牌嗎？那是我的名字。」

他從鏡中看到門口上端的牌子寫的是「Grace Cut」。

葛芮絲小姐替他繫上圍巾，拿起梳子和剪刀，先梳順他的頭髮，說：「你很守信用，又回來了，上回你來，頭髮很長，我印象深刻，現在你的頭髮也很長。你是等頭髮長很長才來找我嗎？」她看看他的頸子，梳子壓了後頸兩下，好像在量後頸長度，她問：「你想剪到哪裡？」

「葛芮絲，妳要很用心去記得每個客人嗎？我上回來是三年多前，也許快四年了。」

「不是每個，但有些人會印象深刻，我的東方客人不多，你好幾年才來旅遊一次嗎？」

「怎麼認為我是來旅遊？」

「要剪到哪裡？耳朵露出來嗎？」

「就露出耳朵，剪短就是，要看起來帥。」

他們都同時笑出來。葛芮絲往頭髮噴水，拿起剪刀毫不猶豫的從後面的頭髮開始剪，同時說：「我的客人都常來，陌生的客人則是那些住假日旅館，臨時覺得該剪個髮就往這裡來。你三四年來一次，應該就是住在那旅館裡。」

「上回是，現在不是。」

鏡中反射的葛芮絲把頭髮染成金色，髮根露出短短的褐色，直髮垂到下頦，眼睫毛也塗上金色睫毛膏，她應該年近中年，但看起來很年輕。

「怎麼說？」

「我從上回來過後，就搬到這城市。對不起，平時沒來妳這裡剪髮，因我家離這裡有點距離。今天我通過美國公民考試，我想我換了公民身分，該讓自己神清氣爽，首先得把頭髮理一理。我想起妳，很自然的想起，那回我來剪過頭髮，人生就改變了。真是恩典啊！」

葛芮絲金色睫毛下的藍眼睛瞪得好大，嘴巴也撮成一個大圓形，驚呼：「哇，恭喜啊，你會在這裡住得更舒服。」

葛芮絲仔細的將他的髮梢修得整齊服貼，讓他和方才進來時彷如兩個不同的人，前一個是不修邊幅的送貨員，現在這個像是要去做一筆鉅額生意的業務代表，門面一絲不苟。

臨走前，葛芮絲又說：「再來啊，既然你是住民了。」

「當然。」他說。

他換了頭臉，清爽走出葛芮絲理髮店，約莫四點，他這時回家做晚飯，會給倩儀和諭方極大的驚喜。他覺悟人生需要適時的休息，不能毫無止境的打仗，到最後即便自己還在戰場，有可能會失去戰友。長期以來，他缺席與家人的晚餐，沒有正常的家庭生活，對家人而言，是遺憾吧。在餐廳維持穩定的狀況下，他應調整生活到可以與家人多相處，不要在諭方成長的記憶裡淡化。這個心願適合在今日開始，做為成為公民後的新生活起點。

走出理髮店，他到附近的酒店選了一瓶上好的法國葡萄酒，他將為他們做牛排，回家將冷凍庫裡的菲力牛排塊解凍，來得及在他們回家後上鍋，他會先打開葡萄酒瓶蓋，牛排煎好時，酒會醒到最好的口感。他將用美酒感謝倩儀一路以來，默默的安排諭方的晚餐，照顧他的生活，以及最重要的，因為她，他才能擁有成為公民的資格。

拎著裝葡萄酒的長紙袋，他走回餐廳花園，這花園裡有各式各樣在四季裡分別開花的植物，這季夏天，扶桑盛開，大朵的紅花吐出黃色花蕊迎向行人走道，葉片也大剌剌的向空間延伸，紅花綠葉帶來夏天的盛情，讓行經的人也感染了某種熱情，那種熱情彷彿是提醒，人生應盡情的利用時間和享受美好生活。

餐廳花園與假日旅館交界的地方，有一排紫藤花樹，樹上還有零星的花串，游泳池已沒有孩童的嬉玩聲，但仍可聽到游泳者滑水濺起的水聲，游池出水孔的馬達聲也細細的夾在微風裡，他不經意看到泳池畔有位女士站得直挺挺，姿態美麗，調整泳鏡確定套牢了後，就跳入泳池，向池中游去，那不是倩儀嗎？她穿的紅色條紋連身泳裝是某年夏天他們一起在百貨公司泳裝專櫃挑選的，熱愛游泳的倩儀怎會在這時來到假日旅館？她游向中央水道的一名男士身旁，兩人以蝶式前進。晉思站住腳，隱藏在花架的木柱後端，樹葉隱隱約約掩藏著他。倩儀趴在那男人的背上，像兩隻狗溺在水裡，泅游向岸，回轉時，她緊跟他身邊，白皮膚的男人回過頭來等她，一手放在她的腰上，兩人只踢水前進。他們換了一個姿勢，仰泳，兩人手搭著手，向泳池的另一端退過去。他意識到手上拎著的袋子變得很沉重，他往回走，穿過扶桑花叢，繞過餐廳的前門往馬路走。到旅館停車場，他將酒小心翼翼放入副駕駛座，往家的方向駛過去。

公寓裡的書架都塞滿了書，他抽出一本，隨便什麼都好，坐到靠窗的餐桌，翻開書，仍強烈的陽光投照在那文字上，文字竟是一片模糊。他試著努力對焦，在白熾的光線下看懂了是本圖文並茂的旅遊書，但書上的地點他們都沒去過，那為什麼買呢？一定是想去沒去成。三年多以來，他只知道努力經營餐廳，每天在工作人員離去，櫃檯只留一盞燈的光暈下核算當日收據，登記了收入金額才真正熄燈回家。這是他所關心的，而忘了書架上曾買來這本旅遊書，存在著旅遊的夢想。

他打開紅酒，去冷凍庫拿出牛肉塊，以微波爐低溫解凍。拉出蔬果冷藏室，拿出洋蔥、蘑菇，及青花菜，蒔蘿、番茄、紅蘿蔔、番茄罐頭、芹菜、義大利麵條、胡椒、羅勒香料、牛碎肉，統統搬出來。他得透過廚師的廚藝展現他的誠意。他也需要一個答案，在走出理髮店後，人生是更好還是更壞。

六點多，樓梯傳來腳步聲響，門把扭動。

進門的倩儀和諭方都對他在家，且餐桌上已擺了幾道菜感到驚訝，諭方跳過來躍到他身上，雙手環著他的脖子，興奮的叫著：「爹地，你怎麼在家？」這小子很重了，再長一些他就抱不動他了。倩儀愣住了，將手上的提袋放回房裡，走出來才說：「回來啦，怎麼回事？」

「我想我不能老是沒空，今天就放自己半天假，我們也不必出去慶祝，就在家裡，安靜的用餐，這氣氛會比餐廳好。」

「偏勞你做菜了。」

「這變成我的專長了，但是是西式的。我餐廳不賣這些。」

「大廚師什麼都會呀，難不倒的。」

「都是從光明那裡學來的，餐廳多虧有光明。」

「是啊，要感謝的人很多。」倩儀低著頭說，一一的看著桌上的菜。

「去洗個手，我一面煎牛排，你們回到桌上就可以動手了。」

他一面煎著牛排，一面將燜在滾水裡的義大利麵分裝到盤子裡，再淋上番茄肉醬，撒上起司屑和巴西里屑末，擺放在餐桌上各人的位置前。倩儀和諭方入座，義大利麵還冒著煙，他就端出第一盤煎了五分熟的牛排。

他為倩儀和自己斟了酒，倩儀的氣色極好，倩儀拿起酒杯，先在杯口聞了聞酒味，然後他們空著肚子先敬了一杯，倩儀恭喜他取得了公民資格，並說：「這餐應該我做給你吃的，如果你先說晚上會在家的話。」

「妳會有空提早回家做飯嗎？」他盯著她喝了酒後，紅潤的雙頰。

「可以安排。」

「妳下午都忙著，在辦公室，也許妳走不開，所以我回來做，就讓妳放心在辦公室把工作做完。」

「謝謝，你真周到。」

他們用餐，他臉上的線條可能太過僵硬，咀嚼食物時感到困難，那牛排其實煎得極香，含在嘴裡卻堅硬無比，他的味覺遲鈍了，但嗅覺仍靈敏。諭方吃得津津有味，很快吃掉半盤義大利麵和兩小塊牛排。他又為倩儀斟酒，問：「對吧？妳下午走不開，都在辦公室忙著。」

倩儀喝了一口酒，放下酒杯，同時說著：「是啊，總是有做不完的事情。」

他一口喝下整杯酒，眼睛看著紅色的酒液從裝了半杯的量逐漸消失，終至只剩下杯緣淺淺滑動的液體，幾乎透明無色。然後從那透明潤滑的杯身，他看見崩解的倩儀，那往日初識時，剛跳過舞，坐在樹下清新可人的倩儀四分五裂難以辨認。

倩儀也許沒有崩解，好端端的坐在那裡，從過去到現在都是一個獨立有主見的女性，而崩解的是他。他感到內在灼燒，眼前一片空白，自己好像分裂為碎片，飄浮了起來。

27 與你擁有相同玉石印章的人

週一早上，他打電話到胡湘工作的雜誌社，說要找主編。電話接到主編那裡，胡湘的聲音聽起來遙遠又熟悉，雖聲音變沉了，但每句的尾音音調是胡湘特有的沒錯。

他問她：「妳是胡主編？」

「是的，沒錯，是哪位？」

「一個認識的人。」

「是哪個認識的人，抱歉我沒聽出來，有什麼事指教嗎？」胡湘尾音收得很輕，聽起來很悅耳，很遺憾她沒聽出他的聲音。

「要不要猜猜看，我們很久沒見了。真的很久了。」

那邊靜默了一下。然後用很驚訝的聲音說：「不會吧？老同學，你是晉思嗎？」

他應該感動涕零吧，他證明自己在這城市裡並非陌生人。

「謝天謝地，妳還猜得出來。有空嗎？我想看看妳。」

「你怎麼找到我的？天啊，中午出來吃飯吧，我今天剛好沒帶便當。」

「我來找妳，幾點？」

他們約好十二點，胡湘給了他一個附近餐廳的地址。

雖是週一上班日，街上仍有許多人使城市看起來十分熱鬧，菜市場的入口有主婦推著菜籃車買菜，入口的水果攤老闆正在給水果噴水，賣嬰兒服的拿出三件連身裝任婆婆媽媽挑選，便利商店也隨時有人走入，有人帶了點小東西走出來，銀行的坐位坐滿等待的顧客，公車上男女老少都有，穿制服的學生集體擠在捷運車廂，似乎要去哪裡做一趟參觀之旅，而路上的商家不乏走入的顧客，街角的咖啡店滿滿坐著洽公或私聚的人們。每個人的一天內容不同，有的需要上班有的不需要，有的退休了，有的溜班出來辦事，有的請假和朋友聚會逛街，有的生病，住在醫院裡等待可以痊癒出院像一般人那樣健步如飛的過馬路。有的也像他這樣，從國外回來，沒有什麼事要做，四周閒逛，讓眼睛像攝影機留下這城市的印象，或有目的的出門辦事，以了卻回國的目的。他是兩者，既有目的也有閒散。參加喪禮的目的已了，現在想找到祥浩是一個不預期的目的，要不是在機場遇見她，或者根本沒遇見，只是一個幻影，但他心中燃起的烈火是不會熄滅的。祥浩替他連結了往日，在那年輕時候，未出國前的友人如今都已中年歲月，可都安好？

這是家簡單的中式餐廳，但菜色多樣，他早到，等胡湘來。他喝著服務生送來的茶，注意著門口進入的人，想著胡湘過去的樣子，現在不知會不會差很遠。他不否認在這個年紀總想著學生時代的女同學可能婚後生了孩子後，會突然變形甚至發福到判若兩人的模樣。胡湘個子不高，可能是這個族群嗎？現在門口進來的這個女士，手上抱著幾本雜誌，看來他太過憂慮了，他一下子就認出她，雖然她的身材略顯豐滿，但臉蛋可愛的模樣和眼神流露的機靈是一樣的。他站起來揮手，胡湘走向他。兩人一見就伸手擁抱。

她說：「好不容易，我們有機會再見面。」

「是啊，都幾年了。妳一樣美麗。」

「你在日行一善啊！很假吔，少來了，我不太在乎美不美麗了。」

他們坐下來，他問：「那在乎什麼呢？」

「你很討厭吔，我工作忙都忙不完，還管美不美？」

「現代的女性越忙越美麗！」

「好吧，如果你要這麼堅持，我也樂意接受。你也沒什麼變……，呃，我檢查一下，有幾根白頭髮了，額頭高了一些，肉長了一些，但還好，中年不能太瘦，還是英俊瀟灑，還有成熟的穩重，很迷人啊！誰把你養得這麼好？日子應該過得不錯，說說看，都在做什麼？怎麼相隔這麼多年才聯繫？」

「有找過我嗎？」晉思很好奇為何胡湘認為他應該聯繫她。

胡湘跟服務生點了兩客套餐，遞過來她一直抱著的雜誌，那是專門介紹流行時尚的雜誌。她說：「怎麼沒有，五年前社團老大突然找了我，問可否找一些社員聚聚，看大家都在做什麼。那時候怎麼找你都找不到。你真是的，一畢業就失去蹤影。」

「沒畢業就失去了吧？」他哈哈笑，但腦子浮現祥浩的身影，他等胡湘把話說下去。

胡湘卻翻開雜誌，翻到目錄頁和主編手記那頁，告訴他她在雜誌工作十多年，專門報導如何打扮如何吃如何花錢，也有請人寫寫感性的文章，每一期她的主編手記都很感性的鼓勵讀者再忙也要學會過好生活，但實際上她常常工作到沒時間逛街玩樂，也不太買貴的精品，放假還要料理一家四口人的飲食，不料理就出去外食，大多時間都想好好睡一覺。她哈哈大笑，好像十幾年來都做著欺騙讀者的傷天害理的事，但又頂多讓讀者的荷包失血而已。

「聽來不壞，紙上享受一場也是享受。」

「那叫空歡喜吧？但說真的，想打扮想玩的時候也不手軟。」

「現實跟紙上的都有了，很完美。」

「少流裡流氣，說說你都在幹嘛？」

他們叫的食物一道一道送上來，小盤小碟裝著小分量，桌子一下子就擺滿盤盤碟碟。晉思說：「先說說五年前的社團聚會吧，來了哪些人？」

胡湘一一念出名字，沒有祥浩。他問：「為何有些人沒來？」

「跟你一樣，找不到，沒消息。」

「沒有任何人是通知到了，卻沒空來的嗎？」

「沒有。你想知道誰的訊息？」胡湘畢竟機靈，察覺他的用意。

「我的組員祥浩也沒找到嗎？跟我一樣鬧失蹤嗎？」

「所謂物以類聚，沒有消息。我們當然也沒有認真找。她後來都沒來社團，也沒跟我們聯繫，算是失聯的社員。你們一個樣？怎麼，想念故人？」

晉思說，因為很久沒見，就想見見老朋友，上網找了幾個人，有些在大陸有些在大企業，同社團的只找到她的訊息。然後他說起自己的經歷，如何考上公職，在美國派駐期間結婚，又脫離公職開了餐廳，十年來穩定的經營，但很少回國，與朋友沒有聯繫。

「難怪。是大老闆了，沒空聯繫老朋友囉！」

「我這不是找到妳了？要找是可以找到人的，妳說對不對？」

「人在就找得到，可以努力的，你不是找到我了？」

「我希望也可以找到祥浩和其他社員，但我停留的時間只剩三天，一切就隨緣，這次沒找到，將來也有機會。」他會繼續找祥浩，但不必要在胡湘面前表現得過於殷勤，他得像只是感嘆時光匆匆，而想見見老朋友而已。

「就是啊，你下次回來也要讓我知道。我現在就可以慢慢找回老朋友，保證你下次回來，想見的人都見得到。」

「真有自信，開支票是要兌現的。」

胡湘做了個鬼臉，那鬼臉示意支票不一定兌現，但豪氣豪願是有的。這種豪氣一般人在小時候就學會，常常出現在一年之始的計畫，年初立下的新年新志願，總走不到年中就夭折。他們相視而笑，知道志願與完成度的些微差距就是極大的差距。但胡湘不改樂觀和熱情，她說：「既然你將來還會回來，我也不必急著一天就找到人，不是嗎？倒是你停留這麼短，想去哪裡看看，我可以當司機。」

「真是夠意思，這麼忙還想當司機。」

「我喜歡跟帥哥出遊。」

這個下午，他當然沒讓胡湘成為他的司機。他送胡湘回辦公室後，他去國家圖書館。那裡收藏大部分研究論文，幸運的話，可以調閱到祥浩的論文。

過去稱為中央圖書館的地方改名為國家圖書館，陰刻館名的石塊橫立花台上，讀高中時，因地理之便，偶爾來找幾本書，上大學後，學校的圖書館就足以應付讀書需求，而那些外文教科書要嘛全新要嘛從學長姐傳下來，新的補充資料一個影本傳過一個影本，完全不必大老遠跑來圖書館。他不是窮追到底的學生，讀書是為了應付考試，考試範圍以外的書讀得很隨興，但他保持看雜誌的習慣，他的餐廳訂有多本雜誌，家居生活、運動、汽車、時尚、財經、政治、藝術等，等餐時，婦女會拿家庭生活或裝潢設計一類的雜誌，職業婦女或年輕小姐隨意翻翻時尚雜誌，男士們看運動和汽車雜誌，財經和政治則是那些用完餐還坐在桌前不急著走的有點年紀的先生女士閱讀。

過去得一張一張卡片翻閱查書單，現在電腦可以快速搜索關鍵字查到作者及書名，他在學術的搜尋區塊鍵入祥浩的關鍵字，螢幕跑出一些字串，是的，可以查到她的碩博士論文題目、畢業學校、指導教授。他去調閱她的博士論文。等待紙本論文的時間他也上網查詢報紙期刊，他鍵入乾爸的名字，但沒有結果，沒有任何一筆文字留下他的名字，但他為報社寫社論期間的舊報紙都庫存在密庫裡，想閱讀得到期刊室看縮本。乾爸畢生所寫的文章沒有留下一個姓氏，它的姓氏就是報紙的名字，所以乾爸是否違背良心供應這個姓氏需求的胃口，以換取生活所需？還是他在書寫的過程中轉變了信念，而促使他晚年長期滯留在他寫社論時極力批評的國家？或者，乾爸具有極高的敏感度，一下就看出時局的轉變，大江可變細川，細川亦能成大江，而廣開胸襟，願意去面對改變的事實。還有一個可能，他老了，並不在乎任何的信念，對不公不義、權力與腐朽麻木，而寧願身邊有一點溫暖，那個地方提供了他溫暖。多年來，乾爸並沒有表示要他去看他，乾爸與媽媽的聯繫也很疏遠，媽媽更不太主動聯繫他，是否老人家賭氣呢？乾爸也八十三歲了，他在等待做為親兒子的他主動去找他嗎？乾爸並不缺兒子呀！他似乎應從這泥淖裡拔出來，不要再陷到與乾爸關係的拉鋸裡，但這很難，他一輩子以為自己於親父親是可有可無的。

論文調出來了，他的心撲通撲通跳得很快，好像是祥浩出現眼前一樣，這出自於她的腦袋與文字的，代表了她讀書幾年間的心思所在。他撫著論文集，彷如祥浩就在身邊，他要透過實際的觀察觸摸才確認網路上查到的在學術界裡的祥浩便是這個寫論文的祥浩。論文寫的是美國黑人小說家童妮・摩里森（Toni Morrison）作品研究。他知道這小說家，在美國文學界受到敬重，一九九三年得到諾貝爾文學獎。祥浩為何研究她？他讀論文前頭的摘要，大意是說，對於美國早期黑人文學善於表現的暴力、貧窮、性、犯罪，大多流於粗俗，流傳於黑人社會，但從六〇年代開始創作的摩里森將黑人在美國百年來受到的歧視和底層生活的悲傷做深沉的描述，無論是藝術手法或表現黑人的意識都令人無法漠視黑人文學的發展，並立下了高度；就白人主導的文學主流來講，做為少數族群之一的非裔文學，在整個美國文學中將逐步顯現其重要性，因而以甫獲諾獎殊榮的摩里森為對象，深入探討其作品。

這是他不知道的祥浩，投注青春歲月在異國文學的研究，現在他在美國也是少數族裔之一，那麼祥浩當初投注關心的研究範圍，雖沒有亞裔，但同樣關注到了少數族裔的處境。

他到三樓登記使用可以上網的電腦，登出檢索系統，進入網路信箱。摸摸襯衫口袋，紙條在，它安靜的躺在口袋裡，等他掏出來。

紙條上寫著祥浩郵箱地址，他將它攤平在鍵盤上方，雖然打英文是他熟悉的，但他想以中文和她交談，他們共同擁有的相戀的語言是中文，在那語感裡有其他語言無可取代的意義。他費力的以注音法給她打了兩行字：

我希望能找到妳，是妳嗎？若是請回覆。

與你擁有相同玉石印章的人

他想，只有這樣，才能證明對方是不是他正在尋找的祥浩。

28 比筆記型電腦更實際

離開圖書館天色已暗，他沿著中山南路行走，轉到忠孝東路，再轉往八德路，印象中，以前曾去過的，八德路靠新生南路那一帶的光華陸橋下是電子商場，進到橋下的地下室，有二手書店，這座原本以舊書店和古董店為主的商場，逐漸被電子商店取代，二手書店仍保留一些，但大多數店家販賣電子產品，凡有電腦、音響等設備都可以在那裡找到零件，有興趣自己組裝的，甚至可以拼出一部為自己量身訂做的電腦，且價格實惠。出口處還有兜售各式盜版軟體的大補帖，人來人往，買賣氣氛很沸騰。

他不趕時間，走路可以幫助他延後睡意，還可以沿路觀看城市的變化，緩解他等待祥浩回信的焦慮。台大醫院前的人車仍多，到忠孝東路口這一段要經過立法院、監察院，右轉不遠即是喜來登飯店，它的斜對面是天津街上的新聞局，他曾投注三年的時間在那裡，圍牆高築，門面仍是戒備森嚴的樣子，衛兵站在門口，新聞局與行政院毗鄰，車道共通，嚴格管制進出，他很慶幸自己不必處身戒備森嚴的環境了，不必處理某些密件公文，他如今唯一的密件是自己的感情，只有他知道他的感情裡有多少坑疤。

這幾天，他看到路上有許多競選的旗幟，這條由中山南路通往忠孝東路又行往八德路的路上，旗海密集，漫步其間，驚覺競選旗幟宛如一塊塊的貼布，把城市貼得擁擠，破碎了城市，他不覺感到壓迫而腳步急促了起來。

很快走到八德路，接近新生高架橋，卻發現光華陸橋已拆除，他問商家，商家說兩年前就拆了，指著不遠處一棟幾已完成的大樓，說那棟數位大樓將取代原來的光華商場，以販賣電子產品為主。他遠望那棟大樓，沒有太大的感覺，任何大城市裡都有許許多多的大樓，但那表示一些舊的建築拆除了，那些曾經生活在舊建築間的人，人生的記憶靠這些舊建物聯繫，一旦失去聯繫，好像曾走過的年代離得特別遠，徒感時光匆促。光華商場沒了，這城市會繼續變動下去，而他熟知的東西會越來越少？新的事物缺乏相處的記憶，那麼，人生會越來越寂寞嗎？

不會的，他相信不會的，因為在他記憶深處，那些事物存在，它們在心中發酵成另一種甘醇的形象，將陪伴著他，豐富他。

在附近的八德路上，兩旁與巷子裡仍有許多賣電子與資訊產品的店家，走入巷子頗有柳暗花明的驚奇，有些店面很小，小到只有地下室一小條的空間，而裡面一個櫃檯就可以修理各廠牌的電腦，也有店面大到正常店面的三四倍大，好幾位服務人員隨時為顧客服務。他走入其中一家，要了部最新型易攜帶的筆記型電腦，灌入中文軟體，他將把這電腦帶回美國，隨時可以透過中文網路閱讀台灣的訊息。自從電腦成為日常用品以來，他只接觸餐廳櫃檯上的電腦，卻只是菜單與進貨系統的運用，他依賴的是報紙的訊息，在客人漸少的下午，他有空坐在窗邊看雜誌和報紙，回家後看看電視新聞，這些是他吸取外部訊息的方式，而有了這部電腦，他與台灣的連結會親密一些。但這只是藉口，其實他迫切的想回到旅館後就可以利用這部電腦檢查祥浩是否回信了，不必到旅館大廳邊的商務中心和其他人使用公用電腦，他可以在任何時間上網看信，這才是他的真正目的。

如今他像個莽夫，提著電腦，站在路口，急切的攔計程車，每看到一部計程車就攔，連續三部，裡頭都有乘客，司機疾馳而過，第四部靠近，他才發現車頂上的乘客燈是亮的，亮著才表示車裡沒載客，他竟忘了去注意車頂，他那急著揮手的姿態或許很好笑，但他顧不得這些，他鑽入車子，告訴司機旅館的方向，講了兩次才把旅館的名字說清楚。

一進入房間，他即刻打開電腦。從中文網站進入信箱，信箱沒有任何信，沒有，連一封廣告也沒有。下午到晚上這段時間祥浩在做什麼，沒有收信？或許很合理，這時候上班的人是不會有空去看私人的信件的。或許她在給學生上課，下課後在回家的路上，還沒機會碰觸電腦。回家後又要做飯，等到她真正有空在書桌前坐下來，已經大半夜了。那麼，他半夜裡可能收到她的回函。即使她不是他要找的祥浩，對方也會給他一封禮貌性的回函吧？

迷迷糊糊間，他聽到房裡的電話響起，原來他趴在電腦前睡著了，哥哥從大廳櫃檯打來，說家人都來了，等他下樓用餐。他恍然記起哥哥明天要先行回美國，因為學校還有課，無法請太長的假。他們約好全家到他住的旅館聚餐，既為哥哥送行，也掃除爸爸遠行以來的感傷。

他們直接到旅館的中餐廳會合。他匆忙洗把臉，讓冷水將昏脹的睡意深濃的腦袋沖醒，回來的第三天，他仍有時差的問題，是太久沒過東方時間了，再過兩天，他也要回美國。回台灣與回美國，到底哪裡是家？

有媽媽的地方是家？但他的妻兒在橫渡太平洋的那一邊，他自己建立的家才是家吧。這或許不需要答案，現代的空中交通發達，在飛機到得了的地方都是家吧？那些四處旅遊或做生意的人，一個旅館換過一個旅館，人生的終途也許在某個不熟悉的地點或旅館，又何必執著於哪裡是家呢？

他這樣想著，來到餐廳，媽媽、姐姐、妹妹、哥哥都已經坐在餐桌前等著他了，姐夫，姐姐的兩個孩子也在座。這個圓桌，是他的家，家在四海，也在角落，只要那裡有親情的感覺存在。

媽媽要他坐到身邊，媽媽拉著他的手，仔細看著他，說：「你似乎沒睡好，看起來很累，明天哥哥回美國，你就搬回來吧，睡家裡的床習慣些。」

哥哥笑說：「我都不習慣了，他怎麼會習慣？我們都多久沒回家了！」

媽媽說：「雖是這麼說，家畢竟是家，你們的房間一直是那樣，也沒動過。留著給你們隨時回來住。」

他一手拿著菜單，從紅色封套往上看到媽媽染紅的頭髮髮根泛著銀白。媽媽隆重的刷上睫毛膏，睫毛下那眼裡透出無限的慈愛看著她的兒女們。她眨眨眼睛看向他手上的菜單，說：「小思，我每次到餐廳，總想，我兒子是餐廳老闆。我以前也在餐廳服務，對餐廳再熟悉不過了，服務生遞菜單的速度和服務的品質我都很挑剔，反而對食物沒有感覺。但我現在不挑剔了，有你們陪著，我感到很滿足，我們家難得可以大家都在，今晚的食物一定特別好吃。」

他為大家點菜，妹妹這時卻說：「哥，我如果被炒魷魚了，可以去你餐廳工作嗎？」

「很辛苦的，妳不是這個料。」

「嚇唬你的，你是怕我去美國麻煩你照顧？我老實說也不想幹這行，我們小時候媽媽多辛苦，白天班晚上班輪著，有時還趕回來給我們做飯，我可不幹這種事。」

哥哥接口說：「妳不要還沒做就嫌東嫌西，不管做什麼事，總要努力付出點什麼，才會成功，最起碼生活要能過下去。媽媽可以那麼辛苦，才能帶大我們，我們應感謝媽媽。小思，叫瓶酒，我們要敬媽媽。」

媽媽笑得靜默，山上森林中的旅館被綠意包圍著，媽媽一生投注在那裡，他想起年少時，哥哥曾跟他說媽媽服務的旅館也提供性服務，媽媽對男女之事見怪不怪，他還因此特地獨自上山去探看那旅館的模樣，看著那卡西藝人走進旅館謀生，而後那技藝逐漸被卡拉ＯＫ取代，旅館的經營也更變本加厲的成為男歡女愛的場所。媽媽逐漸減少那裡的工作，他們的生活靠沒同住一起的爸爸接濟，爸爸在生活上雖沒與媽媽同心過，但至少仍是顧念孩子們的，他們也應敬爸爸一杯。

他叫了兩瓶紅酒，在姐姐姐夫都在的場合，他們應盡情的慶祝一家能夠同時聚在一起，而這慶祝的機會起因於爸爸的喪禮。菜來酒也來後，他們先舉杯敬媽媽，媽媽仍是那靜默的笑，妹妹在媽媽身邊撒嬌要媽媽說點話，媽媽的笑成為淚光，媽媽說：「兩個兒子遠在美國，媽媽常想念你們，但想到你們住得近，彼此可以照應，我也感到安慰，而且你們都各有成就，我很光榮，我不過是個一生在旅館餐廳工作的人。」媽媽看向他，那深刻的一眼好像幽潭，折射周遭各種光影，但潭深水靜。媽媽繼續說：「謝謝你們老是邀請媽媽去住，我一句英文都不會講，去那裡是拖累你們，我在台灣過得很好，現在腳的風濕痛嚴重，不能夠到處走了，但仍覺得每一天都是好日子。兩個女兒和這位好女婿陪著我，照顧我，我的人生到現在是很幸福的。兩位兒子也該敬姐妹們，代替你們陪伴了媽媽。」

全桌都舉杯喝酒，而後他說，也要敬敬遠行的爸爸，媽媽低頭斂眉，哥哥舉了酒杯後，聲音哽咽，說：「爸爸一直支持我學音樂，我卻沒能孝順一天。」一桌子的氣氛變得很傷感，在幸福的邊緣是一個破裂的故事。從小他們渴望同時擁有父母和諧的愛與照顧，因得不到而心中常感失落，等到長大了解父母以不同的方式在愛孩子時，失落感已脆化為易感的心靈，不堪再一次的失落。這個失落是永久的失去。

他們誰也沒有解勸誰，淚乾了又喝酒，話盡了又挑起話，笑聲一下又起。他心裡的失落也是無法彌補的吧，他一度排斥他們，在他知道他還有一個真正的爸爸時，他把自己孤立起來，視自己為宇宙的棄兒。現在走了一個爸爸，真正血緣相繫的那個爸爸，生活兀自精采，他朝一日，親爸爸若病在床上，他連走近床榻的資格都沒，這個失去在他出生的那刻就注定了。他的失落是否該兩倍於他們？而他又能對誰說？對昔日的戀人嗎？他想，如果有機會的話。那擺放在房間中的筆記型電腦或許已收到她的回信了，或許沒有，像他離開時那麼寂靜寥然。現在大家飲食，時喜時悲，此時此刻，比筆記型電腦更實際，它是具實的，透過語言和肢體動作馬上可感受到悲喜哀愁，它不必虛無縹緲的等待。

席間，媽媽又提希望他回家住，他答應了，哥哥離開，自然是他回家陪媽媽。和媽媽相處是實際的，等待電腦中的回信是縹緲的，但他仍要等待，只要拎著電腦相隨，有網可上，他就時時刻刻充滿希望。

但也可能時時刻刻失望。

家人離開後，他回房馬上檢查來信，希望縹緲一下子就實現了。沒有，沒有回信。直到陷入睡眠中，那收件匣仍是冷冷清清，宛如一個停滯的郵址。

29 他的下午被兩幅畫偷走

倩儀默默的收拾餐具，他坐到客廳，與諭方一起看電視。這是難得的他在家的夜晚，諭方靠到他身邊，半躺在他身上。那是個動物頻道，非洲豹正盯著走在前端的象群中的一頭小象，眼光深邃老成。他意識到諭方不應看太多電視，但如果他飯後看的是這一類關於大自然生態的節目，也無可挑剔，拍攝的人出生入死跟蹤動物，長期的拍攝才能捕攝到最精采的畫面，人的一生能去的地方、能做的事太有限，透過別人的眼光和冒險，為我們補進大自然的知識亦是一種學習。

「我們看完這單元就找點書看，好吧？」他問諭方。

諭方將臉靠在他胸膛，說好。

他不理會倩儀在廚房刷洗的聲音，越不理會越感到那聲音很大，他漸漸不知道電視畫面上的影像，腦袋陷入一片混亂的沉思。他不打算問倩儀下午在泳池是怎麼回事，如果他去房間掏出她飯前拎進去的那只袋子，就會掏出她的濕漉漉的泳衣，然後質問她，濕泳衣是怎麼回事？還會告訴她，桌上那瓶紅酒是他下午去假日旅館旁的酒店買的，那時就可以看看她以什麼神色和理由面對他。但他不是這樣的人，他需要尊嚴，倩儀得自己講，不是今天，那麼在某一天，她得為自己做的事說清楚。或者，不是尊嚴問題，而是他內在陰暗險惡的一面齜牙咧嘴的等著看倩儀怎麼一步步繼續過著兩面的生活，他不會輕易就撕去她的面具，他可以等到那面具自己毀壞，他也可以凌遲那面具終至變形。

諭方的驚叫將他拉回電視螢幕，非洲豹飛奔追上腳步落後的小象，一口咬向牠的咽喉，小象倒地，象群快步往前走，母象在小象不遠處徘徊，最終也轉身追上牠的象群。諭方問他：「母象怎麼不救救小象？」

「牠無能為力。牠不走的話，也會被豹吃掉。」

「豹可能吃不下了，一隻小象就太多了。」

「豹會咬傷母象，讓牠不能走，別的動物會來分享。」

「呃，可憐的小象。」

諭方一副倒地狀，他將諭方拉起，扛上肩膀，往諭方的房間，兩父子栽進床上打滾，他攤平後，諭方也兩手打開躺在他身邊。他平時沒怎麼陪伴諭方，他只有這個兒子，怎麼自己就忽略了該多花點時間建立親子感情？現在諭方剛要進小學，在學習的路上他需要多花時間陪伴，做一個稱職的父親，在這婚姻裡，或許最後只剩下他和諭方，他需要投注時間在諭方身上。在他成長過程的後半段，爸爸成為家裡的影子，總是隔很久才會出現，對爸爸的時常缺席，他感到孤單，但他有兄弟姐妹可以玩在一起，諭方沒有，因此他更不能成為諭方的缺席爸爸，那麼，如果媽媽缺席呢？但目前為止，花較多時間陪伴諭方的是倩儀。他思緒紛亂，矛盾不堪，躺在諭方的床上宛如困在愁城。他去拿來一本書，念給諭方聽，只有這樣才能強迫自己暫離愁城。諭方緊貼著他，聽他讀的故事，有時為那故事中有趣的話語呵呵笑了起來。而平常這時候，他站在櫃檯前正在清理一天的帳目，一天始於支出，終於收入，每天早上到餐廳，會收到食品行送來的食材，貨箱上面附帳單，列出各項明細的應付金額，他把帳單放在一個抽屜的匣子裡，也記入帳本，每週食品行會收款一次，而收入的單據擺在另一只匣子，一天一疊，他關心收入金額甚於諭方學習了什麼。他是失職的父親，也等於是失職的丈夫？他又陷入苦惱，他只想到要用非洲豹深沉的凶猛凌遲倩儀的面具，卻忽略自己是頭節奏跟不上倩儀的象，能力只顧到自己眼前的事物，對家人遲鈍忽略，終被豹突襲。

他念著念著就睡著了，他被自己混亂的思緒擊碎，在極不安穩的睡眠中，看見自己是那頭被撕咬的小象，小象在痛苦的肉體分裂中想著自己離開母親的悲傷。

清晨醒來時，他心中已有答案，倩儀不說就什麼都沒發生，他必須保持家的完整。倩儀穿戴整齊，透露成熟女性的自信，準備去上班，他隨意看她一眼，跟她說：「找房子的事，還是要進行，我們有能力給諭方更大的空間了。他應該有一片自己的院子玩耍，也讓他學習照顧植物。」

倩儀說：「我先挑幾個建案，週末你也一起去看，餐廳走得開吧？」

「沒有什麼走不開的。」他注意著倩儀的表情，倩儀一如既往，冷靜，有條有理，正要開門下樓。

這樣的情形多久了？她和那男人在泳池中那麼親密，在他面前卻一如既往，她難道沒有想過另做選擇？她願意看房子是願意和他繼續下去，然後又同時和另一個男人保持親密？倩儀已經關上門，腳步經過走廊，他聽到她高跟鞋踩在樓梯梯階的聲音，平穩的節奏，一階一階遠離。他望著窗外，在慣常坐的位置，如常的習慣，卻變成了一個多疑的男人。看著窗外陽光的那個男人還是昨天從公民考場出來，興沖沖去理髮和買酒的男人嗎？他的內心黑暗如冬夜，而他要這個家運作下去，如常的運作。

他去叫諭方起床，送他到暑期學校後，他也會如常去餐廳。陽光一樣照著，照不進他內在的黑夜。

在餐廳裡，他特意請阿華多招呼客人，取代他平日對客人的熱情，他要阿華在客人點超過一定量的金額時，加贈特別的餐點，要他在客人離去時，親送到門口，要他注意每個服務生的服務態度，不能對客人有一絲傲慢和漠然。阿華畢恭畢敬，在他面前表現像一個忠心的僕人，但阿華是領班，應有他的職業尊嚴，他要阿華做的只是一個服務業者對客人應有的尊重和謙讓，讓客人從口袋掏出錢來，從信用卡的簽單簽下名字時，是心甘情願且感到物超所值的。而阿華的畢恭畢敬是反映了他有更進一步成為經理人的資質。對的，他要一位經理人取代他，讓他可以有空暇安排自己的生活。像雲需要天空飛翔、鳥兒需要森林穿梭，雨滴需要有流向，以匯向更廣大的海洋，他希望抬起頭時，就可以輕易感到天際寬廣，空氣流暢，風兒可以帶他去任何嚮往之地。而他一向不就希望自由自在嗎？怎麼可以讓餐廳局限了他的天地？

這個下午，客人稀少後，他交代阿華繼續服務品質，即刻走了出去。夏天的河岸綠意浪漫，樹葉濃綠茂密，多種鳥類在河上與樹間飛翔或棲息，發出各種鳴聲，水鴨沿著岸邊的水草滑行，躲開遊船馬達的喧譁，碩大的闊葉擋道，他一手撥開，走過別家餐廳的拱形廊門，穿過幾家商店，走上橋，到對岸，走到與他餐廳斜對的那家墨西哥餐廳，上到二樓，坐在三年多前和哥哥坐的那張桌子，從窗口看過去，就是他的餐廳，白牆深褐色屋頂，窗櫺也是深褐色，四個邊都排出窗花，典雅得像那些花從古時候至今都輕輕呼吸著。牆下是草皮，牆邊幾株耐寒的椰子樹，樹長高了一些，像幾把傘排在屋頂上，為他的餐廳遮風避雨，他喜歡這一切。他叫了一盤包餡的捲餅，一籃脆餅，和一杯龍舌蘭。他慢慢的將脆餅蘸上辣椒番茄醬，送進嘴裡，再飲一點酒，望著他的餐廳，餐廳前的河道，河道上的樹影，這一切他已滿足。他是河道的一部分，是樹的夥伴，而三年多前坐在這裡的他，仍對這裡充滿不確定性。他還能不滿足嗎？他又要了酒，龍舌蘭好香甜，像衣著性感的妙齡女郎吻著他的舌頭，像枕邊細語伴隨濃烈的香水。這見鬼的印象是哪裡來的？電影畫面吧？在他的現實生活中，從來沒有衣著性感的妙齡女郎，也沒有枕邊細語與濃烈香水同時存在。他不該夢想這些，這不算夢的一部分，他的夢裡應該飄著自然的清香，輕柔的擁抱和甜蜜的語言，這也不是夢，是年輕的時候確實存在而被他遺棄的，他不配再擁有這個夢。他看到夢中的他是個瘸了腿的老頭，膚色黧暗，傷瘍處是飄散惡臭的窟窿，裡頭蛆蟲攢動像個蛇窟。他喝酒、吃捲餅，又叫了一杯，夢模糊了，前面一片霧白，什麼都沒有了。這樣也好，他喜歡像霧一樣的白，純淨，看不到雜質。

他不知道自己坐多久了。窗外遊船的客人沒有斷過，夏天總有許多遊客，河邊的露天舞台有各種表演，攜家帶眷的遊客觀看那些表演，河邊有孩子的喧鬧聲，大人的交談聲音，輕鬆、隨意，度假的聲音，他想加入那聲音和遊玩的興致，他要繼續河邊的散步，證明他不是瘸了腿的老頭。

他結了帳，而櫃檯人員知道他是斜對那間中式餐廳的老闆，說很高興他來這裡用餐，並歡迎他隨時來，還問他到對面用餐有折扣嗎？「你給多少折扣我就給你多少折扣。小夥子，隨時來。」

然後他走了出來，覺得迎面灌來的風好熱。但根本沒風，似有水霧變成綠色，景物模糊，但他意識清楚，他不希望自己走入河裡，他往房子密集的那方走過去，避免往水影晃漾的方向。

等他意識到自己坐在硬邦邦的石塊上時，身上的熱氣散了些，開始可以感受到河面浮現的涼意。他的腳踩在碎石上，頭重得像顆石頭，這是哪裡？

抬頭往四周望，一條小徑通向河岸，小徑兩旁商家一階一階沿著小坡林立，他坐在一家藝品店前台階的花圃邊，麗格海棠繁麗多色的花朵開得滿園燦爛。不知道在這裡坐多久了，他往台階上頭看過去，門內牆上掛滿各式大大小小的畫。他站起來，踩上幾個台階，進入門內。

長形的店內空間，牆面都掛滿畫，兩排矮櫃沿牆而立，櫃上擺置各式手工藝品和複製小圖，中間一只大櫃面展示區，上頭的架子放滿風景明信片，及未裱裝或已裱裝，可放在桌上當擺飾的圖畫，還有一排玻璃藝品，大大小小，藝品前立著小小的價格牌。櫃子的盡頭是一張長桌，一名女士坐在桌前正低頭翻閱什麼。

見他走來，那女士站起來，黑髮白皮膚，輪廓很深，約莫四十歲上下，體格健美，笑起來慈藹親切，她說：「你醒啦，我看你坐門口睡著了，沒有叫醒你，讓累的人好好睡一覺是最好的決定。」

「謝謝，妳真體貼。」

「需要喝點水嗎？」

他想起下午他喝了不少酒，喉嚨乾澀，咳了兩聲，還沒回答，女士已經幫他倒水來。

「謝謝。」他猜她是西班牙血統純正的墨西哥裔。

他直接問她：「妳從墨西哥來？」

「這很容易猜。看我店裡的藝品就知道了。」

「倒也難說，有的店是為了迎合這裡的墨西哥文化。」

「我的店不是。我支持墨西哥裔的藝術家，我賣他們的作品，幫助他們維持藝術家生活。」

「妳也畫嗎？」

「曾經是，現在是賣畫的商人。你要坐下來談嗎？你喜歡哪幅畫，我會好好幫你介紹。」

他在櫃面間一一欣賞展示品，櫃面上的大多為放在立架上的小畫，有素描、水彩、油畫作品，大部分是河邊附近的風景，少部分是畫者的自由發揮，作品不算好，是應付觀光客需求的年輕藝術家或素人藝術家的作品，掛在牆上的則強多了，畫面中的某些村落和街景想必是墨西哥所屬，人物也是極墨西哥長相和氣息的畫面。他問她：「妳的藝術家清一色是墨西哥人或墨西哥裔嗎？」

「當然，來到這城市，到了這河邊，還能不算是墨西哥文化的所在嗎？這州本來就是墨西哥的，不是嗎？但現在墨西哥人得經過美國政府的同意才能到這裡來，來了還不一定能活下來，我自己年輕的時候就是從墨西哥來念書的，當藝術家根本活不下去，所以我開這店就是要支持學藝術的墨西哥裔，他們很有天分的，想想迪艾哥・里維拉（Diego Rivera）和芙烈達・卡蘿（Frida Kahlo）吧，他們多出色，還有很多墨西哥藝術家會像他們一樣出色，也可能更出色。」

聽她的言辭，彷彿遇到一位女鬥士。他不得不仔細看她了。她雙頰有點雀斑，濃黑的眉毛和睫毛下的眼神，是溫和中帶著堅毅的神情，好像個不輕易妥協的人，但她一直掛著笑容，雙頰因笑往上推時，整個臉頰深邃，光彩煥發。這位女性應比他大幾歲，卻流露比他還年輕的熱情。

「妳支持藝術家的熱情令人佩服，怎麼稱呼妳？」

「瑪格麗特。喔，我只是告訴你，因為要支持藝術家，所以你或許有興趣以買他們的作品支持他們。他們能畫，才能持續進步。」

「當然。」他手背在身後繼續看畫，最後挑中牆上兩幅畫，一幅是以幾何畫面表現花卉，一幅是印象式的河邊風光。

瑪格麗特一邊包裝，一邊說：「先生，你很有眼光。這兩幅畫所費不貲。」

「瑪格麗特，我跟妳一樣，從自己的國家來到美國，想永久住在這裡，但我沒有妳的熱情，妳對藝術家的支持真的令人敬佩。我天天在這附近，三年多了，今天才知道妳這家店的存在。妳說，人生是否比我們料想的還寬大？」

「寬大？你是說幾步路就到了另一個風景？那哪天，我也要走幾步路到你那邊的風景去，我就會變得很寬大。」

他們呵呵笑著。

他回到餐廳後，即刻找來鎯頭和掛勾，將畫掛在牆上，成為餐廳的布置之一，兩幅畫讓他的餐廳蓬華生輝，似乎增添了用餐氣氛。有些等餐的客人會盯著那兩幅畫，這就足以說明牆上有個賞心悅目的藝品有多重要。

他的下午被兩幅畫偷走，是那兩幅畫引導喝了酒後的他走入那家店，他會再去，因為店內的空間和人讓他在下午那段時間內完全忘記了心裡的憂傷。

30 藝品店裡的懶貓

他們花了三個週末在諭方學區附近看房子，這是個好學區，小學到中學的學校一向受到贊許，這附近的房子新舊錯落，但因地大，各房子之間都維持相當的互不打擾的距離，社區規畫整齊有致，即使舊房子看來亦不舊，可說是因為氣候乾燥，住戶週末也花大量時間在園藝和房子的維護上，因此居住品質使房價維持一定水準。他們看上新社區的一戶新房子。

這社區有圍牆，淡米色的石塊磚牆分隔馬路的噪音，社區裡有八種房型供客戶選擇，每戶的占地將近半畝。這遠遠足夠讓諭方在院子裡奔跑，甚至可以養匹馬。高大的維多利亞式門面，一進門就是天花板很高的玄關，宴客廳、起居室、書房、主臥室、餐廳、廚房、兩個衛浴，二樓還有四間房和兩套衛浴，空間超過他們所需，但新社區的房子幾乎極盡舒適，這個城市土地還很多，占著地多的優勢，房子可以有足夠的寬敞空間。只要倩儀對空間滿意，他沒有太多意見。任何一戶房子，都有令人滿意的設計，有的強調陽台的功能，有的在乎廚房的美感與實用兼具，有的加強起居室的空間感，倩儀選上的這戶，有寬大的廚房，島型的流理台，開放的空間通向餐廳，落地窗看出去是後陽台，櫥櫃都是白橡木門，空間挑高，光線明亮。他也喜歡陽光灑進餐桌上的明亮感，毫不猶豫的附和了倩儀的選擇。其實他更愛起居室的壁爐，坐在爐前可望見通往後陽台的落地門外斑駁的橡樹影，後院保留了數棵橡樹，那是最富德州氣息的樹木。坐在壁爐前看著樹影就是一種享受。

搬進來後，他真的常坐在壁爐前的單人沙發，望著後院。這壁爐裝飾的功能大於實質的利用，除非異常，德州冬天通常不下雪，這也是他居住三年多以來，逐漸愛上德州的原因，具體的說是愛上這城市，畢竟德州太大，西邊幾乎是荒漠，有回電視新聞報導，西邊荒漠上的牧場，馬群繁殖太多，造成糧食的負擔，正打算以一匹一元的價格售出。他差點想去牽一匹回來，讓牠在橡樹下遊蕩，倩儀拒絕在草地上撿馬糞，她說：「後院可不是馬的遊樂場，牠急奔起來，翻過鄰居的圍牆，我們可天天得去修圍牆陪不是了。」他只好打消念頭。北邊接近奧克拉荷馬州的地方冬天寒冷，南部又太濕熱，所以位處西南邊，有河流經的聖安東尼奧市是居住的首選，若非地理優良，空軍怎麼會選這個城市當基地，而海洋世界也在此地設點，全年開放遊園。他越來越喜歡這裡，像塊熔膠附著在物體上逐漸凝固，最後會與物體合一。他帶著諭方去園藝行選樹，在後院的圍牆邊挖土種樹，也種草本植物，替花圃排上石頭圍欄，陽光下的諭方滿頭大汗，稚幼的臉龐散發天真的氣息，他愛他的孩子，諭方才是他在海洋上的燈塔，有諭方他才有方向。

倩儀忙著為新家添購家具，樓上四間房雖只有一間當諭方的臥室，三間還空著，但倩儀花費心思選購家具，有的布置為客房，有的布置為工作室，有的當置物間，裡頭還空空蕩蕩。他喜歡看倩儀為了一件擺飾或一條桌巾而逛不同的商店，喜歡看她提著大袋小袋進門，試著把新買的東西找到一個安置的地方。但他保持大約一個月去葛芮絲的理髮店一次，修剪頭髮。葛芮絲取笑他：「你來上癮了，兩週前才來過，再來就沒頭髮可剪，只好理光頭了！」「哦，是兩週嗎？妳看我多心急。」他回應她。其實他只是要走過那個游泳池，瞥視水中姿影，每次經過時，他心跳猛烈，彷彿要走入戰場，確定敵人不在那裡，又感到失落。好幾次他想放棄去理髮店的念頭，卻反而不到一個月就往理髮店去。到冬天，游泳池時常靜止，沒有人影，他走過時，仍幻想著倩儀在水中的泳姿，她趴在那男人身上，兩條優游自在的魚。他不知道他和倩儀間，誰才是真正的雙面人。現在家很大，總共五個房間，在主臥室、客房與諭方房間，他像個流浪漢般，想睡哪裡就睡哪裡，倩儀從來也沒表示什麼，她怎麼會有意見？她或許希望他永遠去睡客房吧。

諭方常常在樓上四個房間闖蕩，樓上樓下之間跑來跑去，他買了室內跑步機和舉重機，放在樓上空置的房間，還掛上沙包，當成全家的遊戲間，地上丟著懶人沙發和瑜伽墊，這樣誰想做什麼運動就隨各人興趣，他踩著跑步機時，諭方往往踩著小型的腳踏車或躺在懶人沙發上和他講著學校裡發生的事。

他也從瑪格麗特那裡買來了幾幅大大小小的畫，有的掛在起居室，有的掛在餐廳、樓梯的轉角、廚房，甚至一樓走廊的客用洗手間也掛上一幅名為〈窗口的陶甕〉的以綠色為主調的畫。這些畫有的是瑪格麗特店裡現成的，有的是他要求瑪格麗特的那群藝術家朋友畫的。在瑪格麗特店裡深處，長桌的後面有兩間房，一間是藝品的儲藏室，一間是會議兼工作室，那裡擺著畫架和顏料，畫家來討論時，他們溝通概念，畫家在工作室裡當場畫了草圖，他認可那草圖後，畫家就著手替他將畫完成。比如宴客廳掛的那幅就是他的餐廳的寫意圖，四棵椰子樹邊的白牆餐廳，樹影的遠方是淡藍的天空，樹影的下方是他可以在夜間躺下仰望夜空的草皮。他著迷於和畫家溝通後，畫家可以將他的概念畫下來。瑪格麗特參與那過程，總是給他很好的協助，建議符合他的想法的畫家給他認識。但畫家不是將他的想法具實化，而是將他的想法以他們的藝術技巧和主觀的美學呈現出來，讓畫面成為一件藝品。他喜歡那些過程與結果。即使他的空間不再需要畫了，但他仍請畫家畫，在必要的時刻，他會將牆上的畫作像辦展覽般的隨興更換。

每回他走入瑪格麗特的店裡，她總說：「親愛的，你又來一起支持我們的藝術家了，這回需要什麼？」

「不需要什麼，來看看好貨而已。」

他就坐在店裡的長桌，看著瑪格麗特忙手邊的事，她有一個助理，下午六點以後來，因為瑪格麗特晚上得待在家裡陪伴七十幾歲的媽媽，家裡的傭人在六點半下班。有時他坐在那裡看畫冊，讀畫家傳記，瑪格麗特在招呼客人，他像一隻貓蹲踞在店裡任何角落都很安逸自在，等女主人忙完了，坐過來時，他們可以聊聊書中的畫家，或剛才客人帶走的那幅畫是怎麼來的。

當他想做一隻安適自在的懶貓時，就往藝品店來。他覺得自己也變成了這家店的一部分，女主人從來沒有排斥他，他彷彿同時在河邊擁有兩家店。

春天來臨時，河邊商家照例會在河岸舉辦的墨西哥文化節貢獻一些配合活動，這時遊客會很多，整個河流沿岸很熱鬧，露天舞台會有歌舞及音樂表演，河上會有裝飾得花草鮮麗的小舟滑行，舟上有人拉提琴或彈吉他。他的餐廳給客人打折，瑪格麗特則請藝術家在露天舞台推出彩繪看板，增添節慶的熱鬧氣氛。他捐出一筆錢，支助彩繪的費用，瑪格麗特問他：

「你對我們太照顧，為什麼你這麼好？」

「因為我口渴的時候，妳給了我一杯水。」

「哦，是嗎?只是這樣嗎?我還給過別人水。」

「對，不只這樣，因為妳還會給別人水。」

他們又呵呵笑。那是原因。

事實上沒有原因，只是心裡想這麼做。像走路一樣自然，而他能力做得到。

就在節慶開始，他店裡的客人川流不息，岸邊到處看得到臉上畫著誇張彩妝，身上穿著墨西哥傳統服飾的女子，鮮麗的長裙曳過河邊走道的陽光明媚的日子裡，他接到一通電話。

對方是過去居住的中部城市警局打來，說倩儀在該市的醫院裡。車禍，右手骨折，臉部剉傷，有腦震盪現象。

31 在家的下午

重新回到過去居住的房間，有一種時空縮短的感覺，床墊換新了，但牆上的衣櫃和櫥櫃、書架仍是當初房子裝潢時，他和媽媽一起商量規畫的，書架上甚至還擺著他出國任職前常閱讀的那幾本，妹妹和媽媽都沒動過他的房間。那時哥哥已經長留美國，衣櫃裡只有幾件哥哥大學時留下來的衣服，其他都是他的，他讀大學直到服兵役、上班的那幾年間常穿的衣服，聞起來還有當時的味道。這是嗅覺的錯覺嗎？錯也錯得很美麗。

他將電腦擺上書桌，連上妹妹的網路密碼，沒有回信。但有一封胡湘寫來的信，說找到幾個老朋友，但沒有人和祥浩保有聯繫，如果他還有時間的話可以約大家見面。他回信說後天一早就回美國，要湊齊大家的時間可能太趕了，下次回國會先通知，以便有充裕的時間相聚。

他主要想預留時間給祥浩，雖然現在還不知道她人在哪裡。他幾度克制去網路搜尋登山社那名老兄的名字，他不該將他和祥浩聯想在一起，雖然心裡已經這麼做了，才需要克制搜索的欲望。他不要預設任何可能，他心中的祥浩仍是分別時對他一往情深又十分縱容他的祥浩，她送他的印章他放在餐廳的展示櫃裡，以一個小白色瓷盤盛裝，老美客人總好奇那是什麼，做什麼用的？他說那是印章，以前當官的都要有顆印章，蓋了印，文件奏摺才算數，也就是西方人的簽名。現在則多數人都必須有顆印章，開銀行戶頭和辦證件申請什麼的，常常用得上。老美有時開玩笑，可以用我的簽名刻個章嗎？那我就不必用手簽了。

現在星期二，他還剩明天的時間，星期四早上的飛機回美，今天祥浩就會回函了，也許就幾分鐘後，她進辦公室或研究室打開電腦就會發現他的信。他聽到媽媽在廚房弄出聲響，他來到廚房。

「妳的膝蓋還好嗎？」

媽媽已做好中餐，一碗熱騰騰的牛肉麵。

「每天吃藥控制。藥效退了就隱隱的痛，但不能就什麼都不做，趁現在還能站就站著做點事，以後不能站了，可受罪了。」

「不要站太久。」

「這些都妹妹上班前準備好了，她知道二哥今早要回來，特地昨晚一從餐廳回來就解凍牛肉，今早熬了一鍋湯才出門，我只是繼續注意著那鍋湯，小火熬著。香吧？」

「媽媽是最好的廚師。」

媽媽笑了，大概是笑他言不由衷。她看著他吃麵，好像看一個剛上幼稚園的孩子，要確認他在幼稚園裡會不會自己用碗筷吃飯。

媽媽自己也動筷吃起麵來，她拿筷子的動作緩慢，指頭好像吃力，麵條在筷子上很快滑下來，又夾起了，捲了幾次才不滑。

「媽，如果覺得需要一個人陪著，我們可以馬上幫妳請人，她可以幫妳做家事，也可以陪妳出門。」

媽媽又捲了一筷子麵放到湯匙裡，邊捲邊說：「妹妹還在家嘛，她可以陪我。」

「妹妹白天要上班，妳總不能都關在家裡，若有人陪著，假日時，妹妹也走得開，她雖然過四十歲了，也不是不可能找到對象，要讓她有機會出門去認識人。」

「唉，她常年陪著我，耽誤了自己。」

「這當然也是緣分問題，但讓她有很多時間去安排自己的生活是必要的。」

媽媽沉默不語，他為媽媽收拾碗筷，沏壺茶，媽媽嘆了口氣，說：「唉，我想的是，終於也到了這一天，需要人家陪著，人真是要認老，這一陪，哪能不認老。」

「時間就是這麼現實，我們也都這麼大了，妳應該感到安慰，起碼兒子還有能力照顧妳。」

「小思啊，你不小了，但在我眼中，你還是小孩子，媽媽感到對你很虧欠，你總是這麼體貼。」

「沒什麼虧欠，我過得很好不是？」

「你爸爸不能常在你身邊疼你。」

「過世的爸爸嗎？還是乾爸？對於乾爸，我是認了，這是命運。過世的爸爸的話，我的哥哥、姐姐妹妹們也不見得比我享受到更多父愛，他愛我們，但方式比較不一樣，也常不在家，可是那個愛是存在的，只是形式較少而已。」

「你們看來都能釋然，人就有這個韌性，當初覺得困難的，經過了時間，也學會適應和相處。到像我這個年紀，實在也計較不來過去的事情了。」

「是不必要了？」

「不必要了，雙腳都走不動了，眼前這身體不是較重要嗎？」

「是啊，媽媽很豁達，連爸爸留下的財產都不計較。」

「他幫助了你們求學，你們都有自立能力，我也餓不死，還求什麼？我並沒有照顧過他，沒有理由去爭取那些了。」

他思考這些話的意義，媽媽算是歷練了人生，連錢財都處之泰然，那必然有些事是超越錢財的存在，那些事更重要，生活的義氣、情感的追求，還是自我心靈的滿足？要拿什麼填餵心靈，心靈才會滿足？

「媽，下午要不要我陪妳出去走走？去曬曬陽光。」

「下午有人要來找你！」

「誰？現在才講！」

媽媽抬頭看看牆上的時鐘，說：「他早上打電話跟我說的。你爸爸出殯那天，他打電話來問我順不順利，我說我沒去，孩子們都去了，包括你和哥哥，他聽說你回來，就說要馬上訂機票回來，想看看你。」

「乾爸？」

媽媽點點頭。

「他為何不回來參加爸爸的喪禮？」

「老人送老人，他覺得沒那麼必要，何況後來都沒見面了。」

「妳跟他一直保持聯繫？」

「偶爾，大都他打電話來，他畢竟是孩子們的乾爸。」媽媽的眼神特別發亮的看著他，意思是：對你來說，特別是親爸爸。

「想想看，你們多久沒見了？他老了，他想見你。」

「他還會想到我？」

「他不就要來了？」

晉思牢牢的注視著媽媽的臉，媽媽的皮膚保養得很好，上妝後有華貴的氣質，頗像個養尊處優的婦女，但她實際上生活很簡單，她的氣質應是天生的。他問她：「有件事我一直不解。」

「什麼事？」

「我放在心裡很久。」

「家裡只有我們兩個，你就說吧！」

「妳和我的生父還維持著聯繫，到底有沒有感情？你們生下我時，是有感情的嗎？」這個放他心口很久很久的問題，為何在他四十四歲的此刻才問出口？這問題跟著他飄洋過海又帶了回來，時光就這麼十幾年的過去了。

「兩人在一起時，當然是有感情的，但環境不允許，若沒感情，我和他也不必設計他來家裡吃飯認你們當乾孩子，他算是大方熱情的人，一認認四個，也因為他大方熱情，人生總是會精采些。他是雲，自己想去哪裡就去哪裡，想做什麼就做什麼，我只是個女服務生，沒有能力留住他，他認你我已很滿足。我心裡當然有他，但這片雲就隨他去，我也有我的生活要過，我想辦法讓自己過得自在，勉強不來的事不要勉強，我從來不勉強別人。」

晉思站起來，走到陽台，陽台上嫩黃色的文心蘭開得燦爛，陽光照射下，每朵都像笑開了，他得到一個證明，父母並不是因為肉體的買賣關係，失誤中生下他。他又走回來，在客廳裡踱步。媽媽說的話彷彿相識，年輕的時候，祥浩也說過他是雲，隨他來去。有次祥浩說時，還躺在他床上。他走進房裡，坐在床緣撫摸祥浩躺過的地方，雖是新床墊，但床的位置一直沒變，他們那時常趁媽媽不在的時候到公寓來，他和祥浩在房裡互訴愛意，想起來她的身影如在眼前。他去喚醒電腦，收件匣沒有來信。祥浩，祥浩，妳到底在哪裡？

他走出房間，回到餐桌前，說：「妳就這樣釋然了？既沒要求他娶妳又不繼續要求和爸爸離婚？」

媽媽輕輕撫著手中的杯子，說：「你爸爸不願意離，很多年後，我才體悟到，不去動它是最單純的，這樣旁邊的人也不必變動。」

「是為了我們幾個孩子有個完整的家？」

「總之，不要動，水就不會灑出來。生活還不是一天天過了。」

電鈴響了，是親爸爸，他超過十年沒見到親爸爸了，這十多年，親爸爸住大陸的時間多過住台灣，他們總是錯過。老人從大陸趕回來，親爸爸也有八十三歲了，他怎麼讓親爸爸來看他而不是他去看親爸爸呢？他心裡到底著了什麼魔？

32 回到公園

他到樓下接老人，電梯門打開，乾爸已經站在電梯口等著，手上拿把黑傘當柺杖，西裝革履，灰白的頭髮往後梳得很整齊，瘦高的身材雖不像過去挺拔，但仍很有紳士派頭，臉上皮膚閃現光澤，他是個好看的老人。

乾爸也在打量他，很快打開雙手趨前擁抱他，說：「兒子，爸爸見著你了。」乾爸把他擁得很緊，力道出乎意料。他也用力抱著乾爸，將他請進電梯。

在電梯裡，乾爸急著講話，口水嗆到咽喉，不斷咳著，他輕摟著乾爸肩，一邊說：「對不起，應該我去見爸爸的。」

咳嗽中的乾爸勉力說了句：「你不知道我家嘛。」又咳個不停，他讓乾爸氣順了，走路穩了才進門。

媽媽大概聽到急咳聲，已經倒了一杯水等著乾爸進門。

這公寓是乾爸付掉頭期款買的，難道乾爸回來不算回家嗎？

老人家不喜歡坐沙發椅，站起來困難，坐高椅子容易起身，他請乾爸也坐入餐桌前加入他們。乾爸喝水順了喉嚨後，說：「唉，老了不中用，連講話都會嗆到。」

媽媽接口：「是看到兒子太高興吧！」

「看到妳也高興。」

他很想留下兩個老的，找個理由到外面去，但乾爸一手抓著他，仔細端詳他，說：「以前那麼小一丁點，現在是個真正成熟的男人了。小子，聽說你經營餐廳很成功，比爸爸還強，我以前只是投資，完全沒有經營啊！」

「那更厲害，不必費力別人就替你賺錢了。」

「果然是我兒子！」

媽媽說：「沒想到你要回來，太匆促了吧？」

「我跟小思很久沒見，再不見，哪還有十幾年可等？趁我現在還能搭飛機，他又剛好在台灣，我無論如何得回來，我是無法專程去美國看他，我沒辦法坐那麼久的飛機。小思何時走？」

「後天早上。」他回答。

「餐廳忙？」

他不知道能不能用這個理由，如果他擺著餐廳不管，餐廳也不可能立時倒閉，心理牽掛的總是那些小事，瑣碎的忙。他回答不出來，媽媽倒說了：「要不忙也不會隔好幾年才回來一趟，事業就那麼一個，做不好靠什麼吃穿？他有他的時間安排，就隨他，你也不必急，現在不比年輕時的體力，老人出門一趟沒那麼容易。將來他排得出時間，總會去看你，是不是，小思？」

「父母年紀大了，我應該的。」他好像被迫著懺悔，但過去十幾年他確實沒想到老人家年紀一年年增長，需要經常探望，他在自己的生活焦頭爛額之際，只看到自己的傷口。

「既然是後天早上就走，小思，下午陪爸爸走走。」

「你和媽也很久沒見了，不是嗎？」

「和媽媽有的是時間見面，和你就較難。」

「你常不在台灣，怎會和媽媽有時間見面？」

「我就不想再走了，要在台灣度過最後的歲月。小思，我們出去走走吧！」

他料想乾爸有話要私下跟他說，媽媽也似乎了解那意思，就說：「陪爸爸去附近走走，外頭陽光很好。」

出門前，他又去看了電腦，沒有任何訊息。

剛才乾爸是搭計程車來的，現在他們走著下坡路，他一手勾著乾爸的手，以防他腳滑。現在，他們用著很彆扭的聲音稱呼乾爸為爸爸，而且和媽媽事先沒有商量好，他們是自動從乾爸改口成爸爸的，好像身分證上的爸爸離開了後，親生的爸爸就名正言順的當了生活中的爸爸，而不是認來的乾爸了。他心裡感到不太踏實，因為失去才獲得，這太殘忍也太輕易。

順著乾爸的意思，他們走到過去老公寓邊的公園，在公園的長椅子坐了下來，椰子樹又更高，欒樹綠意深濃，樹下有小朋友玩耍。他們坐在過去常坐的位置，乾爸看著爬格子架的孩童，說：「以前我們常在這裡，你記得嗎？」

「記得。」

「說說看你記得哪些？」

「我老是打彈珠，膝蓋都是泥巴，爸你坐在這裡看，還帶我去買玩具。」

「是啊，那時你真小。」

「很無知。」

「無知很好，你不覺得嗎？」

「人不可能老是無知。」

「呵呵，當然。即使知道了什麼，有時裝裝無知也很必要。」

「爸，你都這樣的嗎？這是你的人生哲學嗎？」

爸爸動了動身子，神色認真的看著他，似乎還有點凝重。「孩子，你說看看，為何你這麼認為？」

他準備這一刻好像準備很久了，過去他代替同事若水去淡水的安養院看她的父親時，若水的父親已經失智，無法講完整的意思，說話總是重複，兩句以上的句子拼在一起就不可信，其他老人也默默的或躺或坐的等待死亡，他那時候心裡曾閃現一個念頭，如果他的母親或生父的晚年萬一不幸失智，他一生的謎題就無法解。但許多年來，他並沒有試圖去解開。他記得在安養院替若水的父親拍下照片，將照片交給若水時，若水淚汪汪的，講不出話，好不容易止住淚，說出的話卻是：「我希望老了的時候也是失智的，那麼是不是可以把一生中痛苦的事忘記。」那時他跟她說：「妳不要失智，因為妳一生幸福的時候多。」這句脫口而出的話也讓他心裡震動，他想，他也應該經營一個幸福的人生，讓幸福多於痛苦，當一個頭腦清醒的老人，有充裕的時間回憶一生的幸福。而今真正面對年紀大的父母，看他們苦於行動上的不便，他不得不再度擔心身體機能的退化是否使老人逃不過失憶的命運？

那麼他要把問題提出來，他和老人的時間都不能等了。

「我年輕的時候讀你為報社寫的社論，深深被你的論點吸引，雖然其中也有些不同的意見，但你的文字引誘我對文字的力量產生好奇，我也試圖親近文字，以文字去表達想法，但我做不好，無法利用文字漂亮的暢盡所言，但你的闡述能力引導我去思考人生的貢獻性，我走上公職也是受到你的文字啟發，以為可以為國家做點事是種榮譽，你那時極力強調台灣要爭取國際空間，我以為去外館工作是最好的選擇。你曾經反對兩岸開放，看情勢不可擋，又對開放的前景寫了一些好話，逐漸不再講爭取國際空間，當然這時你也退休了，我也已經要外派到國外了，而我也不想看你所寫的文章了，甚至你退休後常常回到自己的家鄉去住。我對你人生的信念感到茫然無知。終究是不認識你真正的想法。而且你在報社寫社論批評時事，掃黃掃黑都寫，但你投資的旅館提供飲食男女約會相處，聽說還有兼職小姐陪客，連我也是你和媽媽在那溫泉旅館認識生下的。爸，你的人生是清楚的還是無知？還是裝無知？你可以不說，但我的人生受你影響鉅大，我是在你的影子底下默默行走的人，我們相處的記憶從這個公園開始，今天坐在這裡，這些話這些困惑像眼前這幾棵不斷生長的樹木一樣，要自然的往上長，自然的脫口而出，有冒犯請爸原諒。」

乾爸專注聽他講話的神情真帥，他沒見過這麼帥的老人，眼光深沉，嘴邊含笑，臉部的肌肉是向上揚的，儘管眼周的皺紋下垂。

「孩子，我這趟飛機飛回來是值得的，我的心裡預感到我們得見面聊聊。我從安徽鄉下請人開車送我直奔機場，轉機到香港再飛回來，你知道這對老人家是多麼折騰，但我回來了，我坐在這裡感到背脊僵硬，但我好像也回到三十幾年前，和你坐在這公園時，差不多你現在這個年紀，我感到自己又年輕回那個意氣風發的年紀。退休後我回老家看了親戚，我在離開大陸時，原是有個太太的，她替我生了一個兒子，我來了台灣，當然兩邊就斷了，我回去後，那兒子也有孫子了，太太則葬在黃土裡了，因為結婚時我才二十二歲，太太二十歲，回憶裡的太太是一片模模糊糊的印象。兒子長得很壯實，沒念什麼書，他的兒子倒是念了書的，對幫助鄉下的孩子念書有點理想。大約九年前，溫泉旅館換手經營，新買主打算將那旅館原地重建，價錢賣得很好，我將分到的錢捐了些，給他們辦教育，家鄉嘛，還落後著，我常住那裡是為了幫忙他們有事做，把教育辦好，幫助當地的孩子有足夠的學習資源。如今他們都上手，人力也充足，在官民合作下，資金也有別的來源，我想我可以回來了，年紀也大了，對大兒子他娘的虧欠也有交代了。這是為何老骨頭一把了，還兩地跑。至於那些工作上所寫的文字，在當時我們有一句戲話叫『黑白郎君』，你要文字是白的，我給白的，你要文字是黑的我給黑的。就是一個吃飯的本事。不過也算不得違背良心，時勢在變動，想法也要因時俱變，或說因應時局變化好了，我們打過仗逃過難的都知道，不要和環境太過不去，有時要避開刀鋒，連搞政治的都知道跟錯派系無得翻身，搞媒體的能不知道風往哪邊吹？何況在那個時代，政府機器還很龐大，輕易不容得罪，除非你有決心不從這機器拿點好處，獨力與它對抗。我說要裝無知是這個意思，心裡可以很清楚，但洪流來襲時也要知道能攀住什麼是什麼，不要拘泥那是不是一條船，船可能會翻覆的。旅館呢，我只投資，不經營，雖然對於實際的經營略有所聞，但最好不要知道太多，也算是種裝無知吧。那是種經濟手段和明哲保身的手段。」

他到底要用什麼眼光看待這位親爸爸？他需要看得很清楚嗎？乾爸是否在諭示他什麼？他低著頭，意識到自己嘴巴抿得很緊，想說點什麼，卻感到無力訴說。爸爸伸過手來握著他，他們看著孩童從格子架的一端爬到另一端，又往上爬。

「孩子，我們再走下去，再轉幾個彎，就是我家。」

「我小時候，你曾要帶我去。」

「我現在帶你去，下回你回來，我走不動時，你就知道怎麼去我家看我。」

「你能走那麼遠嗎？」

「可以，現在再不多走走，何時走呢？有你陪著，我會很安全。」

33 悲傷之風

還不到放學時間，他到學校接出諭方，回家收拾簡單的衣服和禦寒外套，他跟諭方說：「媽媽出差時車禍受傷，我們得去看她。」

「嚴重嗎？」

「右手骨折，她需要幫忙，腦部受傷情況還不知道。」

「她會認得我嗎？」

他看著諭方擔憂的臉色，為了不讓諭方擔心，他說：「當然認得，所以我帶你一起去。」諭方露出笑容，但他心裡正懷疑倩儀的腦震盪情況是否嚴重，才要帶諭方一起，萬一意識模糊還可靠親情喚起意識。

抵達時已近晚上十點，他從機場租車往醫院去，靠近醫院時先找到一家旅館放置行李，即刻趕到，警察也在醫院裡等著。

倩儀已從急診部門做了治療住在單人病房，醫生說明，是不幸中的大幸，輕微腦震盪，有頭暈現象，她坐在副駕駛座，車子撞到路樹時的撞擊力使她伸手去抵住前方的置物箱，以致造成骨折，臉部因刮到置物箱造成剉傷，但不嚴重，傷口不要曬到太陽，可以恢復，但司機沒那麼幸運，開車的男性前胸肋骨斷了兩根，剛推出手術室，還在觀察中，暫時不宜探望。

警察說，發生後救護車來時，駕駛和倩儀意識清楚還能講話，因地上有冰，車子打滑，當時車速近四十哩，車子滑向路側時，司機緊急煞車卻撞上路樹，若不是速度有降下來，後果更不堪設想。

醫生帶他們到倩儀病房。倩儀躺在床上，右手打上石膏包紮了起來。護士拿來緊急處理的各式文件要他簽名，包括保險等等。他將文件放一旁，坐在床邊的椅子看著倩儀，護士醫生都退出病房，諭方靠在他身上。倩儀的眼睛緩緩睜開，知道是他來了，神色憂鬱的說：「對不起，對不起，勞動你們，我很對不起。」

「妳很安全，別擔心，沒事的。」

倩儀想坐起來，但無法使力，她眼裡冒出淚，他搖動床的電動把手，讓床能把她托起來。

「媽媽！」諭方繞到媽媽的左手邊，抱住媽媽。

晉思守在她右邊，看著那腫大的包著石膏的右手，說：「很痛吧，他們會給妳止痛藥，但自己也要忍忍，這些都會過去。」

倩儀低著頭哭泣，他沒看過倩儀這麼軟弱，心生憐憫，他親她的頰，勸她還是躺下來，「妳有腦震盪，還是不要太激動，躺下來吧！」

「一直躺著很難過，無論躺或坐，腦部有時像有一陣熱流流過，熱熱暈暈的。」

「我們會陪妳幾天，不必擔心，醫生說就是要多休息。我會打電話跟妳公司請假。公司知道妳的狀況了嗎？」

倩儀沒說話。眼睛盯著諭方一會兒，才說：「諭方跟你來，他不是得請假嗎？」

「小學少上幾天沒關係吧，他也得來看看媽媽。夜裡我們不能留下來，我得帶諭方住旅館，就在這附近。半夜護士會照顧妳。妳會怕嗎？」

倩儀沒說話。他想倩儀希望他能留下來，但他也得讓諭方有個舒服的睡覺環境。

「妳不要怕，我會交代護士夜裡多注意妳。妳的情況很好，會慢慢復元，不要怕。」

倩儀的臉上還是充滿憂傷。他拿起文件補簽了緊急處理同意書，保險單那張，他問倩儀，可以申請公司替員工保的意外險嗎？醫療條件是否較優厚？還是要直接使用他替她投的私人保險？倩儀說：「就簽我們自己保的險吧。」

「妳出差出事，不能用公司的保險嗎？」

倩儀看來很疲倦。跟他說：「明天再處理好嗎？你帶諭方去休息，明早若諭方還在睡，你暫時留他在旅館，過來我們再談。」

倩儀沒有要談的意思，他將文件還給護士，說謝後回到旅館。躺在床上，腦中充滿疑惑，受傷的倩儀脆弱不堪，結婚以來，倩儀沒生過什麼病，除了花粉季偶爾過敏外，連感冒都很少發生，車禍的撞擊大概嚇到她了，他想像如果是自己坐在車子裡發生這種事，恐怕也是驚恐萬分，神魂不安吧。

聽著諭方均勻的呼吸，他半醒半睡，在凌晨時刻才真正沉入睡眠，醒來時諭方已開了電視，以小小的音量看著卡通節目。

來到護理站，護理人員說開車的先生開過刀後，情況穩定，如果要探視的話，他的家人也在。因在同樓層，他想可以先致意一下。由護理人員帶著來到病房。

他醒著，他樸實的太太招呼了他們，站在一旁說：「安迪的胸口很痛，他很虛弱，講話困難，他麻醉醒來時說他們在出差途中出事，能保住性命是上帝保佑，他要我代替他感謝所有來看他的朋友。」

諭方走向前看安迪，向安迪微笑致意，安迪輕輕笑著回禮後即閉上眼睛。他跟安迪的太太說：「是的，請安迪更珍惜他的生命，妳辛苦了。」他隨即拉著諭方走出來，甚至沒跟安迪的太太說他是誰，他想，護士會代替他介紹。一回到走廊，他問諭方：「你認得他？」

「是的，他是幫我買玩具的叔叔。」

「你記得？他幫你買了多少次？」

「我不記得，有兩三次吧。有一次下好大的雪，他幫媽媽提超市買的東西，也幫我買了玩具。」

「好孩子，你記性真好，他也許以為你忘記了。他看到你對他微笑，大概很訝異吧！」

「我現在長高了，但我想他記得我。」

什麼狗屎的出差！看到那張臉，他就認出他是游泳池裡和倩儀親密游泳的那位男士。晉思身上的每根毛髮都豎起來了，那位可憐的太太就像昨晚的他，不知道那車禍其實不只是路上冰滑，以他窄如雞腸的肚腸想起來，說不定是兩人在車子裡嬉鬧才讓車子打滑的。如果眼前看到那部車，他不把車打得稀巴爛才怪，不，不必他動手，白兔枉了力氣，還得坐牢。他得把事情做個了斷，他得扯開倩儀的真面目，當初她不想離開這個城市，是因為不想離開安迪嗎？越想怒火越不可控制。到倩儀房裡，倩儀坐在座椅讀雜誌，他讓諭方跟她擁抱說話後，跟諭方說要送他去陳茂餐廳玩玩，他要去辦點事，辦完就接他。

他再回來時，倩儀臉色凝重，仍坐在那把窗前的椅子上。他把門關上，坐在床緣，兩手交叉在胸前，正視著她。開始滔滔不絕的說：「下次要約會的時候，不要選在冰天雪地的地方，情侶適合去溫暖熱情開滿花朵的地方，這麼冷的地方，萬一沒人來救，會凍死在外面。我以為妳會自己回來，但妳似乎變本加厲，剛才在陳茂那裡我打了電話問妳的公司，他們說妳請的是私假，我說妳出了點事，要繼續請假。妳請私假卻跟我說是出差，請問妳同樣的伎倆玩了幾次？去年夏天，我剛考過公民那天，經過假日旅館去理髮，買了酒回程看到妳和那位老兄在游泳池裡玩得很高興，妳當晚卻把我當傻瓜，編造妳那下午是在辦公室，我為了維持家庭的完整並沒有戳破妳。那老兄不到我們城裡，妳就往他住的城裡來。今天妳說清楚，妳心裡想的是什麼？什麼時候開始的？」

倩儀已泣不成聲，哭聲越來越大，他再講也沒有用，可能她已無法聽到他在講什麼。他走離床，打開門出去，決心不理她，讓她哭完再進來。他在走廊走了幾圈，跟護士打招呼扮笑臉，他的心裡一邊是冰一邊是火，他不知道自己是誰。

再進入房間，哭聲小了，他坐回床沿，一語不發。倩儀包著石膏的右手不再引起他的同情，他的心快要垮下來了，如果倩儀一聲不吭，他會連心都沒有。

倩儀再次擤掉鼻涕，她已用掉半盒面紙盒，她努力擠出聲音來，說：「我很抱歉，我讓事情這樣發生，對你是傷害。你可以不要我，但我希望我有機會彌補。」

彌補？她以為可以當成什麼都沒發生。

「我要諭方，我要你，我要我們的家。」

「那個老兄算什麼？娛樂嗎？」

倩儀恢復了冷靜，她畢竟是個俐落的人，在崩潰後努力重建，很快就看到那些毀壞的裂片都一一歸位。她用平靜的語氣說：「我從小移民到美國，家庭教育都是中式的，但我已經是美國教育下長大的孩子，我和白人交往，我有白人男朋友，但心裡總想，我應該和華人結婚，這應是家裡的期待，也是心裡有著嚮往，所以都無法和白人男朋友走到最後。你出現後，符合我對華人男人的期待，你聰明帥氣，你負責有耐心，我想我沒有更好的選擇了，老天把你送給我，我很感恩，但和白人男人的相處容易心領神會，我和安迪因工作認識，好幾年來他很照顧我，但我知道他不是認真的，他有太太有小孩，他主動對我示好，我應該拒絕的，我沒這麼做，或許是僥倖心理。只要你能原諒我，我會回來，我需要你。」

「僥倖什麼？有先生有情人，如魚得水？」

倩儀不語。

晉思再問：「什麼時候開始的？」

「諭方兩歲的時候。」

「所以，濃情蜜意，大雪天陪妳去超市補貨，給諭方買玩具討好諭方，我要搬離這個城市妳反抗！」

倩儀又拿面紙擦掉淚水，哽咽著說：「我還是跟你搬走了，還跟父母借錢幫助你完成開餐廳的夢想，相信我，我以你為主。」

這是什麼人生什麼世界，眼前藤蔓糾結，一線陽光穿過枝藤縫隙尋找出口，它細細的投在一柱粗大的樹幹上，細微到幾乎看不到。倩儀的眼神乾澀，眼裡布滿血絲，那微弱的眼光幾乎在盲目的狀態，她試圖爬上床，用那隻可動的左手撫著床側，他走離床，讓她自己爬上床，如果她暈眩，在這時他也不會理她。他走出去，在走廊繞了兩圈，交代護理站的護士，倩儀可能有些暈眩，請去看看有沒有需要幫忙。然後他去停車場開車，往陳茂的餐廳去。

這時已近中午，街道是熟悉的街道，今年低溫來得久，四月仍一片蒼涼，樹木還沒冒出新葉，再一個月或半個月氣候會暖和起來，嫩葉會重新鋪上枝頭，道路會一片新綠盎然，充滿新鮮光亮的氣息。

諭方在櫃檯玩，看到他來就跳向他，展示陳茂給他的一疊畫紙，那是陳茂吩咐他，有小朋友來用餐的話，就到小朋友桌前擺上畫紙，再給他一盒彩色筆，讓小朋友塗鴉，諭方喜孜孜的說他已經放了三張了。

陳茂顧不得其他客人，兩人在角落的桌子坐下來。陳茂問：「倩儀情況如何？」

「右手的骨折需要點時間恢復，腦震盪也需要觀察，但講話很清楚，應沒有大礙，也許明天就可以替她辦出院回家了？」

「唉，沒事是最好的。這幾年真的難得你把餐廳經營起來，我眼鏡都掉好幾把了。怎樣？要再開第二家嗎？」

「先不給自己麻煩了！當初真謝謝你，提供投資又提供廚師，光明很好，他是個好青年，我想該幫他找個好女孩結婚。」

「還有打包票結婚的?你也夠了，他要娶誰他的事，這你也要操心?」

「他整天在廚房，怎麼交女朋友?」

「你要給他假呀，整天在廚房又何必娶老婆!」

他們會心笑了出來，晉思說:「是呀，看看我們，還不整天在餐廳。所以，我暫時不會再蓋第二座監獄，但想請個獄監代管第一座。」

「呵呵呵，換我羨慕你那裡的生意了，果然觀光地區就是人潮保證。」

「羨慕你自己，不必經營，賺錢都有你一份，沒更好的了。」

「說真的，我的投資額都拿回來了，你不必再算利給我。這次趁你來我就順便跟你提這件事，你事業成功最重要，利潤自己留著。」

「生意要講信用，當初我自己開的條件要執行。」

「說是這麼說，沒立據，而且我覺得拿夠了，再拿就不安了，我沒有使力，一點都沒有，我退出來了，你自己留著，現在說了算。」

「陳茂，你是個好人。」

「開玩笑，你是什麼眼光!小老弟，你孩子還小，又置產，你有能力經營事業，擁有什麼都是你應得的，留著它吧!」

他能解決財務上的困境，一年年清償債務終至有利潤，那是他擁有的財務數字，但他沒有擁有身邊女人的愛，這是無法跟陳茂說的，他只跟陳茂說：「兄弟，恩情都在，將來有什麼需要幫忙，幫得上的小弟隨時聽候差遣。」

當初開餐廳的兩個大恩人，一個是陳茂，一個是倩儀，倩儀願意向父母開口，老人家將養老金都貢獻出來，他才有足夠的財力經營起餐廳，如果他對陳茂都可以講出感恩圖報的話，對倩儀呢？

服務生送來幾樣菜，他把諭方叫來一起用餐，陳茂去招呼客人，諭方做了放圖畫紙和蠟筆的服務後，情緒高亢，邊吃邊說個不停，他一句都沒聽進去，只看到窗外的白樺樹樹幹粗硬地挺直著，乾枝迎向高空，凌亂的分切天際。他也得挺直著，如果倩儀不肯分離，他得像謝恩人一樣的回報她的請求，他感到一陣無限的悲傷之風吹向內心，最後竟得用這種方式回報。

34 一個人的旅程

倩儀辭掉工作，他替她請了一位墨西哥女傭，幫她照顧家裡，代替她的右手，做飯、清掃、洗衣、燙衣、收拾諭方的房間、給花園澆水、幫她穿脫衣服，倩儀只消適度的維持運動，直到右手的石膏可以打掉，再由她決定需不需要全時的女傭。女傭週末放假時，倩儀得自己來，學習單手伺候自己。

餐廳交給阿華管理，他要離開家往東南方走，出門前只跟倩儀說：「我會回來，但不知道哪時候。」跟諭方說：「爹地短期的放假，假期結束就回來。」然後，不管孩子充滿疑惑的眼光，他將行李丟到後座，在五月初美麗的陽光與花朵上還停留著殘餘露珠的早晨，開著他的豐田克瑞斯達往太陽的方向開。

沒有特定的目的，在地圖上看到什麼，有點感覺想去哪就去哪。

從十號高速公路往東開，一路到底可以到達佛羅里達州，再往南可以到最熱的邁阿密。東南方的陽光與熱度此時很吸引人，他要多一些曝曬，最好能直達內臟，將陰寒驅離。公路兩邊土地空曠，開滿野花，紅的粉的黃的紫的，遍野燦爛，南邊會有更多奇珍異草、更鮮豔的飛禽鳥獸任人觀賞，美麗的顏色在對的地方會不費吹灰之力就到手，他的太陽眼鏡會適時幫他遮掩貪婪的神色，他在沙岸可以漫無節制與浪玩耍。光開在野花燦爛的公路就令人心曠神怡了，他的旅行將會是一場盛宴。

開了三個小時到休士頓，到華人商圈用過餐，他不去拜訪平時採購的商行，這趟沒有商業，他要完全把餐廳瑣瑣細細如線團般綁住他的線脫離，他即刻繼續往東，離開德州往路易斯安那州，路上順利的話，可以在天黑後七八點到達紐奧良，在那邊待上兩天、三天或更長。

路易斯安那南邊多沼澤，公路貼著沼澤地，往右邊看不到橋欄和車子，以為車子就行在沼澤上，前方天高雲薄，沒有車子，他開快了，才看到前方一點小小的車影子。他將車子定速在時速上限六十五哩，以免警察從哪裡冒出來追趕他。將天窗開點縫，讓車子疾馳空曠區域的風聲灌進來，以免自己睡著，風聲像十部轟炸機在上空徘徊，險要把耳膜灌破，每隔二十分鐘開窗三分鐘，這樣循環著，在寧靜與激烈的風聲中，內心平靜如一片無人的曠野。

離開沼澤區後，路旁樹木繁密翠綠，時而在綠樹間看到掛在樹幹上的十字架牌子或花環，寫著他的誰誰命喪於此路段，有的還加註，請駕駛人小心駕駛。在這些碎心路段他心裡浮起哀傷之感，那是路上唯一令他內心波動的時候。

七點多，淡橘的薄雲盤桓前方紐奧良城市上空，高樓拔地密集聳立，這座南方港口繁華多麗，是墨西哥灣上的主要運輸港口，它的風華時代在十九世紀，而今仍然充滿異國情調。車子驅近市區，他輕易找到一家旅館，旅館的樓下即有爵士吧，他可以在那裡飲食喝酒，聽爵士樂，也可以走出大街，搭上一輛觀光馬車，四處漫遊，或者走過一條街又一條街，然後走入一個取悅觀光客的迷人所在，投身溫柔的撫慰。

每一段旅程都放浪，每一段路程都隨心所欲。在南邊潮濕的溫熱裡，他漫遊，密西西比河畔的夜色浪漫多情，音樂像穿過海水漫飄在城市的任何角落，夜店聲光委靡，河岸情侶雙雙對對，幽暗的買賣角落裡有溫柔的細語；沼澤區域漫大無邊，坐在風車上追逐水草，任風吹拂；行車經過跨河大橋，在漲潮時分，水位高到與橋梁等齊，以為再開下去，就會沉到河中成為一股泡沫；在陽光出來的方向，水氣氤氳，煙霧隨著陽光的照射散失；漫長的沙灘，蚊蚋擾攘，海鳥盤旋，日復一日行走，那河上吹來的風把臉上颳出沙痕，留下陽光的曬斑。

他走走停停，有時住在大城裡華麗典雅的飯店，有時是小鎮安靜簡樸的汽車旅館，甚至是聲色喧譁的小城，入住登記處附有鐵欄杆以防搶劫，一進房間，蟑螂即迎面打招呼的小旅館。也有幾天住在海邊的公寓旅館，哪裡也沒去，早晨去沙灘行走，白天窩居房間，從窗口看海洋，傍晚在沙灘行走餵鳥，日落後在公寓旅館做簡單的晚餐，夜裡在陽台或下到沙灘看布滿星星的夜空。

他在坦帕灣流連，美麗的跨灣大橋，城市與城市連接，從橋的右側開到左側聖彼得堡，在沙灘樹林邊的高級旅館住下來，每日走在林下觀看白沙灘與海交接如霧如煙的海平線，心中充滿綺麗柔情，但他樂於孤單，赤腳踩在軟泥上，像與大地相親，成為大地呼吸的一部分，地氣給予他力量，讓他精神飽滿。

海濱與森林、沼澤是南方熱情海岸的景致，在福特邁爾斯市，他走入發明大王愛迪生與汽車大王福特的避寒勝地，在這兩位好友鄰居占地二十英畝的居住環境裡，有住家，有森林花園，有實驗室，有博物館。大片的森林種植奇花異草，樹梢鮮麗的熱帶花朵盛開彷彿要壓垮樹枝，小徑間各色花朵爭奇鬥豔迎接訪客，濕腐的泥土混濁殘枝敗葉的枯朽味與殘落的花香，樹梢垂下的瓜藤擋路，樹木根連根相生，無限串連。愛迪生的實驗室各式儀器琳琅滿目排滿偌大的空間，導覽人員說愛迪生凌晨三點即進入實驗室做實驗，這是什麼樣勤奮的人用著什麼樣的腦袋操作實驗枱上各種不同的儀器？在美麗鮮豔的珍鳥輕鳴的早晨，各式鮮花待放的霧靄中，愛迪生已啟動了他的腦袋。在熱情的海岸線與潮濕的海風中，曾存在著這兩位偉大的創造者的呼吸。

繼續往南行，七十五號高速公路往南走到美國的最東南端，銜接四十一號公路，繞到南端進入邁阿密，空氣更潮濕，陽光更熱情，巨大的椰子樹沿街林立，沙灘上深膚色的古巴人坐在椰子樹下觀海，有的趴在沙灘上曬太陽，戲水的父母與孩子攜手逐浪，而街上顯得太安靜，疏遠的房子似乎都懶洋洋的睡著了，郊區難得見人影，城中心建物又太密集。他只在邁阿密待了一晚，便往北走，在奧蘭多的橘子園區找到一個地方待下來，離迪士尼樂園不遠，但他沒進入園區，如果進入那裡，他該帶著諭方，他不願自己進入那過度商業的販賣夢想給小孩的地方。但他喜歡奧蘭多的天氣，下午一陣雨後，清涼無比，他坐在陽台，看著不遠處的橘子園，湖邊吹來的風，一陣一陣，含著柑橘葉的清香。

往北走還要去哪裡呢？他已到過了最南的屬地，體驗了南邊的熱風與潮濕，腿部也給蚊蚋咬出數十顆小紅丘，頭髮長了，皮膚曬黑了，在最綺麗的餐廳享受美食，大啖帝王蟹、鮮貝、甜蝦、牛排和美酒，也在平價餐廳享受廚師物超所值的手藝，更在公寓旅館自己烹調料理饗飽味蕾，也在公路邊享用速食漢堡。有時行徑像紳士，有時活像流浪漢。他漫無目標，沒有終點，那麼往北走還要去哪裡呢？他在投宿的旅館翻開地圖，手指架在下顎，感到鬍鬚刺膚，他流浪很久了嗎？幾天沒刮鬍子嗎？有的，他記得他刮過，只是不認為有天天刮的必要，他忘了上回是何時刮的。

地圖是密密麻麻的公路和城市名稱，有些擠在一起不易辨認，往北再上去就是沿著東邊的海岸走，翻過喬治亞州再到南卡北卡，往首府華盛頓去，離家越來越遠。家，家在西邊的方向，如果現在往西開，會越來越接近家，但那是他的家嗎？再往西，越過大陸越過一座太平洋才是他的家吧？但他前半生都在為逃離太平洋那邊的家努力，現在卻又逃離另一個家。他無家可歸。

他走到旅館外面，看著滿天星星，這是大西洋邊大城傑克森維爾旁沿海的旅館，從這裡分出往西或往北的方向，明天，如果他想離開這個水波蕩漾的城市，就得選擇一條方向。他找北極星，它始終在北邊的方向，無論他往哪裡走，它總在他頭上那片天空。他看它是為了找信仰——你是家的指引，如果人都該有個家，可以安定我的家應是愛情的歸處，而我現在沒有愛情，你恆常在那裡，你該知道我的愛情遺失在哪裡，而我無法看得更清楚了，我一向盲目，我對你無所求，只是告解，自作聰明的人，並沒有如他所想的聰明，大部分都在作繭自縛。做為一個盲者，往哪裡走又何足重要呢？

次日醒來，他感到相當疲憊，他希望睜開眼睛時，諭方在身邊，像某些週末早晨，諭方賴在他身邊，他也賴在諭方身邊，兩人搶著被子，誰也不肯起床。

35 乾爸書房的水晶玫瑰

他們經過四個紅綠燈，拐了三個彎，乾爸的家在另一個斜坡上。如果是他自己走大概十分鐘就可以走完，他和乾爸走了大約三十分鐘。

登上五樓，家裡都沒人，客廳收拾得很整齊，四個房間都有用途，某中一間是書房，書塞滿三面牆還不夠，地上也堆疊著書。

乾爸說：「這是我的禁地，誰也不能進來收拾，我怕東西搞不見。」

「現在還用得著這麼多書嗎？」

「是用不著了，但不能丟，要丟要等我死了，我的工作就是靠這些，我的工作成就我的人生，所以，誰也不能動。它們就是我的人生。」

「這麼重要嗎？你的工作？而且你的工作不只一個。」晉思望著架上的書，幾乎各種學科都有，甚至有醫科的解剖學。

「做久了就重要，因為人生的精華投注在那裡。起碼要養活一家人，還有一生的註記，再怎麼樣，我的正職是拿筆桿的，我不說，誰會知道我投資旅館。」

「旅館沒有不好，要看是哪種旅館。」晉思覺得有必要為自己辯解，他的人生註記就是一個開餐廳的，但當然不止這樣，他曾有過其他工作，而且餐廳有大有小，拿筆桿的也有優劣之分，但確實一生投注最多時間的那份工作會成為生活重心，成為衡量自己價值所在的秤砣。

乾爸沒有回應他的話，正將抽屜一只只打開，好像在找東西。晉思想像乾爸壯年時期埋首這群書堆中，為了一篇社論翻查各式書籍的認真勁，他小時候從不覺得乾爸應是屬於一堆書裡的，即使是現在，他也很難想像乾爸可以將時間花在書房裡。乾爸需要這些書，是依賴其他作者的想法，而缺乏自己的想法嗎？他為了趕稿子剽襲了哪些思想家政治家社會學家經濟學家的想法嗎？他為了批評經濟犯罪，急翻《六法全書》的某章，確認什麼情況才構成偷取企業智慧財產的經濟要犯及其嚴重性嗎？他會檢討自己一手寫著正義凜然之辭，一手數著從風月旅館賺來的錢嗎？書房的光線昏暗，窗戶向東，下午是背陽的，他扭亮牆上的日光燈按鈕，以便乾爸好找東西。燈亮了，他反而看清掛在牆上的一幅老式相框，裡頭擠了十幾張照片。大多是壯年時期的乾爸，和一些政要或名人合照，或參加某某開幕或活動的照片，他站在相片前，越看越趨近，他注意的不是乾爸和誰合照，而是，照片中的乾爸，壯年的乾爸，青年的乾爸，如此似曾相識，那是他的翻版，任誰看了都會感到他們長得太相像。那麼，過世的爸爸年紀越大時越會感受到他和乾爸的關係了吧，或者，親近的人反而沒感覺到？他的兄姐們也會看出他和壯年時的乾爸越來越像吧，除非他們根本沒認真看待乾爸。他漸漸知道為何長大後，乾爸出現在他們生活中的次數變少。

照片中還有幾張家庭合照，和小孩，和太太，和全家，那全家照應該是在他小時候的某天拍的，因為照片裡五個孩子都到齊，坐在乾爸旁邊的太太，手裡抱的是嬰兒，第五個孩子。那張照片是很慎重的在照相館攝影棚拍的。

乾爸找到了什麼，手上拿了一包東西，轉身過來拿給他，說：「你來這裡，我突然想起這件事，我想，交給你，可能是最好的。」

那包東西有點重量，摸起來有磨碎的聲音。「是什麼？」他問。

乾爸走出書房，他們經過走道，他看清另外的三間房，一間主臥室，兩間臥室都收拾得整齊，像沒人住似的。他隨口問：「家人呢？」

乾爸沒回答，來到客廳，客廳面牆的角落有一張頗大的書桌，斜對著電視，乾爸坐入書桌前，他坐在沙發上，乾爸說：「看電視新聞也是我的工作，我邊看新聞，隨手記錄一些內容，所以書桌擺在這裡，很方便是嗎？」

「你現在不需要這麼做了。」

「但我習慣坐在這裡看電視，不看電視就寫點東西，這是我的位置。每個人在家裡都會有他習慣的一個位置。離開了書房，我就會坐在這裡，這樣來了什麼客人，他從大門進來的時候，我就可以看到。」

「所以那是一家之主的位置，誰也不能冒犯？」

乾爸呵呵笑了，接著說：「他們不接觸書，他們對這個位置沒興趣。」

「他們呢？」

「都結婚了，不住家裡。你剛才問我家人呢？平時只有一名菲傭陪著老太太，我是常不在的。老太太常進出醫院，菲傭和兒女會來幫忙。現在老太太和菲傭都在大女兒那裡，女兒邀她住幾天。」

「所以我才有機會來家裡？」

「小思……」

「他們知道我的存在嗎？」

「不知道。」

如果是他年輕的時候，可能會走出大門，往街道走，漫無目的的走下去，一聲不吭，走累了，寧可站在路柱下哭泣也不願回家。但現在，他可以坐在乾爸的面前面對這一切。他已然中年，站在人生的中途，乾爸也得靠一把黑傘偽裝枴杖輔助行走，有什麼不能攤開來講的？

「我記得很小的時候，你說要帶我來家裡，但你沒有，等我長大了解這一切了，我想，你不是忘記，你是不能。」

「知父莫若子，你知道，鬧起家庭革命很傷神，妳媽媽從來沒逼我，我感謝她，她是個好女人。」

「她沒這個能力吧？帶著四個孩子。我爸爸知道這件事嗎？」

「我不知道，從來沒提，到他們分居，我們沒再見過，他沒找上門。我想，他是一個更好的人。」

乾爸的眼神有點哀傷，打西邊進來的陽光把他們都照亮了，驅散了哀傷。晉思這時彷彿看懂了，乾爸想的是，如果爸爸知道了什麼而沒有找他麻煩，那是爸爸極大的慈悲。但晉思卻想，對爸爸來說，也許是解脫，他和媽媽本來就常吵架。

「那既然他們不知道，我就還是避嫌的好，不要莽撞自己來了。」

他很認真說著，手中握著剛才乾爸交給他的紙包，乾爸則陷在椅背裡，很凝重的表情看著他，那凝重的樣子才是乾爸真正的內心嗎？

乾爸一個字一個字很清晰，怕他聽錯似的慢慢說著：「孩子，我帶你來，是因為時間不站在我這邊了，有一天我會走不動，但我還想見你，那天真的到來時，你有回台灣的話，就來看我，不管家裡有什麼人，那時我不會再管這些，也許那時候只剩我一人孤單的躺在床上，但我不怕孤單，我只想念我在人間喜愛的人。思兒，即使到老，心中還要有愛有浪漫。」

這是一個怎樣的父親?晉思往內看,他的內心有像父親那樣的浪漫與對愛的眷戀嗎?

乾爸繼續說:「你可以打開那包東西看看。」

他打開,一個碎裂成好幾片的玻璃包圍著一朵美麗的水晶玫瑰,玫瑰是完整的,在陽光的照射下晶瑩燦亮,玻璃裂成六大塊,其中一塊裂到無法拼成完裝的框型。

「這是什麼?為什麼裂成這樣?」

「這是故事,爸爸講給你聽。」

那縷陽光便一起聆聽了這樣的故事:

「你記得那年爸爸去美國整整一年嗎?那時剛替你媽媽選了房子付了頭期款,房子裝潢好後,我去看看,意外因此讓媽媽說出我們三人的關係,而後我因工作調度,離開一年,那年是你媽感到最需要安慰的時候,我居美期間沒有聯絡她,突然回來,她很意外。回來那天我給你們送禮物去,這個水晶玫瑰就是我送她的,本來是很漂亮的玻璃外框罩著的擺飾品,她跟我賭氣這一年連一通電話都沒有,第二天就把它摔破還給我,我說還好玫瑰是完整的,不要生氣了,收起來吧,她硬推回給我,我就把它用紙袋包起來,一直放在書房的抽屜裡,想想看,有沒有二十幾年了?你拿去給她吧,你是最好的橋梁,她接受的話,還可以請人做個框擺起來,或者單那水晶玫瑰也很漂亮的。

「往後那幾年她一直跟我賭氣,她認為我出國期間身邊有女伴,我沒有否認,她更氣,那幾年她自暴自棄，我知道她交了一些男朋友，那些男人也待她不錯，但她最後都沒有選擇誰，仍是自己一人，那幾年我也沒有好到哪裡去，可是我也沒有認真過，不就是愛玩，然後我就退休了，為了彌補遺留在大陸的大兒子，常時住在那裡，如今回頭看看，總是牽掛著你媽媽，她是個純樸的人，跟她在溫泉旅館初見時，她素樸善良，清秀可愛，她在生活和婚姻上都受了委屈的，但她仍過得很有自主性，她是值得敬佩的。」

好一頁風流史啊，好博愛的父親，他坐在這裡，聽到老人講這段往事，突然感到啼笑皆非，搞砸生活的通常都是自己，但對乾爸而言，這樣的人生或許是精采的。一個碎裂的水晶禮物保留二十幾年，哦，他想起了他的玉石印章，也歷經二十二年了，人間自有癡情漢，是這點癡情讓生活還有點浪漫的況味嗎？

四十四歲前後的父親意氣風發，一生共有七名子女，他有能力擁有一個家，還和情人維持著一生的情誼，在他八十三歲時還惦記著這枚水晶玫瑰要送回給情人，人生到底是漫長還是短暫？水晶玫瑰歷經二十幾年才有修補的機會，只要人活著，感情就有機會修補，但他的父親只有一個情人嗎？現在，他竟如二十幾年前的媽媽，也懷疑這位多情的父親不會安於一份感情。不，他要相信父親，他走過去擁抱父親，他一生覺得缺乏真正的父愛，現在，他要緊緊的抱著這位老人，從老人這裡，他知道了媽媽在那段風華正盛的中年歲月歷經了情感的波折，而始終獨自忍受。

36 碎片的訊息

從乾爸的家回來，近晚餐時間，他檢查郵件，有幾封廣告，但沒有祥浩的回音。是他一開始就找錯人了嗎?他又再一次搜尋各種可能，沒有線索。

媽媽在廚房裡準備晚餐，她慢慢的切肉片，清洗蔬菜，他想幫忙，媽媽說：「我得做點事，不然沒事做。讓媽媽做幾餐飯給你吃，你很難得回來。」

「不要站太久。」

「我站站坐坐，可以的。」

媽媽坐回餐桌前休息時，他拿出那紙袋，放在餐桌上，他墊上一塊餐墊，將紙袋裡的東西一塊一塊拿出來，水晶玫瑰擺中間，旁邊散置玻璃碎片。

媽媽靜靜的看著，他放下最後一塊玻璃。

「他為妳保存得很好，他說要我拿給妳。希望妳留著，這本來就是買給妳的。」

媽媽盯著那朵晶亮的玫瑰。

「這玻璃碎了，我去找家工藝行，請他們複製一個，將水晶玫瑰再裝回玻璃內，妳可以擺在看得到的地方。好不好？」

他像哄小孩那樣哄著，媽媽終於笑了，但媽媽說：「不必，孩子，碎了就碎了，不必再裝起來。」

「裝起來可以保護那玫瑰。」

「小思，真的不必。」

媽媽動手收拾那些碎片，一片一片放回袋子裡，他怕媽媽割到手，接手過來，說：「既然不再裝玻璃，要這些碎玻璃幹嘛，留著水晶玫瑰就好。」

「紀念，碎的也可以紀念，它幫助記憶。」

他將碎片裝好，媽媽拿起紙袋往房間去，留下那句話在他心裡回味，是啊，碎片也是回憶，他的人生也有許多碎片，他要拼湊這些碎片有點費力，像現在，他找不到祥浩，成為一塊缺片，他更知道為何父母都留著那些碎玻璃，二十幾年了，回到母親手中，而母親願意從他手中接過去收起來。他好想大哭一場，但家裡十分安靜，彷彿什麼事也沒發生過。

妹妹開門進來了，她提了許多東西，是提早下班去買的，說要讓他帶回美國給二嫂倩儀，妹妹說：「這些台灣的零食餅乾她會喜歡，她也是台灣去的嘛，對這些麻花捲、花生糖一定有印象。」

那麼只剩明天一天，他應該得沿街漫遊，也許會在路上遇見祥浩。他是急瘋了嗎？竟然想上街尋找，全台北一天有幾百萬人在街上走，他怎麼能出門就遇到她？妹妹興匆匆講著幾個同事聽說她的二哥回來了，想來家裡坐坐看二哥，因為平時她講太多大哥二哥，都講得太神奇了，同事很好奇想來一睹廬山真面目，但被她擋掉了，二哥只剩一天停留，她不要同事來瓜分時間。講著自己高興，進廚房和媽媽一起做晚餐，好像要隆情款待客人般。媽媽跟她講，同事一起來晚餐也很好啊，妹妹又說，誰理她們，她們有家要照顧，連先生小孩都拖來，客廳容不下呀。兩母女在廚房熱鬧著，他只關心他電腦上的郵件訊息。

電視開著，新聞都是和即將進行的選舉投票有關，播報員和候選人的訊息都很亢奮，他們在那些亢奮的新聞與談論性節目的喧譁中用餐，而他講的是美國的倩儀和諭方，及餐廳的員工們客人們，那是媽媽妹妹想知道的他的家常。他省略沒有講他對藝品店的流連，那是他們無法體會的。

妹妹是個規律的人，她十點就要就寢，因為隔天一大早要搭車上班。媽媽則聽著電視聲音，看看畫面，打打盹。

他走到陽台，前方是台北盆地一角，密密麻麻的燈火，天空則有星子散布，城市的光害還強，遮掉了不少星星的光亮，但天氣好，仍能看到幾顆較亮的星子閃耀著。夜風襲來，涼爽舒適，以前住在這公寓時，他不就最愛站在陽台看著城市的燈火與夜空嗎？

媽媽在他身後說：「小思，晚了，早點去睡，電視要關嗎？」

「媽，我來關，妳去睡吧。」

媽媽進房後，他把電視關掉，也回房裡抓起睡衣準備更衣睡覺，習慣性的順便去檢查電腦的收件匣，預期那裡將沒有回音。但有一封信，他寄給祥浩的信得到了回覆。他將睡衣丟在床上，正襟危坐在電腦前，全身肌肉好像都緊繃僵硬，他的每個動作都很困難。他點滑鼠，打開信件。

嗨，是雲飄回來了嗎？我讀到你簡短的來函，我想，除了你，沒有別人。我盯著你留下的文字，淚流滿面，我的視線逐漸模糊，但我仍盯著那行短短的字。是我，沒有錯，是我。在我不再相信會有你的訊息的時候，你突然出現，你在哪裡？又怎麼想起我來了？

信件沒有署名，但足夠讓他相信是祥浩。她終於有回音了。現在淚眼模糊的是他。他們離別時就在這房間，他躺在她身邊，不敢為所欲為，他怕只要他失去控制，他就走不開。他趴在她旁邊睡著。她整晚對他沒有一句怨言。那天冬至，她留給他一枚印章。

祥浩發信是半小時前，十點三十三分，那麼她還在電腦旁嗎？他即刻給她發了一封信。

浩：

很高興收到妳的回覆，從我發信後，隨時都在等待妳的回覆，一度以為不會有妳的訊息了，今晚終於等到。我這些年住在美國，上週末回台灣，到機場的早上，在入境廳看到妳的側影，我不知道那是不是確實是妳，但極像，我去追那身影，卻是不見了。但那時起，我就想一定要找到妳。老天還是同情我，讓我得到妳的回覆，老天必還有其他安排。我們可能見面嗎？妳方便嗎？

思

他等她回覆，兩分，三分，五分，沒有回覆。他拿了睡衣去盥洗更衣，仔細看著鏡中的中年模樣，二十二年前那青年是什麼樣子？若見面，祥浩會認得他，接受他嗎？

再回到房裡，祥浩回信了，可見她是守著電腦的。

思：

以時間估算，你在機場看到的那個身影是我沒錯，原來我們已經相遇了，而我渾然不知，多少年來，我想著我們可不可能再見，卻沒想到在機場擦身而過。那天我是要出境的，車子停在地下停車場，我順著手扶梯先到一樓的入境廳再轉搭電梯去三樓，一到電梯口電梯就停在一樓，我沒有等待的就進入電梯了，若當時站在那裡多等電梯一會兒，也許有機會見面。

我在日本的四國地區，我沒空上網，這幾天根本沒使用電腦，今天換了旅館，這家旅館像大多數的溫泉老旅館，只有在大廳才能上網。我是在大廳跟你寫信的。

我知道你在國外，那是多年前就知道的，你也很清楚的告知了我，但不知道最後你選擇了美國，不過在潛意識中，那也是猜得到的。

按預定行程，我在日本還要待幾天，你還會在嗎？

浩

祥浩在大廳發信，日本早台灣一小時，那麼那邊已經十二點多了，祥浩坐在大廳發信，會不會太不方便。他即刻回了一封信。

親愛的：

我覺得我們越來越近了，這麼多年來，我又有了妳的文字，好像在跟妳交談一樣。我現在所處正是那年冬至我們相處的房間，那天我們離開後就不曾見面，我沒有想到二十二年後，我會坐在這房裡跟妳通信。

我不希望妳在大廳待太久，妳回房去休息吧，明天早上方便的話再給我訊息，但求妳一定要給，我期盼。我希望有機會親口跟妳說對不起，當年做了那個自私的決定，就這麼消失在妳的生活裡。妳過得好嗎？（我突然又熱淚盈眶，我沒有資格問妳這句話。）

為何還要在日本待幾天？遊玩嗎？我的機票是後天早上回美，但我想見到妳，妳願意見我嗎？

思

五分鐘後，他收到回信。

思：

為了讓你可以有正常的睡眠，我就按你的吩咐，明天早上再給你發下封信。你看完這封就不必再等待了，好好睡個覺吧。

我需要一點時間整理思緒，因為你來得太突然。往事瞬間湧現，一再模糊我的視線，我背對著大廳往來的人，以免引起側目。

我在這裡和一個團隊拍影片，明天我會告訴你怎麼回事。

我的愛，怎麼說這些年這些事呢？你或許有家庭，我想起你仍感心痛，我無法在大廳繼續打字。我上樓了。明早會給你訊息，晚安。親愛的。

浩

37 鬆脫

旅行一個月後回到家裡，要做的第一件事是帶倩儀去醫院打掉石膏，她的復元狀況良好，只要用支架固定一段時間，右手就可以運作自如。

倩儀知道她沒有選擇，必須辭掉工作，以私假名義和總公司的主管出遊車禍受傷，傳言很快就會繪聲繪影讓她難以立足，她也得對晉思有交代。她要保婚姻，她傳遞給晉思的訊息是無論如何她都要保婚姻。這樣果斷伶俐的女性在晉思決定出門旅行的前一晚，跪坐在他床邊請他原諒。晉思拉起她，只說：「我們扯平了。」她以當初對晉思開餐廳的幫忙保住了她要的婚姻。他是她婚姻的外殼，一個黃種的華人丈夫。

只要婚姻存在，晉思不打算讓諭方以為家庭是個罪惡的漩渦，也不打算讓自己回家就感受不愉快的氣氛。他做一個父親該做的事，帶著孩子開始參加足球運動，送他去夏令營，教他怎麼替樹木修剪枝椏，怎麼推剪草機，因為有一天他也會擁有一個家庭，成為一個父親，帶領一家人生活得像個家。他做丈夫該做的事，努力經營事業，賺錢與太太分享，陪伴購物，參與家庭重要開支的決定，偶爾下廚替家人做飯。但他也做了一個重要的決定。讓手傷復元的倩儀開始接手經營餐廳。

倩儀表現得很積極，她把幹練運用在自家的餐廳上，也可能她在爭取晉思的信任，她跟著晉思了解進貨過程、食材的儲存管理、廚房的流程、服務人員的輪替與管理、帳務的明細、環境的清潔維持等等，對晉思來說，倩儀本是個有效率的女性，做事可以讓她發揮所長，他並不需要倩儀懷著歉疚，在家裡假扮家庭主婦，那只會使她抑鬱，最終傷害家庭。他要她走出來繼續過有自信的生活，發揮能力可以使她維持容光煥發，他不需要一個為了爭取丈夫信任而躲在家裡勉強烤著餅乾的妻子。

對餐廳從來不了解也沒興趣的倩儀，最剛開始那段時間戰戰兢兢，對客人對員工都十分認生，也有點害羞，她怕自己做錯多於怕員工出錯，但跟在他身邊觀察了兩三個月後，開始能夠自己做決定，食材應進多少，哪種食材消耗較快，怎麼樣挑選好的乾貨，對注意力不集中的服務生應怎麼緊迫提醒，她都可以使上力，而且阿華的表現良好，服務的品質上，阿華已然可以掌握，也可以安排服務生的輪班和管理，他們只要管好廚房的效率和食材的鮮度，幾乎餐廳的運作可以維持得很好。光明是得力的廚師，他多訓練了一名墨西哥裔的助手，因為他們的客人不絕。晉思將力氣花在團體客人的招攬上，在冬天客人較少時，他對企業、各種團體、開會人士做特別的優惠，讓團體客人願意上門來。

將倩儀帶進來的那幾個月，夫婦工作生活都在一起，倩儀在下午時段客人少時，坐到桌前歇腿，他會建議她到附近飯店附設的按摩中心給師傅按摩，倩儀去過幾次就不去了，她覺得自己已經適應長時的站立和走動，而且沒必要多花一筆錢，她算帳目比他細心，懂得節源，她節省不必要的開支，讓收入的數字更漂亮。倩儀連帳目都上手後，他便覺得自己獲得了真正的自由，他常常不在餐廳，他到瑪格麗特的藝品店，與畫家在那裡談畫，看畫家新完成的成果。

到了次年，他只看帳目，只要帳目維持正成長，他不再處理細節。那餐廳已變成了倩儀的餐廳，她知道每一樣進貨的細節和每一個食材的單價，知道廚房的哪個角落是不易清潔的角落，哪個水管環塞爆裂、碎渣機故障，必須請人換掉，地上哪塊地磚浮起，需要修補，哪位服務生老是遲到，而無法苛責，因為她的服務最好。

他常常坐在餐桌間與熟識或不熟識的客人聊天，居住在當地的華人會來他餐廳，有的是定居很久的，有的剛搬來不久，慕名而來，有的是留學生，因為在報紙上和旅遊手冊上看到餐廳的廣告而相約來打打牙祭，有的是從別州來到河邊遊玩，想吃頓中式的餐點而走入他的餐廳。他和他們聊天，他們也很樂意在這裡聽聽鄉音，聊幾句中文。他們的職業各異，通常會聊起從事哪一行，來過他餐廳的華人，有電腦工程師、電話公司教育訓練師、大學任教的教授、醫生、科技公司經理人、銀行的行員、留學生、像他哥哥那樣從事教育的音樂人、表演者等等，其中有一位寫作者，過去曾居住此地，某年夏天回到本地，常到他的餐廳來，他們的聊天中，他談了一些自己的故事，片段的，一點青年時期，一點兒時，一點中年，一點創業的歷程，作家喜歡東問西問，他不會暴露全部的自己，但他喜歡和作家聊聊人生。夏天過後，作家沒有來了，她回到台灣繼續她的生活，作家一如某些熱情的客人，允諾當她再來時，一定到他的餐廳，因為她極愛河邊，一定要在這裡散步，也喜歡和他聊天。他還有其他客人，五花八門的，有的聊得來，有的只是尋常的問候。

他從桌肆間看向忙碌招呼客人、進出廚房與大廳間的倩儀，她沉著穩定，不慌不忙，他有很強的安定感，感到即使他不在，這個餐廳也不會出什麼問題。有她在，他才可以鬆脫出來，任意做點什麼事。

因此他去大學修了藝術史的課程，最初選擇西班牙藝術，以連接墨西哥藝術，又擴大修拉丁美洲藝術、美國藝術，他補修了大學部的藝術課程，隨心所欲的修著，修這些課只源起於在瑪格麗特藝品店的下午通常瀰漫著一種寧靜祥和的氣氛，他從她的藝術家那裡沒有得到更大的心靈滿足，他想了解更多畫，更多觀看畫作的角度，所以，出乎人生意料的，他回到學校竟是從選讀藝術史開始。然後，有一天，他坐在瑪格麗特的長桌前，看著瑪格麗特指導工人，為牆壁掛上一幅新的抽象畫作時，他說：「瑪格麗特，我們來開另一家藝廊吧，是純正的藝廊喔，不賣妳架上的那些風景明信片，如何？在高級地段那邊租間面店，不要很大，但要有好的畫，我們需要更好的畫家，賣更有價值的畫。」

「幫那些好的畫找到買主？」

「對，但我是商人，我要從高單價品獲得利潤，不會是妳那小小畫作的蠅頭小利。」

瑪格麗特笑得很開心，黑頭髮搖晃起來像浪般美麗。她說：「當然，有人要出錢，何樂不為？我可以提供任何技術上的支援。」

他們在旅館密集的街上找到一家不大不小的店面，那裡遊客多，附近住宅區是高價的地段。他這時邊修藝術碩士該補的大學部的藝術相關學分，他沒有時間表，有多少時間修多少課，不一定要畢業，修課對他而言，是跳脫現有的生活模式，開立另一個眼界，和他一起上課的有很多是有了工作的，也有退休人士，想接觸藝術的，或已在某個藝術單位工作的，他體會到這是種真正的學習，為了自己的缺乏與探求的欲望而走入校園。他要從老師那裡挖到更值得投資的藝術概念，他確實也需要對藝術多了解，這幾年，在那裡面，他找到一股沉穩的力量，雖然並不知道道理何在。

38 五天

他在學校結識了對藝術行政饒有經驗的朋友，這位在美術館工作，一邊進修的朋友替他引介了當代藝術家，及正在冒出頭的青年藝術家，他的藝術欣賞經驗意外的開擴。有時他會邀瑪格麗特撥空，兩人特地搭飛機去看某位畫家的作品，決定在出得起價錢的範圍內要不要經營這位畫家的作品。有時，他們一起和青年畫家討論推出他的畫作的方式，爭取當地媒體的曝光。

瑪格麗特和畫家的溝通及賣畫有專業的素養，通常畫家也希望作品能找到買主，他們的努力在於將畫賣出去，但他從來不心急，畫廊剛開的那幾個月，他們賣了一些畫，足以支持租金和薪水，他認為如果他們掛上每一幅畫的理由充足，有能力以那理由打動買家，有眼光的買家也會毫不手軟。他們的畫家群是當代美國畫家，墨西哥裔占多數比例，本城市的富有買家相當喜歡墨裔的作品，因為在那些人當中，有不少是墨裔。

比起餐廳，畫廊的人事單純，易於管理，他的功課在找畫。幾年持續下來，在學校累積的藝術知識概念和畫廊的實務經驗，讓他感到內在豐富，畫面上的色彩和構造常占據他的心思，在那心思裡，他安靜如一隻文風不動的晨鳥，視線所及，已是遠山近水、平疇綠林。

倩儀知道他不在餐廳時，就在學校或畫廊，但她不知道他對畫投入多少精力，他很少談畫廊的買賣狀況，事實上，瑪格麗特負擔了大部分的買賣實務，他給她合理的報酬。而畫廊這邊的帳冊，是他的一個隱密帳冊，倩儀不會過問，餐廳已讓她疲於奔命，她不會想到一個畫廊的可能經營數字，她以為他只是玩票性質，因為不管他花多少時間在找畫上，在餐廳裡仍經常看到他過來詢問一兩件細節，或與客人招呼。而到了報稅季節，稅務完全由他和會計師處理，倩儀也從來沒有過問，她只在報稅單的配偶欄簽名，她的任務是確認餐廳每年都維持正數成長。

一只常飲用的杯子，杯身有了裂痕，它不影響飲用，但裂痕是在那裡了，取用時一定會看到。他和倩儀的婚姻就像那只杯子，他們維持一種客氣和尊重關係，好像深怕一個不小心，那裂痕就會張揚，把杯身正式分成兩半。越是客氣的關係，越是做作，像穿了一件套裝，行為舉止要符合那套裝合身剪裁對身體的拘束。有時他在後院操作澆水器，看著水管裡的水以圓弧形灑向草皮，草皮一下顯得更為翠綠，不必為乾枯苦惱，但那長著的草是他的家園嗎？是的，他在灌溉一個家園，讓家園裡的一草一木成長，但他感到自己像個苦勞，只是勞役的部分，只是一個水龍頭，在開啟的時候，將水送到各個水管的噴水閘。

諭方逐漸成長為一個少年，進入中學八年級，再幾年，申請大學後就會離開家，諭方會有自己的天空，擁有自在飛翔的領地。他珍惜僅剩的幾年相處時光，每天回家，都跟諭方聊天，在他開始對異性產生好奇，交友圈逐漸擴大，常在房裡講電話時，他並不打擾他。假日的早晨，季節的替換，諭方會和他一起剪院子的樹枝，他打算等諭方離開家後，修剪院子的工作得交給工人。以免他獨自修剪時，太過想念諭方。

光明三年前回台灣娶了太太，在家人的安排下，那活潑可愛的女孩願意跟光明到美國來，他們有一個小嬰兒，光明工作更賣力，他有一個家要養，他回到住處不再孤單。光明是他的得力助手。他深刻體會，事業的建立，夥伴是多麼重要的選擇，他得到許多人的幫忙，一起在創業的這條路上一步一步踏實的走著。

每年冬天，聖誕節前後，他們在餐廳外掛上許多聖誕燈飾，每一棵樹，每個窗戶，每片牆，燈飾閃爍，河邊的每一家商店所屬的範圍結滿燈飾，整個河邊步道閃閃爍爍，越夜越閃亮，充滿冬日的節慶氣息。浪漫的河道彷如一條蜿蜒的燈河，遊客徜徉在燈光波影中，追求過節的氣息，浪漫的人生享受。

翻了年後，燈飾收起來，日子回到平常，冬日的殘跡處處可見，院子的橡木落了一些葉子，桃樹則只剩乾枝，草長得慢，一片青青黃黃。這是年復一年，周而復始的景象。

這年春天的暖風剛起時，桃樹的乾枝上冒出鮮嫩的花苞，他接到大哥打來的電話。大哥說：「媽媽打電話來說爸爸過世了，你有空回去參加喪禮嗎？」

這是他到德州的第十年，餐廳也開了將近十年，而畫廊靜悄悄的運作了將近五年，他的生活充塞了創業的細節，一個關卡一個關卡邁過，在中年之際，腳步趨於穩定，回頭望去，才發現在衝撞的過程，只看到了自己，忘了遠居太平洋另一端的父母衰老的步伐比想像中快。冬天的寒風一來，枝頭的枯葉總會在某個不經意的時刻飄落下來。

倩儀問：「要我陪你一起回去嗎？」

「不必，妳本來就沒有見過他，何必在人死後見。他很早就搬離家沒跟家人住一起，他有他的另一個家。妳只管顧著餐廳，我回去五天，五天，停留五天就回來。」

倩儀送他到機場。他想不起上回回台灣是什麼時候，護照上有入關章，但他懶得翻，那無足重要。現在要踏入這個五天的旅程，心中彷如一片蕪草，想起小時候爸爸和媽媽時常鬧得不愉快，爸爸一定不希望那樣，所以後來他搬出去過另一種生活，另一種人生。爸爸很有勇氣，他要去向他的勇氣致敬。

他在登機門轉身向倩儀揮手再見，倩儀站得很直，身材窈窕美麗，她向他揮手。她臉上掛著笑容，自信雍容，曾經，他將那種自信視為面具，而今，他已不在乎那是不是面具。他會有一趟需要轉機的漫長航程，他得花點時間理一理心中的蕪草。

39 信

思：

我們預計在日本停留七天，拍一支宣傳旅遊的短影片，這是委託的案子，我們在四國一帶拍攝，這裡多山多水多溫泉，再三個工作天，就可按進度完成。

為什麼拍片？這是一個很長的歷程，連我自己也想不到會走入這行。

回首已經過去的二十二年，時間好像很長，但因你的來信，時間變短了，你好似就在眼前，我又可以跟你聊天說著日常。

我幾度哭泣，無法成眠，我試著給你寫信，一邊整理思緒。為何如此軟弱，我以為我夠堅強了，卻眼淚一再崩潰，過去忍住沒流的，現在流盡，希望流盡後，一生的情就還完了。

你離開後，我一直在讀書，不知自己該做什麼，在學校裡一直待下去最單純，也就認分的一路往上念。後來往文學研究發展，我的指導教授說來研究黑人文學吧，因為我念博士班的時候，美國黑人作家Toni Morrison拿到諾貝爾文學獎，教授說美國小說家很久沒拿諾貝爾獎了，黑人作家得獎意義非凡，我們就來研究如何？我沒什麼選擇，一頭栽進去，進入文學的研究領域，那幾年扎實的讀了些書，畢業後很幸運在大學找到教書的職位，也教了幾年書。可是文學實在太龐大，我在那裡喜悅過也憂傷過，文學帶我更細微體會人世的悲喜哀愁，卻也讓我因過度沉浸其中而對不同的人生經歷疲倦，做為一個學者也無可避免的在乏味的作品裡消耗著時間，我感知自己無法成為一名博大精深的學者，對學校的教學雜務也失去耐心，感到自己在一個繁瑣的困境教著已然熟悉卻無法更精闢的內容，對自己感到不耐，可能是失去熱情了吧！偶然的機會，我接觸到翻譯的行業，朋友替影視公司找影片翻譯，我以拔刀相助的義氣加入翻譯團隊，接著便接觸到影片的製作，這位朋友到國外拍片時，需要翻譯，我隨行，在拍片的過程中，我體會到另一種生活的樂趣和可能。於是，我自己成立了一個影視製作與翻譯公司，以教學上接觸過的同行好友和優秀的學生為基礎，我們接手許多影片的翻譯，還有會議場合的現場翻譯，提供各種需要翻譯人才的需求，本來以美語為主，後來日語也加入，公司有這方面的人力資源。公司穩固後，我們也製作短片找頻道播出，主要以生活美學為主，旅遊是一部分，我們收取委製單位的費用做著理想中的事，我則跟著製作團隊體驗不同的生活，加入拍攝內容的編寫，將文字的力量轉化為影像，組織影像讓談論生活的意念更親民。幾年來，我過著這種四處行走的生活，我以為這個方式也是理想生活的實踐，我所受的文學訓練可以運用在影片的內涵上，我實踐蘊藏在腦海中的生活思想。

我從小小的資本做起，接大計畫需要資金周轉時，我的父親是我有力的後盾，但我極少需要他的幫忙。在我還大學時，他就問我要不要出國念書，他願意出資，我拒絕，因為我不要依賴任何人，我也要留在國內陪伴父母。那時我有兩個父親，一個養育的父親，一個真正的生父，願意支助我、給予我無限支持的是生父。這是你離開之後，我才知道的，母親告訴我我有一個真正的父親後，我想起了你曾告訴我，你對自己身為私生子有很深的失落與孤單，那時我想告訴你，你我有共同的出生命運，我也感到孤單，想向你傾訴，但已找不到你。日後，我沒有失落感，也不感孤單，我感到愛我的人多了一個，我是幸運的，我的生父非常疼愛我。那時你不在，我沒有機會告訴你，心裡卻更想念你，我感到那種想念會維持很久，也許終其一生。我也願意這是一生的思念。

從學校離開後，我積極運作自己的公司，因為薪水不再是國家給了，而是得靠自己的努力才能維持經濟能力，這個認知使我保持在戰鬥狀態，每一天都像新的一天，要很努力才能得到回報。而這份工作的新鮮感還一直存在，它讓我忘了時間其實一年一年過去。

但是無論我人在哪裡，做著什麼，我心底深處有個影子時常浮現，那是你。那枚印章，掛在我胸前多年，因東奔西跑，有些場合需要一些不同飾品後，我才取下，放在一個安適的地方，視如至寶，我心裡的影子猶似那枚印章深深烙印下去，不會抹滅。你如雲自在飄去，我卻困鎖在雲影下，即便到山顛海湄，頭上就是那片雲。

你來了，沒有預期，沒有準備。還好，我們沒有在機場照面相迎，否則我不知怎麼面對。接到你的第一封信時，我感到那時的心跳是停止的，像夢一樣，不能相信我們有一天可以聯絡上。

今天我們有移動的行程，將從愛媛縣搭船往廣島，在那裡攝取廣島的街景，那是個和平的城市，因為過去原子彈的摧毀，而和平成為祈求。我在文學研究中看到強勢的權力欺壓弱勢，那弱勢有嘗不盡的人間苦難，像黑人受到白人的欺壓，父權對女性的欺壓，富者對貧者的剝削，我走出那些文字的糾結，在生活中實踐對平和生活的嚮往，以影片傳遞俗世應有的歡樂平衡，也挖掘生活現象背後深刻的歷史意涵。

但此刻，這些事已不如和你見上一面，我心中常存在的那個盼望不期然來臨，我的人生倒回了二十二年，有那麼久嗎？沒有，你常在我心中，就沒有那麼久，我只是從昨日跨到了今日，而昨日分別的你來了。

但願是這樣的，從昨日到今日而已，但當然不是，在機場，你起碼見了我的側影，而昨日的你變成了今日的你後，我認得嗎？親愛的，即使你變胖變老變醜，我都認得你，認得你的眼神，認得你的唇，認得你的溫暖。告訴我，你還是昨日的你。我太奢求，是嗎？昨日跨向今日的這一步，多麼巨大又漫長。

回到現實面，你還是顧著你的安排吧，後天回美，我們不會碰面，能和你通上訊息，我已滿足。水裡的石頭有了回響。在繞過岩石與水草後。

在移動中可能通訊不便，可以開電腦時，我會注意信箱。

浩

他重複讀了多次訊息，祥浩是告訴他，她是單身一人嗎？她一直困鎖在雲影下是什麼意思？信發出來的時間是清晨六點，她是否整夜沒睡？他想著在機場看到的側影，祥浩沒有太多改變，否則他怎麼會瞬間認出她可能是祥浩。米白色風衣下的身影，氣質清雅，也許她的臉不再緊致清秀，但那又何妨，她會有歲月的刻痕在臉上，而那刻痕也會充滿智慧和韻味。

他給她寫了一封信：

親愛的：

妳馬上要出門，無論妳看到這封信時是白天或晚上，可否回覆我可聯繫妳的電話，允許我打電話給妳嗎？今晚。

我反覆讀著妳的信，知道妳轉換工作的過程，也謝謝妳告訴我。我愛妳的工作，一如我愛著妳。

我在台北的時間只有今日，我確定今日看不到妳，但我們有明日，無數個明日，如果從昨日可跨到今日，今日亦可跨到明日。我想跟妳說話。無論如何，請回信。

思

40 星星都在說話

晉思用過早餐，穿上舒適的棉衫，晴朗的天氣令人心曠神怡，經過了昨晚，他整個人精神奕奕，感到內在充滿能量，彷彿新生。天空無雲，陽光溫暖，他現在不必一顆心懸著等待祥浩的回信，他知道她隨時會給他訊息，今天是可以隨心所欲做點事的一天。

出門前，祥浩傳來的訊息中給了他電話號碼，約定今晚十一點通話。他興奮無比，好像剛進入幼稚園，對新環境充滿期待。雖然也擔心環境適不適合，但興奮多於憂慮。

他搭捷運往市區，捷運仍然是那麼多人，在他居住的城市，人口雖位居全美第七大，但地緣廣大，從來沒有一個交通運輸需要輸送這麼多人，人都分散在自家的車子裡，當然，除了職業籃球場，馬刺隊的比賽，全場可以擠進幾萬人，再來就是他餐廳所在的河邊步道，遊客不絕。但遊客再怎麼多，也沒有台北鬧區所見的逛街人潮多。今天，他會成為逛街人潮的一員，以很閒散的，真正放鬆的心情走訪幾個畫廊。

他按預定排好的路程，先到忠孝東路三四段間的幾個畫廊看畫。走在街上，他想像此時在廣島工作的祥浩，走在廣島街頭是什麼樣的景象？他們的工作團隊站在街邊扛著攝影機拍寬闊的馬路和戰後幾乎全新的城市建築物嗎？他們在和平公園拍原爆廢墟，然後在影片中重述一遍原爆的歷史和建物的來由嗎？這不就像以前編校刊她去做文藝季採訪報導，將所見以文字敘述，而他們加上影像，與時俱進，以影像達到普及性。無論是校刊社還是研究生涯，祥浩都從靜態的文字，轉到動態的影像，還主持一個公司的各種業務，那個柔靜的女孩成為成熟的女子後，做著這麼掌控全局的事，變動不可謂不大。他感到心疼，祥浩要這麼忙碌的裡外兼顧。難道是自己的投影嗎？許多年來，他兼顧兩種事業，也有心力交瘁的時候，尤其是事業建立之初。他深知全權負責時，心頭的責任感可以將人壓得喘不過氣來，但要力保鎮定，才能順利解決問題。

要經過這麼久的時間，他才知道兩個人的經歷有多相似，都有兩個父親，都半路轉換方向，開創自己的事業。是命運安排他們分頭去奮鬥，以便獲得更多的考驗嗎？這過程也太曲折辛苦了。

他希望她在那裡工作順利，並且心裡想著他，像他此刻沿路行走，滿溢幸福，因為心裡有她。

在他生命裡，最孤寂又最自在的時候，是由德州往佛羅里達獨自旅行一個月的時候，那個五月的氣候裡，他做了些荒唐事，在潮濕的海洋氣息裡隨便走進哪個女子的溫柔體溫裡，他感到孤單，但那孤單的靈魂不是他，他漫遊街頭，不知道走著的是自己的軀體，他沒有自暴自棄躺在哪個沙灘上任人認屍，算是他得到救贖，從海風中，從飛鳥中，從翻起的浪花和滿天的星斗，他得到更溫柔的回應——生命即使空洞，總還有些回音。那回音裡有他遙遠的歲月裡溫柔的無可取代的聲音。今晚，他將聽到那聲音。

他走上一棟大樓，那大樓裡有幾家畫廊分布在不同樓層，有些畫廊採預約制，他不管這些，能讓他進入的他就進入了，沒預約而吃了閉門羹的也就算了。看了兩家後，沒有太大的靈感和感動，走到第三家，老闆親自坐在一張入門的櫃檯邊，而不是像前兩家，只是兩位服務小姐坐在那裡，有一家任他隨意看，有一家服務小姐客氣問他要找什麼樣的畫，他說，就是看看。這一家的老闆看起來六十歲上下，他自我介紹姓劉，在這裡經營二十幾年了，「你看看，需要介紹請跟我說。」

畫廊的主展覽室大，裡面還有三個隔間，七成的畫作是台灣的風情，少部分是放在任何地方都看不到地理性的花卉。當然啦，如果是像美國畫家歐姬芙那樣的大朵花卉，觀者肯定知道那幅畫是歐姬芙的畫，來自美國。他站在一幅玉山圖凝視，山形具實，顏色象徵，橘的、紫的、黃的鋪滿畫布，畫幅並不大，但可感到山之壯闊。隔壁的畫作是漁港裡的漁船，強烈的陽光反映在船桅上、漁夫赤裸的胸膛，及他手上握著的船纜，有一種海港的寧靜與隱藏欲發的勞力。

玉山那幅是大師之作，名字已慕名，漁船這幅的作者相當陌生，這不驚訝，出國前他本不接觸畫，去國多年，又怎能知畫壇的變化。他在這小展示間逗留久了，劉老闆走來身邊，跟他一起站在畫前，不待他開口，就說起那幅玉山：「這是好不容易從大師那裡拿到的，他的畫現在流通在畫市的很少。」說到那幅漁船，則說：「這個畫家住在台東，很勤勞的畫漁港畫船，我每隔一陣子會去看他的畫，這個月底就會再去。」

「他是寄賣，還是你經紀他？」

「他有些名號了，是寄賣，別的畫廊也買得到，所以我才需要常去搶畫。」他呵呵笑著。還補充：「我有經紀幾個青年畫家，也成功把他們的畫介紹出去，你有興趣，我的倉庫有許多幅，可以帶你去看看。」

他跟著劉老闆到他的倉庫看畫，這些畫極大的比例一看就是台灣的景象，山上的梅開、池上的蓮花、海岸的岩石、鄉間的農村。他問為何有很多是描繪台灣，劉老闆說：「描繪台灣的好賣，家裡擺一幅很有在地感，我自己也很喜歡台灣的景物，會要求畫家起碼畫幾幅。」他說他以低價買進青年畫家的作品，但那些價格可以讓他們專心創作，不必擔心生活問題，一邊支持他們，一邊向市場力推他們，等他們價格逐年提高後，這些畫帶給他相當的利潤。

「你告訴每個參觀者這些事嗎？」

「當然不。」

「那你為何告訴我？」

「第一，對畫廊界來講，這當然不是機密，很多都是這樣做的，有的是每月固定給畫家多少生活費，但一年得提供畫廊多少幅幾號以上的畫作，這期間不能提供畫作給別家，也不能私賣。有的像我這樣買斷。大部分的情況是畫家寄賣，成交的話，畫廊抽一定的比例，因為養畫家或買斷要有相當雄厚的資金，不是每家畫廊可以這麼做，這是一筆投資，考驗畫廊經營者的眼光，若投資的畫家畫作在市場沒熱度，做不起來，囤在倉庫的貨會比壁紙還不如。」劉老闆看看他，臉上堆滿笑容，像面對一個突然出現的親戚，繼續說，「第二，我看到你有一種親切感，好像也是這行的，直覺就是想告訴你這些，我不知道為什麼，有些話是自己跑出來的。」

晉思笑得眉宇軒昂，他從倉庫入口處那片玻璃看到自己反射在玻璃中的身影，充滿光彩與自信。他給予劉老闆的笑是幾年來他不曾有過的那麼開心的笑，他在玻璃中看到了那抹笑的甜美，跟劉老闆說：「老闆，你很有眼光，你說得對，我在美國有一個小小的畫廊，如果可能，是否讓我帶回幾幅畫，試試那邊的市場反應。」

他們隨即來到了櫃檯後面的小辦公室，一張簡單的圓桌，兩人對坐，老闆給他泡了一杯咖啡，兩人像密談著什麼似的，圍著圓桌談合作的可能。劉老闆誠懇殷實，很期盼將台灣作品介紹到國外，他在畫壇的經驗，看到許多畫家趁勢起飛，一直努力不倦終有成果，但要進入歐美市場一直有困境。晉思歡迎他到他的畫廊來，讓他證明確實有這樣的一間畫廊存在。

離開劉老闆的畫廊後，回到大街的陽光中，許多不確定的事浮上心頭，即使現實可能變動，但對交通發達和通訊便利的現代，事業的經營是可以跨越地理的限制的。他現在置身台北街頭，而他的畫廊有瑪格麗特關照著，她訓練的看店人員有極專業的服務品質，受過良好的藝術經營訓練，而他在這方面也已經上手多年，無論他處身哪裡，只要拿得到好畫和找得到買家，他只要在必要時刻出現在店裡，那藝廊並不需要他全時待命。

下午他還有大半的時間可運用，從忠孝東路搭捷運到市府站，再往百貨公司林立的信義計畫區走，這附近的道路寬敞，建築雄美，商業氣息濃厚，他腳程極快，經過幾棟建築就到了百貨公司，他要買幾樣禮物給媽媽、姐妹們，他離開美國時很匆忙，沒有足夠的時間給她們帶點東西。他還要給心愛的人一項隔了二十二年才送到手的禮物。

他站在賣飾品、皮包的櫃位裡，在擺著美麗項鍊的玻璃櫥櫃前，找到心中理想的白金項鍊，細目串成的鍊條綴著一個以心型為框的白金墜心，墜心的中央垂掛一顆閃亮的心型美鑽，與心型的白金框形成內外兩顆同心。它適合祥浩細長的頸子，他記得她頸子到肩膀的弧度優美，她應該擁有一條這樣的鍊墜，掛在頸項間會凸顯出她頸項的優美，跟招搖他的愛情。這條項鍊將取代那枚印章，不是因為它貴重與否，而是它經過二十二年錘造，充滿了思念和愛情。

回程他去航空公司大樓，更改了機票。這樣一天即將落幕。趕在晚餐前回到家裡，妹妹已經下班了，她以為這是二哥留在家裡的最後一晚，邀請姐姐也過來一起用餐，他沒有告訴她們機票變動的事。用餐時他取出禮物，告訴她們，在這個閒散的一天，他發現購物是一件打發時間的好方式，妹妹打開她得到的新皮包，衷心希望他一直閒散下去。他卻注意著牆上的掛鐘，時間一分一秒消逝，而他的未來卻一格一格放大，那個逃逸掉的青年重新拼裝回來，他看到過去的自己逐漸成形，那瘦削英挺的模樣，在掛鐘走到十一點時就會拼裝完成，而且不再逃逸。

媽媽、妹妹的作息一如平常，十點以後就陸續回房休息。他也回到房間，打開窗戶看著後棟建築上頭的一線天空，夜空漆黑，建築裡的人家窗戶有光。他掩上窗簾，坐在書桌前回想著過去和祥浩在這房裡聊天親熱的種種，她像水一樣，貼在他身上很柔軟。那機場的側影輕快迷人，他想擁抱她，但他能嗎？如果忽視這二十二年到底經過了什麼，他們單純的回到二十二年前那清純簡單的生活，是不是就是讓彼此回到原點，處在二十二年前的時光和情懷裡？為什麼不，為什麼不能忽視掉中間的過程？

他拿起房裡的無線電話分機，走過幽暗的客廳，確定媽媽和妹妹房裡的燈都熄了。他打開通往陽台的門，輕闔上門，站在陽台，花台的花影朦朧，上弦月細細浮在城市的夜空，無雲的夜，有些星子隱約有些星子燦爛，祥浩第一次來這公寓時，他們在陽台上看夜空的星子，他還抱她，聞她耳頸間的香味，他們之後有一段熱情的時光。他心裡沸騰，站在這裡的那個夜晚真的彷彿昨夜。

他撥了她的手機號碼。

響三聲後，那邊接了起來。有點緊繃的聲音說：「喂？」

他的聲音也是乾的：「喂，是妳？聽得出我的聲音嗎？」

靜默後，祥浩說：「經過了這麼久，還能聽到聲音，這發生得太奇異。」

「妳的聲音一樣甜美，」他心裡激動不已，眼裡濕潤，勉強擠出聲音說，「是這麼久了，聽到妳的聲音，像做夢一樣。這幾天我一直期待可以找到妳，老天是幫助我們的。」

那邊在哭泣，等泣聲停了，話筒裡沒有聲音，他說：「抱歉。我一直想講這句話，抱歉。那樣不聲不響走開。」

她努力鎮定的說：「你說過你要走的，我早就了解，你不必抱歉。這麼多年，你都好嗎？」

「我等妳回來，我有好多話要跟妳說。」

「你不是明天的班機嗎？」

「我取消了，沒有再劃時間，我要等妳。」

「謝謝。其實只要聽到你的聲音就夠了，都這麼多年了！」

「就是因為這麼多年了，不差幾天，我要等到妳。」

「太意外了。」

他小心翼翼的問：「妳是一個人嗎？」

「是。」

「一直都是？」

「是。」

兩個人都靜默。晉思等她問他，但她沒有問。

晉思說：「妳那邊看得到外面的天空嗎？」

「我到陽台來。這個旅館靠海，陽台外面就是海，很美的海。」

「看得到天上的星星嗎？」

「天氣很好，看得到，很多，很燦爛。」

「我現在在家裡的陽台跟妳打電話。妳記得嗎？妳第一次來這公寓時，我們在陽台看星星。」

「我記得，當然記得，我們相處的每一個細節一直陪著我過了二十二年。」

「現在我和妳雖然在不同的地方，但我們同樣看著天上的星星。妳抬頭看看它們，我也正看著。」

「我看著了。」

「浩。」

「嗯。」

他語氣輕柔，想要藉星星傳達一些訊息給她。

「星星都在說話。」

「說什麼？」

「說我愛妳。」

他認為平生沒有講過這麼溫柔的話了：「我愛妳。我年輕的時候那麼決然的走開，但妳一直在我心中，要經過這麼多年，我才能了解一段珍貴的愛情是多麼不容易，妳常在我心中，必然就是我唯一的愛情。我等妳回來，我要講的話何止千千萬萬句，但無論妳在哪裡，抬頭看到星星時，它們都替我說我愛妳。我很抱歉，在二十二年後才有機會告訴妳。」

很久的靜默後，祥浩回說：「你還是你，浪漫的你。謝謝你等我。我只要有一個片刻就夠了，讓我看看那個讓我放在心上二十二年的人還是好好的生活著就夠了。」

「那不夠，那遠遠的不夠。」他繼續說，「妳回來，我要告訴妳許多二十二年來的經過，我需要妳的聆聽，親愛的，一如既往，我需要妳，一如既往。」

祥浩說：「我會回來，我當然會回來，如果真的有一條通向過去的軌道，我願意看看那個軌道。我等了二十二年。二十二年用思念來計算的話，很長，無法估算，用生活的實質來算的話，我很好，過得很充實。我會一一告訴你，讓你參與這二十二年。」

是的，他們有志一同，他們一向想法接近。十年前，多明哥放棄了他的餐廳，為愛移居義大利，多明哥說，為了愛，這餐廳算什麼？多明哥為愛出走，他才有機會接手餐廳，而十年後，他與所愛即將相逢，多明哥為餐廳下了愛的祝福與密碼嗎？

晉思放下電話時，星子似乎更亮。他在陽台上站了很久。日子是過去了，但未來還很長，他感到疲憊，但也充滿希望，他相信，唯有愛，唯有愛，生活才存在意義。

後記

離《鹽田兒女》出版二十年、《橄欖樹》出版十六年，與這兩本著作相關的《星星都在說話》於此時此刻完成，這是在書寫前兩書時沒有預期到的。可以說，時間，時間使故事產生。

《星星都在說話》的故事雛形在我心裡盤據數年，形象越趨鮮明後，終感到不得不寫，它主要延續《橄欖樹》，當日的青年成為中年後，人生的籤牌如何，與社會環境的互為影響又是如何。一個人的命運不全然取決於自我抉擇，家庭、社會、時代，先天的設了一個牌局，在那牌局裡，一個人努力的活得像個自己的樣子。

雖說是三部曲，也可說是系列之作，這三本書就主題人物來講，不是縱的連結，《星星都在說話》主要做的是橫的連結，藉以說另一個人生另一個家庭與背景，在一個時代的交叉點交錯羅織個人的命運與時代的關連性，最後關照個人的情感樣貌。三本書的時空背景起於島嶼的一個沿海鹽村，歷經農工社會轉型，影響人生命運的轉變，到校園青年人的茫然與追尋，族群婚姻的融合和磨合，再到他鄉異域的人生與多種族文化的匯合，實有台灣社會發展的部分縮影。我們所處的社會在變動，小說書寫人生，也別有寄寓。

立意寫第三部之初，即刻意不要破壞前兩部留在讀者心中的想像，同時也不拘泥一定要守著一個家族的縱線發展。《鹽田兒女》與《橄欖樹》在畫下最後一個句點時，即是獨立的存在，它們在它們該出現的時候出現，時隔多年，社會變化的異樣氣氛使另一個故事成形，也是作者的癡念，任性的帶領讀者認識另一個疆域另一種情感。這或許某方面也破壞了讀者的預期，但我們不如去習慣前面總有岔路，交錯而過的身影，才組成了完整的個人。

小說本應自己說話，作者添足實為贅語。我向來相信讀者的判讀力，也相信小說要留下一些空白讓讀者填補，在那空白的地方才是各人人生經驗情感投射之處。

《星星都在說話》不是為前兩部總結，它是另一個自我完成。在文末我要感謝在偶爾的場合，讀者問起的，之後呢，祥浩與晉思之後呢？是這個疑問，使作者與人物，再次相遇。

當代名家·蔡素芬作品集3
星星都在說話

2014年5月初版
2021年2月初版第四刷

Printed in Taiwan.

定價：新臺幣320元

著　　者	蔡素芬
叢書編輯	邱靖絨
封面設計	兒日
校　　對	吳美滿

出　版　者	聯經出版事業股份有限公司
地　　　址	新北市汐止區大同路一段369號1樓
叢書主編電話	(02)86925588轉5305
台北聯經書房	台北市新生南路三段94號
電　　　話	(02)23620308
台中分公司	台中市北區崇德路一段198號
暨門市電話	(04)22312023
郵政劃撥帳戶第0100559-3號	
郵撥電話	(02)23620308
印　刷　者	世和印製企業有限公司
總　經　銷	聯合發行股份有限公司
發　行　所	新北市新店區寶橋路235巷6弄6號2F
電　　　話	(02)29178022

副總編輯	陳逸華
總編輯	涂豐恩
總經理	陳芝宇
社　　長	羅國俊
發行人	林載爵

行政院新聞局出版事業登記證局版臺業字第0130號

本書如有缺頁，破損，倒裝請寄回台北聯經書房更換。　ISBN　978-957-08-4393-4 (平裝)
聯經網址 http://www.linkingbooks.com.tw
電子信箱 e-mail:linking@udngroup.com

國家圖書館出版品預行編目資料

星星都在說話/蔡素芬著．初版．
新北市．聯經．2014年5月（民103年）．
328面．14.8×21公分．
（當代名家·蔡素芬作品集3）
ISBN　978-957-08-4393-4（平裝）
[2021年2月初版第四刷]

857.7　　103007299